Piège boréal

David Moitet

Piège boréal

Thriller

éditions Les Nouveaux Auteurs

Éditions Les Nouveaux Auteurs

33-35, rue de Chazelles 75017 Paris
www.lesnouveauxauteurs.com

ÉDITIONS PRISMA

13, rue Henri-Barbusse 92624 Gennevilliers Cedex
www.prisma-presse.com

ISBN : 978-2-8195-01831

« Notre jeunesse [...] est mal élevée, elle se moque de l'autorité et n'a aucune espèce de respect pour les anciens. Nos enfants d'aujourd'hui [...] ne se lèvent pas quand un vieillard entre dans la pièce, ils répondent à leurs parents et bavardent au lieu de travailler. Ils sont tout simplement mauvais. »

Socrate (470-399 av. J.-C.)

À Virginie, Eléa, Inès et Pierre…

PROLOGUE

Legrand ne pouvait détacher son regard de son compagnon de cellule. Ils avaient partagé cette minuscule pièce insalubre pendant près d'un an.

Un mois, se dit-il. *Trente malheureux jours, et moi aussi, je pourrai faire mes valises…*

— N'oublie pas d'emporter Marion Cotillard ! fit-il, scrutant le poster qui ornait le mur, juste au-dessus de la couchette de Nicolas.

— Non, je te la laisse. Ça te réconfortera, quand tu penseras trop à moi, ou quand le gros balèze obsédé qu'on va te coller dans la cellule viendra te faire un câlin avant de dormir.

— Petit con… lâcha Legrand d'une voix où perçait une certaine tendresse.

Nicolas avait l'âge de son fils… Ce fils qui ne voulait plus entendre parler de lui.

Le pas lourd d'un gardien le tira de ses réflexions. Il ferma les yeux. Le cliquetis des clés, ce léger décalage dans les ondes sonores qui se répercutaient avec régularité sur les murs de béton…

— Je mise sur le gros René, fit le prisonnier.

— Mmmh… Allez, je n'ai plus grand-chose à perdre. Je tiens le pari. C'est pas René. Si tu gagnes, je te laisse ma cartouche de clopes.

Les paumes des deux hommes s'entrechoquèrent dans un bruit sec, scellant leur pari à la manière d'adolescents. Rituel un rien puéril, peut-être, mais tout était bon pour tuer le temps…

Lorsque la face rondouillarde de René se dessina à travers le petit carré creusé dans la porte de la cellule, le visage de Legrand s'illumina.

— Merci René, dit-il.

— Ah, encore votre jeu débile… répondit le gardien. Faudra que tu me files un pourcentage, mon vieux. Alors Nicolas, prêt à retrouver le soleil ?

— Un peu, oui ! Tu me laisses cinq minutes, que je dise au revoir ?

— Je peux même te laisser un an de plus, si tu veux… grommela le gros René en s'éloignant.

Nicolas fit face à Legrand.

— Bon, je crois que c'est le moment…

— Ouais.

— Tu ne m'as jamais demandé pourquoi j'étais tombé…

— Chacun ses petits secrets, rétorqua Legrand, le regard vide.

— Tu sais, les mecs parlent… À ce qu'on dit, tu as pris dix ans pour le meurtre de ton voisin.

Legrand se contenta d'opiner, la mine sombre.

— Je voulais juste te dire que je suis persuadé que tu es innocent…

— Dommage que le jury ait pensé autrement.

Nicolas, ne trouvant rien à ajouter, préféra changer de sujet.

— Tu sors d'ici un mois, ça va venir vite.

— Oui. Peut-être qu'on se croisera ?

— Peut-être… Mais je compte bien me promener un peu… fit Nicolas.

Legrand esquissa un sourire, puis alla se poster devant la minuscule fenêtre. Il ferma les paupières pour ne plus voir les barreaux et tenta de s'imaginer parcourant le monde… En vain. Trop longtemps qu'il croupissait ici, constatant chaque jour qu'aucune lumière, si intense soit-elle, ne parviendrait jamais à égayer les murs décrépis de son cachot. Sans se retourner, il répondit :

— Fais pas le con, hein ? Parce que j'ai jamais mis le nez dans le tas de paperasse que tu as sous le bras, mais je suis sûr que toutes les infos que tu as dégotées en passant ton BTS tourisme n'ont pas grand-chose à voir avec la préparation d'un voyage d'agrément.

Nicolas étouffa un petit rire :

— Tu sais, Legrand, je t'aime bien. Mais je suis un grand garçon… Et je pourrais te retourner mot pour mot le couplet que tu viens de me débiter : un mec qui garde sous son oreiller la liste complète des gens responsables de sa condamnation, tu ne vas pas me faire avaler que c'est pour leur refiler des fleurs à sa sortie !

Legrand accusa le coup. Il ouvrit la bouche, mais aucun son ne sembla vouloir s'en extraire. Un sourire énigmatique effaça peu à peu l'étonnement qui se lisait sur son visage.

— T'as raison, souffla-t-il. Trêve de bonnes résolutions. Quoi que tu prépares, bon vent, et te fais pas piquer…

Nicolas fit deux pas vers Legrand et l'étreignit brièvement. Il franchit ensuite les quelques mètres qui le séparaient du premier sas vers la liberté.

— René ? C'est OK pour moi…

Lorsque la lourde porte se referma sur l'ombre de Nicolas, Legrand se laissa tomber sur son lit. Un grincement désagréable, malheureusement habituel, déchira le silence. Délicatement, il sortit les fiches cachées sous son oreiller. Il s'appliqua à les réduire en miettes. Si Nicolas avait compris son manège, d'autres personnes moins bien intentionnées le pouvaient aussi. Et il n'était pas question que le moindre grain de sable vienne enrayer le plan qu'il avait mis cinq ans à concevoir.

Il se leva et, d'un geste théâtral, envoya virevolter une pluie de confettis vengeurs au-dessus des toilettes. Le papier n'était rien. Les informations qu'il avait patiemment accumulées sur les responsables de son incarcération n'étaient pas près de le quitter. Elles continueraient à hanter ses nuits d'insomnie. Au moins durant trente jours…

Sans une once de regret, il tira la chasse. Un détail attira soudain son attention. Un prospectus était coincé sous la porte de la cellule. Tombé des affaires de Nicolas, sans doute… Il se pencha et le ramassa. Il s'agissait d'un dépliant publicitaire.

Finalement, Nicolas projetait peut-être réellement de faire un long voyage…

Legrand replia soigneusement le prospectus et le glissa dans son livre de chevet. Le destin venait de lui fournir le dernier élément qui manquait à sa vengeance.

LOU

10, 9…

Chapitre 1
Samedi 23 novembre

Lou se gara sur la place des Jacobins. Elle se dirigea vers le parcmètre et consulta sa montre. Une pièce de deux euros devrait suffire… Quoique ses grands-parents avaient la fâcheuse habitude de la retenir plus que de raison. Étant la seule de la famille à continuer à leur rendre visite, elle ne pouvait leur en tenir rigueur.

Le ticket anti-nain-bleu-pourvoyeur-d'amendes en place, elle fit face à la cathédrale Saint-Julien. Une splendeur. Imposante, forte de ses multiples arches de pierre, elle s'élevait au-dessus de la ville sur environ cinq mille mètres carrés, rappelant à tous ce dont les hommes sont capables. Selon une légende locale, la construction de sa charpente avait nécessité près de mille chênes… Lou se retourna brièvement : les vitres rutilantes du palais de justice renvoyaient une image ternie du monument. Elle s'était toujours demandé ce qui avait pu pousser les architectes à opposer avec tant de force le modernisme cubique de ce bâtiment à la grâce de la cathédrale.

Sans trouver de réponse, elle s'éloigna rapidement de sa petite voiture et pénétra dans son jardin secret : le vieux Mans. Les gens de passage ne pouvaient se douter que la ville dissimulait un tel quartier : des maisons toutes plus anciennes les unes que les autres se succédaient, affichant fièrement boiseries d'un temps reculé, gargouilles et façades moyenâgeuses... Les piliers travaillés de ces demeures sans âge rivalisaient de sculptures variées, et sur le sol, les pavés irréguliers incitaient le promeneur à ralentir l'allure, comme si l'histoire qui suintait des vieilles pierres avait le pouvoir de freiner le rythme frénétique de l'homme moderne. Lou s'imprégna de l'ambiance et s'engouffra dans les ruelles. Elle flâna quelques instants devant Bulle, sa librairie BD préférée, puis déboucha dans la Grande-Rue. Les restaurants n'étaient pas encore ouverts et tout était calme. En quelques enjambées, elle rejoignit la rue Saint-Pavin-de-la-Cité. Avant de s'en rendre compte, elle était devant la maison de ses grands-parents. Elle composa le code secret, sonna vigoureusement pour les prévenir de son arrivée. Après un moment, elle sortit sa clé, entra, et se dirigea droit vers le jardinet qu'ils possédaient dans une petite cour intérieure. À cette heure de l'après-midi, ils ne pouvaient être ailleurs...

Elle s'arrêta net. Les rosiers jetaient leurs dernières fleurs de l'année à l'assaut de la grisaille, et les camélias d'hiver diffusaient dans l'espace clos un parfum subtil, mais leurs bienfaiteurs manquaient à l'appel. Un petit sourire teinté de surprise illumina les traits de la jeune femme. Elle fit un tour sur elle-même pour tenter de retrouver les fugueurs...

Dans la salle à manger, un repas non terminé offrait aux mouches un festin inhabituel. Le nombre d'insectes l'était tout autant. Surtout à cette période de l'année... D'où sortaient ces foutues bestioles ? En y prêtant attention, Lou discerna une odeur étrange. Elle détailla le contenu des assiettes, puis secoua la tête. Non, c'était autre chose… Dans la pièce suivante, des objets étaient renversés. La jeune femme commença à s'inquiéter. Évidemment, son grand-père, du haut de ses soixante-neuf ans, n'était plus aussi agile que dans sa jeunesse et avait pu faire une chute… Mais où était Nanie ?

À mesure que Lou progressait vers l'étage, l'odeur emplissait ses narines. Soudain, elle se rappela où elle avait déjà senti ces effluves : gamine, elle avait trouvé un animal en décomposition dans un fossé… Des larmes perlèrent au bord de ses grands yeux bleus et sa gorge se noua. Elle se précipita dans le petit escalier en pierre brute et arriva sur le palier. Son grand-père avait transformé l'étage en salle de cinéma. Tout était plongé dans le noir. Lou ne put s'empêcher de protéger ses narines de l'odeur omniprésente. Avec son autre main, elle alluma le plafonnier. Lorsque les ampoules donnèrent vie à la pièce, elle ne put retenir un cri.

Elle aurait voulu éteindre, pour ôter cette vision cauchemardesque de ses pupilles, mais ses doigts refusaient de bouger.

Ses grands-parents étaient crucifiés.

Face à face.

D'immenses clous traversaient leurs pieds et leurs mains, et s'enfonçaient dans les épaisses poutres de chêne de la maison à colombages. Leurs corps étaient couverts de centaines de coupures irrégulières, représentant une sorte de toile d'araignée ensanglantée. Lou était comme déconnectée du réel, et ses yeux ne pouvaient quitter cette œuvre malsaine, laissée par quelque artiste aliéné emporté par ses pulsions meurtrières. Une mare de sang séché s'étendait aux pieds des victimes, et on distinguait nettement les empreintes de leur tortionnaire… Au milieu de l'enchevêtrement de blessures, des formes plus sombres se dessinaient : un 10 sur le front de son grand-père, et un 9 sur celui de sa grand-mère.

Lou ne parvenait pas à contenir la vague de tremblements qui s'était emparée d'elle. Elle réprima un haut-le-cœur, puis essuya péniblement ses larmes et le liquide qui s'écoulait de son nez avec sa manche. Elle recula de deux pas. Paradoxalement, plus encore que l'horreur de la situation, la vision de ses grands-parents totalement nus la mettait très mal à l'aise. Quel homme, non, quel monstre pouvait faire une telle chose ? Une foule de détails assaillaient le cerveau de la jeune femme, jetant leurs fils macabres jusqu'au plus profond de son esprit.

Les paupières de son grand-père, grossièrement tailladées, qui pendaient…

Les doigts de Nanie, sa grand-mère… Plus un seul ne formait un angle normal.

Les baillons, qui avaient dû étouffer leurs cris de douleur, pendant que chacun assistait impuissant au calvaire de l'autre…

Et puis… ce bout de métal rouillé, à leurs pieds.

On aurait dit un couvercle de boîte de conserve. Sans réfléchir, Lou fit quelques pas et ramassa l'objet. Un liquide brun et poisseux avait coulé au dos du morceau de métal, et imprégnait maintenant l'extrémité de ses doigts. Elle comprit soudain à quoi il avait servi… Les images qui se formèrent dans son crâne lui arrachèrent un gémissement. C'en était trop. Elle lâcha l'objet ensanglanté, qui tomba dans un cliquetis étouffé sur le vieux parquet en chêne. Puis elle sortit de la chambre et se précipita au rez-de-chaussée. Après s'être abondamment lavé les mains en vidant presque tout le flacon de produit vaisselle, elle composa le numéro de la police.

Lorsqu'elle raccrocha enfin, elle eut le plus grand mal à replacer l'appareil sur son socle. Elle se força à prendre plusieurs longues inspirations, comme le lui avait appris son prof de relaxation. Mais son cœur refusait de ralentir…

Incapable de s'asseoir, elle se mit à faire les cent pas dans la petite cuisine. Tandis qu'elle reprenait peu à peu ses esprits, elle aperçut les bulles de produit vaisselle qui éclataient doucement dans l'évier. Cela n'avait aucune importance, mais elle ne put s'empêcher d'aller faire couler un peu d'eau pour faciliter l'évacuation des vestiges de son lavage de mains acharné. Subitement, elle eut une vision très nette de ce qu'elle venait de faire à l'étage…

Elle avait ramassé l'arme du crime… Elle y avait déposé ses empreintes !

Nul besoin d'être une fan de *NCIS* pour comprendre ce qu'allaient en déduire les policiers…

Tremblante, elle prit la direction de l'escalier. Chaque marche lui semblait aussi haute qu'une montagne, et elle arriva sur le palier comme un alpiniste gravit les derniers centimètres qui le séparent du sommet de l'Everest. Elle se précipita dans la petite salle de cinéma et saisit le couvercle rouillé. Un frisson prit naissance entre ses omoplates et parcourut l'ensemble de son corps. Sans un regard pour ses malheureux grands-parents, elle ressortit le plus vite possible en tenant le cercle métallique du bout des doigts.

Son esprit tournait à pleine vitesse. Elle avait songé un bref instant à le glisser dans la poche de sa veste, mais le risque était trop grand. Les fleurs de camélia qui illuminaient le jardin lui soufflèrent la solution : le couvercle fut rapidement enfoui au pied d'une azalée particulièrement touffue, de sorte qu'il était presque impossible de voir que la terre avait été remuée. Après un second lavage de mains, la jeune femme décida d'attendre les policiers devant la petite maison, espérant que l'air frais de la rue lui permettrait d'effacer les relents abjects qui s'étaient insinués jusqu'au plus profond de son âme.

La fraîcheur ne fut pas d'un grand secours. Lou était au bord de la crise de nerfs. Des flashs horribles se succédaient dans son esprit, et elle ne pouvait se défaire d'un affreux remords. Et si le couvercle qu'elle avait stupidement pris dans sa crise de panique avait permis de remonter jusqu'au tueur ? Pourquoi avait-elle été encore plus stupide en le cachant ? Ce genre de comportement ne lui ressemblait pas. Peut-être avait-elle encore le temps de le remettre en place… Elle se leva, mais fut interrompue par les hululements caractéristiques d'une voiture de police. Comme dans les films. Mais ce n'était pas un film. Et ses grands-parents baignaient dans leur sang, un étage plus haut.

Chapitre 2
Samedi 23 novembre

Tel un automate, Lou se laissait guider par les policiers. Elle était dans un état second et avait assisté à leur défilé devant la maison sans trop comprendre. D'abord, il y avait eu ces deux gardiens de la paix qui s'étaient arrêtés dans un hurlement de pneus plutôt inutile. Lou avait répondu à leurs questions sans réfléchir, puis ils étaient entrés, pour réapparaître quelques instants plus tard avec des visages qui semblaient sortis d'une bande dessinée en noir et blanc.

Dans le quart d'heure qui avait suivi, un officier de police judiciaire était arrivé. Une femme. Pas de crissement de pneus. Un bon point pour elle. Lou avait vaguement entendu les deux flics en tenue parler d'officier de quart… Quart de quoi ? Était-ce elle qui allait l'emmener loin de la dépouille de ses grands-parents ? La femme était montée, puis redescendue. Lou s'attendait à la voir livide, comme tout le monde, mais elle avait gardé sa couleur d'origine. L'habitude, peut-être, se dit Lou.

— Ça va ?

La policière lui avait parlé. Elle se redressa.

— Hein ? Quoi ? Excusez-moi, j'étais…

— Est-ce que vous allez bien ?

Lou secoua la tête.

— Je n'en sais rien. J'ai du mal à réaliser, je crois…

— Vous étiez leur petite-fille, c'est ça ?

Lou encaissa avec difficulté ce simple détail. La flic utilisait l'imparfait. Ses grands-parents n'étaient plus de ce monde.

— Je leur rendais visite, comme chaque samedi… mais personne ne m'a ouvert quand j'ai sonné. Alors je suis entrée, et…

— Je vous présente mes sincères condoléances, mademoiselle, mais j'ai besoin de vous poser une question. Lorsque vous êtes entrée dans la maison, y avait-il quelqu'un d'autre ?

Lou émit un signe de tête négatif. L'enquêtrice poursuivit :

— Avez-vous une idée de qui aurait pu faire une chose pareille ?

— Vous rigolez ou quoi ? asséna Lou devant l'énormité de la demande.

L'officier se détourna, rejoignit sa voiture et s'y installa tout en laissant la porte ouverte. Le son portait dans la rue étroite, et Lou entendit…

— TN 72 de TN 820. Me suis rendue au 10, rue de la Verrerie. Confirmation de double homicide… Bien commissaire… J'appelle immédiatement le lieutenant d'astreinte pour poursuite de la procédure.

La policière sortit ensuite son portable :

— Lieutenant Kervadec ? Delaunay à l'appareil… Je suis dans le vieux Mans. On a deux décès. Assez rudes, et plutôt inhabituels. Ils ont été torturés. C'est vous qui vous y collez. Je pense que le proc va vouloir se déplacer…

Quoi ? Oui, même si on est samedi soir. Je vais l'appeler, et ne traînez pas trop : il y a des risques qu'il nous dessaisisse au profit du SRPJ[1] d'Angers... Prévenez aussi les filles de l'IJ[2]...

Lou soupira. Il n'était pas difficile d'en déduire que la nuit promettait d'être interminable... Bizarrement, on ne lui posa pas trop de questions. Les visages graves se succédèrent, accompagnés d'une palette vestimentaire variée allant du costume trois pièces à la tenue des scientifiques venus prélever les premiers indices... Après à peine une demi-heure d'attente en compagnie des gardiens de la paix, un grand type se plaça en face d'elle.

— Bonsoir, madame. Lieutenant Yann Kervadec. Brigade des violences aux personnes. C'est moi qui vais prendre votre déposition. Si vous voulez bien me suivre...

— Mais... ma voiture ?

— On vous fera raccompagner, ne vous inquiétez pas...

— Et ça va durer longtemps ?

— Le temps qu'il faudra. Je suis désolé. Mais deux personnes sont mortes. J'ai cru comprendre que c'étaient vos grands-parents. Je vous présente toutes mes condoléances.

Lou observa le lieutenant. Il était immense : pas loin de deux mètres. Des cheveux courts, bruns, encadraient un visage sévère, heureusement adouci par un regard clair. L'homme lui tendit la main, qu'elle saisit pour aider ses muscles ankylosés à fournir l'effort nécessaire pour redevenir bipède.

1. Service régional de police judiciaire.

2. Identité judiciaire.

***

Lou pénétra dans le commissariat du Mans, rue de Coeffort, pour la première fois de sa vie. C'était un grand immeuble rectangulaire des années 70, qui aurait mérité un bon coup de peinture. Elle observa brièvement les gens qui venaient porter plainte, assis dans la salle d'attente de l'entrée. Le samedi soir semblait propice à toutes sortes de mésaventures…

Elle suivit le lieutenant, qui déverrouillait les portes avec une carte magnétique au fil de leur progression dans les locaux. Kervadec lui indiqua une chaise. Elle accepta sans se faire prier, pendant qu'il se dirigeait vers l'officier de quart, la femme flic qu'elle avait vue débarquer après la voiture de patrouille. Lou laissa ses yeux vagabonder dans ce lieu inconnu, examinant les policiers qui s'affairaient à des tâches administratives ou répondaient au téléphone. Deux d'entre eux, en pleine conversation, s'arrêtèrent à sa hauteur. Elle ne put s'empêcher d'écouter…

— Tu sais qu'ils ont serré le gros Léon, fit le premier.

— Nan ? Tu déconnes ? Depuis le temps qu'on lui court après, à celui-là…

— Tu te rappelles qu'il lui restait six mois de conditionnelle à tirer, avec obligation de pointer tous les soirs à la prison ?

— Vu le nombre de fois où le commandant nous a serinés pour qu'on lui remette la main dessus, je risque pas d'oublier. Un jour, il n'est pas revenu dormir en cellule, et depuis il était dans la nature, c'est ça ?

— Tout bon. Tu devineras jamais comment il s'est fait prendre…

— Contrôle d'identité ?

— Non, t'es loin du compte…

Le petit policier ne put retenir un rire, avant de poursuivre :

— Cet imbécile s'est pointé à la maison d'arrêt pour réclamer son jean et son téléphone portable.

— Tu me charries ?

— Je te jure. Il est arrivé, décontracté, pour leur expliquer que la durée de sa peine étant écoulée, il aurait bien voulu récupérer ses objets personnels…

— Mais quel con !

— Attends, j'ai pas fini. Histoire de couronner le tout, il avait cent grammes de coke dans ses poches.

— La vache. Quand tu penses qu'on recherche des abrutis pareils et qu'on ne parvient pas à les choper…

Lou regarda les deux hommes s'éloigner, imaginant le fameux Léon devant les gardiens de prison. Si elle n'avait pas passé une si terrible journée, elle aurait pu sourire…

— Mademoiselle d'Esterel, voulez-vous me suivre s'il vous plaît ?

Lou leva les yeux. Encore plus haut que d'ordinaire. Ce Kervadec était vraiment très grand. Docilement, elle lui emboîta le pas, et quelques volées de marches plus tard, elle s'installa dans un petit bureau que les années n'avaient pas épargné. Le lieutenant se plaça en face d'elle. Même assis, il la dominait d'une vingtaine de centimètres…

— Nom, prénom, profession, date et lieu de naissance ? commença-t-il.

— D'Esterel, Lou, journaliste au *Maine libre*, débita-t-elle d'une voix fatiguée…

L'audition se poursuivit une bonne partie de la nuit, et à chaque question, Lou se demandait si elle devait révéler l'existence du mystérieux couvercle. La peur fut plus forte que sa conscience, et elle sortit du commissariat complètement abattue, nauséeuse, avec une seule envie : rentrer chez elle pour pouvoir pleurer seule, loin de tous ces inconnus.

Chapitre 3
Mardi 26 novembre

Lou sortit un cinquième chemisier de son armoire. Elle ne parvenait pas à se décider. *Quelle importance ?* se demanda-t-elle. *Grand-père ne m'en voudra pas.* Le visage souriant de son papy, comme elle aimait l'appeler, se matérialisa dans son esprit. Ses boucles blanches rebelles à toute tentative de coiffure, ses lunettes sans cesse retombées au bout de son nez, et surtout ses deux iris bleus, dont elle avait hérité, pleins de malice et de bienveillance. Elle se mordit les lèvres.

Elle n'aurait plus l'occasion de s'installer près de son fauteuil pour écouter ses histoires drôles, se faire cajoler après une dispute avec son petit ami, ou lui confier ses angoisses.

Par flashs, des images du bain de sang lui revenaient à l'esprit, lui arrachant à chaque fois un sursaut. Elle pensa aux médicaments que le médecin lui avait prescrits deux jours auparavant. « Vous êtes en état de choc, lui avait-il dit. Prenez ces pilules tant que les souvenirs de cette découverte vous tourmenteront. » Lou soupira bruyamment. Si ce con imaginait un instant qu'elle puisse oublier la crucifixion de ses grands-parents, c'est qu'il avait eu son diplôme dans une pochette surprise ! Les médicaments resteraient donc dans le sac… du moins, pour le moment.

Lou opta finalement pour un chemisier un peu décolleté, mais pas trop. Il y aurait sûrement des mauvaises langues pour la fustiger, mais elle savait que son grand-père aurait approuvé. Elle enfila un pantalon noir et une veste du même ton, avant de rejoindre les membres de sa famille, qui attendaient en bas.

— Salut miss, la salua son oncle en lui déposant un baiser sur chaque joue.

Oncle Alain, le frère cadet de sa mère, aussi sérieux dans son travail de sapeur-pompier que drôle et blagueur une fois passées les portes de la caserne. Il avait les traits tirés, et son éternel sourire s'était évanoui. Lui qui côtoyait des cadavres à longueur d'année ne semblait pas à son aise lorsque la Faucheuse venait frapper au sein de sa propre famille.

— Salut, Alain, répondit Lou. Ça va ?

— On fait aller… Tant que tes grands-tantes ne sont pas arrivées, ça reste supportable, souffla-t-il sans desserrer les dents.

Le cœur n'y était visiblement pas, mais il ne pouvait s'empêcher de plaisanter. Sa façon à lui de résister, sans doute. Lou esquissa un sourire, avant de se diriger vers sa tante Jeanne, qui tentait d'accueillir au mieux les membres de la famille qui s'étaient déplacés pour l'inhumation. Elle avait les yeux cernés, un peu rouges, mais comme toujours elle tenait bon. Lou la serra brièvement dans ses bras. Courte trêve dans leurs rapports tendus.

Lou se laissa guider de cousin éloigné en vieil oncle, subissant embrassades et banalités avec flegme tout en regrettant que la famille ne se retrouve que dans ce genre d'occasion. Tout le monde était là. Tous ceux qui ne prenaient jamais la peine de passer voir ses grands-parents. Comme ils allaient lui manquer… Plus qu'à ceux qui venaient d'entrer dans la pièce, ça, c'était certain : ses cousins Paul et Lucie, suivis de près par leur trader de père, regard carnassier, dents blanches à en donner mal aux yeux, et orgueil si démesuré que Lou se demandait parfois comment il faisait pour franchir le seuil d'une porte sans y rester coincé.

Toute petite déjà, elle n'avait réussi à échanger avec ses cousins que coups de pied ou insultes, et l'adolescence n'avait pas franchement arrangé les choses. Quant au père de ces deux charmants bambins – qui avait épousé la sœur de sa mère, une jolie petite créature un peu fragile et à la blondeur absolue –, cela faisait bien cinq ans que personne ne l'avait aperçu à une fête de famille. Lou pensa qu'il n'avait daigné être présent que pour affirmer sa position d'héritier. Les regards appuyés des autres membres de la famille à son endroit confirmaient d'ailleurs cette impression.

Elle se força à aller embrasser la progéniture de sa tante et à saluer le requin, mais ne s'attarda pas. Elle n'avait pas la moindre envie d'assister à la valse des vautours qui se battent pour une cuiller en argent ! Lou remercia presque le ciel que sa mère, décédée d'un cancer deux ans auparavant, n'ait pas à contempler un tel spectacle. Elle était convaincue que Jeanne et Alain se montreraient désintéressés, par respect pour leurs parents, mais elle savait qu'il suffisait d'un harpagon pour transformer la chose en pitoyable pugilat. Et cet harpagon se tenait devant elle, en chair et en os, enfin, surtout en chair…

***

La cérémonie à l'église la toucha étonnamment. Lou n'accordait pas à Dieu le crédit que lui attribuaient certains membres de la famille. S'il avait existé, jamais il n'aurait permis que sa mère et ses grands-parents finissent ainsi ! Non, décidément, elle ne croyait pas en Dieu. La religion n'était qu'une invention habile pour calmer le peuple qui crevait de faim en nourrissant les nantis, et donner un espoir à ceux qui n'en avaient pas le moindre. Néanmoins, le curé de la paroisse, qui connaissait son grand-père depuis des années, fit un éloge funèbre juste et plein d'émotion. Au milieu du discours de l'abbé, Lou ne put s'empêcher d'écarquiller les yeux lorsqu'elle apprit que son grand-père avait fait fortune aux États-Unis, avant de revenir s'installer dans sa ville natale, quarante ans plus tôt. Elle se retourna, cherchant la surprise qui l'avait assaillie sur les visages alignés derrière elle, mais personne ne semblait tomber des nues…

Ils savaient tous… Comment avait-on pu lui cacher une telle chose ?

Elle fut tirée de ses réflexions par les mouvements autour d'elle. C'était le moment de rendre un dernier hommage aux défunts. Les gens défilaient, les uns après les autres, et saisissaient une sorte de sceptre pour le tremper dans l'eau bénite, avant de faire ce qu'elle supposa être un signe de croix. Sans s'en rendre compte, elle prit sa place dans la file, et se retrouva à son tour devant les déprimantes boîtes de bois. Elle avait du mal à imaginer ses grands-parents là-dedans… Elle considéra le sceptre avec circonspection, puis se contenta d'apposer la main à plat sur le cercueil, en fermant les yeux, tout en disant au revoir à un papy et une Nanie souriants, aux antipodes des corps mutilés qui reposaient à l'intérieur.

Une prière, en quelque sorte… Et tant pis pour ceux à qui cela déplairait ! Son regard croisa celui du curé avec une certaine appréhension, mais ce dernier la fixait avec compassion… Une compassion qui lui rappela avec une force inattendue son pauvre grand-père. Une larme roula sur sa joue. Elle s'était pourtant juré de ne pas pleurer.

À la sortie de l'église, Lou semblait perdue dans la contemplation de ses chaussures.

Pas envie de parler. Pas envie de se joindre à tous ces gens qui discutaient presque joyeusement. Parce qu'elle sentait que les sanglots étaient prêts à surgir, terrés insidieusement dans sa poitrine. Elle tenta de positiver ; encore un truc que lui avait appris son grand-père…

Mais elle n'y arrivait pas. Elle aurait voulu que le malheur se fût abattu sur quelqu'un d'autre… Pourquoi pas son oncle, avec son sourire en céramique ! Ou n'importe quel petit vieux qui habitait dans la rue de ses grands-parents !

Était-ce mal de penser une telle chose ? Furtivement, elle se rappela qu'elle se trouvait sur le seuil d'une église. *Et alors,* se dit-elle, *qu'est-ce que ça change ? Tous ces objets ridicules ont-ils le pouvoir de faire revenir ma mère, ou mes grands-parents ?* Cette colère non exprimée l'avait empêchée de remarquer que le curé avait quitté l'autel. Le petit homme venait droit sur elle… Avait-il lu dans ses pensées ? Son cœur se mit à battre la chamade. Non, ce n'était pas possible.

— Lou ?

— Euh… Oui, monsieur le curé…

— Auriez-vous quelques minutes à m'accorder ? demanda le vieil homme.

Lou le regarda s'approcher et sortir un paquet. *Faites qu'il ne m'abreuve pas d'une pile de propagande religieuse.* Mais il n'en était rien.

— J'ai un document à vous donner. De la part de votre grand-père. Il m'avait fait promettre de vous le remettre à sa mort…

Lou resta bouche bée, puis tendit lentement la main vers le paquet. Elle ne résista pas longtemps, et défit la cordelette qui retenait le papier kraft. L'emballage crissait doucement, livrant une odeur de vieux papier, qu'elle avait appris à apprécier au fil des lectures au coin du feu en compagnie de son grand-père. Ce dernier avait une collection infinie de livres en tout genre, à tel point que les étagères ne suffisaient plus à les contenir et que certaines pièces de sa maison étaient devenues des labyrinthes de littérature et de poésie, où les ouvrages s'empilaient au fil des années, ne ressortant que pour être lus aux petits-enfants de passage. À sa manière, il avait été un fin psychologue, trouvant toujours le livre adéquat pour répondre aux interrogations de Lou.

Avait-il choisi, parmi ses montagnes de livres, un récit qui méritait tant de mystère et de cérémonial ? L'ouvrage en question devait valoir le détour… Un recueil philosophique ? Son roman préféré ? Lou posa les yeux sur la première page : « Testament d'Antoine Delaplace. »

Elle reconnut immédiatement l'écriture stylisée du vieil homme. Alors qu'elle manipulait le document, une lettre tomba. Elle était à son nom…

Chère Lou,

Si tu lis cette lettre, c'est que je ne suis plus. Il fallait bien que cela arrive un jour. À plusieurs reprises, j'ai songé à te parler de mon passé, de ma vie d'avant. Je ne sais ce qui m'a retenu. La peur de te décevoir, peut-être, ou celle de modifier notre relation, qui a toujours été pour moi un bonheur que tu ne peux imaginer. Tu sais évidemment que je n'ai jamais eu cette complicité avec ta mère, et je le regrette profondément.

Maintenant que je suis loin, je ne risque plus de percevoir l'étincelle de la déception dans tes yeux. J'en suis soulagé.

Autrefois, avec ta grand-mère et quelques amis, j'ai fondé une entreprise, de l'autre côté de l'océan. C'était vraiment un nouveau monde, pour un fils d'ouvrier comme moi. Notre projet a immédiatement été une réussite. Mais j'étais un imbécile. Je me suis laissé enivrer par le succès... J'ai dû payer le prix de cet orgueil. Un prix très lourd.

Ta mère s'est enfuie, et ne nous a pas donné de nouvelles pendant une éternité. Nous étions désemparés.

Parfois, la vie nous offre une seconde chance. Après de longues années de silence, elle nous a contactés, et a accepté de nous revoir, à condition que nous abandonnions tout et revenions en France. Nous avons réfléchi, et nous avons tout quitté. Enfin presque.

Je ne pouvais me résoudre à tirer un trait sur tant d'années de labeur. Je te lègue aujourd'hui le fruit de ces années sombres. Je te laisse seule juge de ce qu'il convient d'en faire...

Ton grand-père, Antoine.

Pour la seconde fois de la journée, Lou sentit sur sa joue une larme couler, bientôt rejointe par une grosse goutte d'eau : les nuages menaçants qui s'étaient accumulés au-dessus de la ville commençaient à déverser leur trop-plein sur ce mardi décidément bien triste.

Lou glissa le testament sous son manteau, à l'abri de la pluie battante. Les gens couraient en tous sens pour se réfugier dans les voitures ou sous le porche de l'édifice. Elle resta immobile. Elle ne tenta même pas de se protéger avec sa capuche, laissant les gouttes s'écraser sur son visage. Elle n'avait qu'un souhait : qu'elles effacent de sa mémoire les quatre derniers jours.

Lou avait très peur de découvrir ce que contenait le testament. Des dizaines de personnes auraient été ravies d'en prendre connaissance, mais il fallait que cela tombe sur elle, alors qu'elle n'aspirait qu'à une chose : reprendre son quotidien de journaliste débutante et oublier petit à petit l'horreur qui avait fait irruption dans sa vie. Quant au passé de son grand-père…

Subitement, elle ne sentit plus les gouttes l'assaillir. Un immense parapluie avait mis fin à sa recherche de communion avec les éléments. Elle ouvrit les yeux.

— Que puis-je pour vous ? demanda-t-elle en essayant de reconnaître l'homme qui la toisait sévèrement.

— Commandant Anthony Bolival, SRPJ d'Angers. Je sais que le moment est plutôt mal choisi, mais j'ai quelques questions à vous poser.

— J'ai déjà tout expliqué aux enquêteurs du Mans, répliqua Lou, agacée.

— Je suis au courant. On marche un peu ? suggéra le policier d'un ton qui ne souffrait aucune contestation.

Lou hésita un instant, puis opina. Elle n'avait pas du tout envie de se joindre au repas qui allait bientôt débuter… En suivant Bolival, elle ne put s'empêcher de penser au petit cercle de métal rouillé qui reposait dans la terre du jardin de ses grands-parents…

Chapitre 4
Mardi 26 novembre

Abrités sous le même parapluie, Lou et le commandant Bolival auraient pu évoquer un père et sa fille profitant d'une balade hivernale… Une cinquantaine d'années, cheveux poivre et sel, le regard pétillant – quoique « intimidant » aurait pu convenir également… Lou ne se sentait pas à l'aise, si proche de cet homme dont elle ne savait rien. Les battements réguliers sur le parapluie la dissuadèrent néanmoins de briser cette promiscuité. Avec étonnement, elle constata qu'il ne semblait pas vouloir entamer la conversation.

— Alors commandant, que puis-je faire pour vous ? demanda-t-elle tandis qu'ils s'éloignaient peu à peu de l'église.

— M'aider à trouver un sens à ce carnage…

— Je croyais que c'était votre boulot ! rétorqua Lou, en remarquant sur sa droite qu'un véhicule les suivait doucement.

Le commandant avait vu son regard.

— Ne vous inquiétez pas, ce n'est que Camille Servier, une enquêtrice de mon service. Je n'aime pas vraiment marcher. Si vous le souhaitez, nous pouvons poursuivre cette conversation à l'abri, dans la voiture...

Lou dévisagea le quinquagénaire, sans ralentir le pas. Un léger doute venait de surgir dans son esprit. Et si ce type n'avait rien à voir avec la police ? Il avait bien dit qu'il était d'Angers... Pourquoi un flic d'Angers ferait-il le déplacement ? La jeune femme s'arrêta brusquement, surprenant son interlocuteur qui n'avait pas anticipé le mouvement. Il se retourna, surpris.

— Écoutez-moi, gronda Lou, que la pluie assaillait de nouveau et transperçait de ses traits glacés. Je ne sais pas qui vous êtes. Et il est hors de question que je monte dans cette fichue voiture ! Au moindre geste suspect de votre part, je vous préviens, je hurle !

L'homme leva ses mains devant lui en signe d'apaisement. Il sortit doucement de sa poche une petite carte blanche plastifiée. Lou reconnut la marque tricolore et s'empara de la carte de police. Celle-ci aurait pu être imprimée par un gamin de douze ans qu'elle n'aurait de toute façon pas vu la différence. Elle rendit le document à son propriétaire, sans être totalement rassurée.

— Mademoiselle d'Esterel, je comprends que vous puissiez être un peu chamboulée par tout ça, mais je vous garantis que je suis le policier chargé de l'enquête. C'est la procédure classique. Lorsque nos collègues manceaux tombent sur un meurtre qui sort de l'ordinaire et dont on ne peut déterminer le coupable, le procureur refile le dossier au SRPJ d'Angers, c'est-à-dire nous. Mon groupe a plus de moyens pour mener ce genre d'investigations...

— Que me voulez-vous ?

— Juste éclaircir quelques points.

— Je vous écoute, répondit Lou, toujours sous la pluie.

— Vous êtes sûre de ne pas préférer vous abriter dans notre véhicule ?

— Certaine.

— Bien, alors pour commencer, j'aimerais savoir si vous connaissez une raison qui aurait pu pousser quelqu'un à commettre un tel acte ?

— Je sais que vous faites votre boulot, mais si j'avais une réponse à cette question, vous ne croyez pas que j'en aurais informé le lieutenant qui m'a interrogée dans la nuit de samedi à dimanche ?

— Saviez-vous que vos grands-parents possédaient de nombreux biens à l'étranger, ainsi que des actions dans une entreprise basée aux États-Unis ?

— Non. Vous me l'apprenez. Mais je ne vois pas le rapport avec ce qui leur est arrivé.

— Aucun, peut-être… Connaissez-vous le bénéficiaire de tout ce patrimoine ?

— Pas la moindre idée. Mais j'imagine que cela sera réparti entre tous leurs descendants… De toute façon, vous ne semblez pas manquer d'informations…

— C'est mon job, fit le commandant en arborant un sourire crispé. Je ne vous cache pas que j'ai dérangé quelques notaires pour en apprendre un peu plus sur les heureux gagnants…

— Alors cessez de tourner autour du pot ! Si vous avez quelque chose à m'annoncer, faites-le.

— Vous êtes, par le jeu de manœuvres juridiques que je mettrais des mois à comprendre, la seule et unique héritière de vos grands-parents. Vous allez recevoir à peu près quatre millions d'euros…

Lou ne put s'empêcher de manifester son étonnement. Bolival scrutait son visage comme un chat admire le ballet de poissons rouges dans un aquarium : avide et concentré.

— Avouez que ça fait réfléchir… ajouta le policier. Et que pour quatre millions d'euros, certaines personnes seraient prêtes à faire un tas de choses…

— Quoi ? Vous insinuez que… Je suis en garde à vue ?

Bolival secoua la tête doucement.

— Pas pour le moment…

— Bien, alors pour être tout à fait franche, votre petit jeu me donne envie de vomir. Je ne sais pas ce que vous souhaitiez obtenir de cette entrevue, mais je vous rappelle que je suis journaliste, et…

— Pigiste.

— Pardon ? Qu'avez-vous dit ?

— J'ai dit « pigiste ». Pas journaliste. J'aime la précision.

Le mot « abruti » clignotait devant les yeux de Lou. Elle parvint néanmoins à se contenir, et à offrir à l'officier un sourire crispé.

— Très bien, commandant. Lorsque votre précision chirurgicale aura permis d'arrêter le fou qui a massacré mes grands-parents, je suis certaine que votre présence m'incommodera beaucoup moins. Pour le moment, je n'ai aucune envie de rester à vous regarder lancer des bouteilles à la mer dans l'espoir qu'une petite *pigiste* blonde, qui, soit dit en passant, a fait cinq ans dans une des meilleures facs de France, vous révèle qu'elle est l'auteure de ce crime. Je rentre chez moi pour me sécher.

Lou passa devant le policier et descendit la rue sans se retourner. Elle fulminait. Comment ce type pouvait-il penser qu'elle avait un lien avec cette horreur ? À ces soupçons délirants venait s'ajouter un mépris sans bornes. Oui, elle était blonde, avec un visage agréable et de jolis yeux bleus. Oui, elle était obligée de commencer en bas de l'échelle, faute de relations pour lui tracer une voie royale vers le succès. Mais ça ne faisait pas d'elle une moins que rien ! Ce flic plein de morgue allait bientôt regretter de l'avoir traitée de la sorte. S'il était incapable de mener l'enquête, elle irait dénicher les réponses elle-même…

Faisant fi des vagues de colère qui la submergeaient, une question affrontait la tempête sans faiblir et ne la quittait plus : Bolival avait-il dit la vérité ? Quatre millions d'euros ? C'était une somme. Surtout pour une jeune journaliste qui avait le plus grand mal à boucler ses fins de mois et traitait les sujets dont aucun titulaire du *Maine libre* ne voulait s'occuper…

Perdue dans ses pensées, elle était loin d'imaginer la conversation qui se déroulait dans la 308 du commandant Bolival, à quelques centaines de mètres derrière elle.

***

— Alors ? demanda Camille à son supérieur hiérarchique. T'en penses quoi, de la gamine ?

— Mmmmh… J'sais pas. Elle a un foutu caractère, ça, c'est évident. Mais c'est pas un crime. J'ai eu l'impression qu'elle n'était pas au parfum pour l'héritage.

— Ou c'est une très bonne actrice…

— Difficile à dire. Je crois qu'elle a songé pendant un moment que j'étais peut-être le tueur…

— Toi ? Tu déconnes ?

— Non, sérieux. J'avoue que son coup de parano m'a un peu fait dévier de ma stratégie d'interrogatoire. J'aurais dû être plus incisif.

— Ce qui est fait est fait…

— Demande quand même aux gars du Mans de la mettre sous surveillance. Vu l'ampleur de son mobile, le proc va nous crucifier, nous aussi, si elle nous file entre les pattes.

— Bien patron. Je les appelle tout de suite. Après, on rentre à Angers ?

— Ouais, je suis curieux de connaître les conclusions du légiste. Il doit avoir terminé l'analyse des tissus prélevés pendant l'autopsie…

Chapitre 5
Mardi 26 novembre

Lou claqua la porte de son appartement et ferma les trois verrous. Elle fila directement vers l'armoire qui encombrait la salle à manger microscopique de son deux-pièces, et sortit une bouteille de whisky. Quelques gorgées plus tard, l'effet lénifiant de l'alcool commença à dompter les pensées tumultueuses qui lui obscurcissaient l'esprit. Assise dans son fauteuil préféré avec le dernier Chattam sur la table de salon, les yeux rivés sur son minuscule aquarium et ses occupants, elle se sentait enfin en sécurité.

En quelques jours, elle avait perdu ses grands-parents, fait disparaître une preuve qui aurait pu permettre d'arrêter leur assassin, et probablement hérité une somme indécente de son grand-père… Sa petite vie tranquille venait de basculer dans un mauvais polar : où était le beau héros prêt à tout pour l'aider ? Le silence de sa famille en disait long sur les jalousies que ce legs inattendu avait suscitées, et les flics, qui auraient dû remuer ciel et terre pour mettre la main sur le tueur, se focalisaient sur elle. Quatre millions d'euros ! Un mobile clés en main pour le commandant Bolival ! Pas besoin de sortir de l'ENA pour comprendre qu'il ne la lâcherait pas de sitôt...

En résumé, elle ne pouvait compter que sur elle-même... Elle extirpa le fameux testament de sa poche et commença la lecture. Survol rapide des parties juridiques, dont la complexité n'avait d'égale que le manque d'intérêt, avant de tomber enfin sur une info valable : WAE... World Association of Education, Salt Lake City, Utah, USA. D'après le document, Lou était devenue actionnaire de cette société à hauteur de quarante-neuf pour cent. Apparemment, son grand-père avait fait verser les dividendes liés à ses stock-options sur un compte aux États-Unis. Le solde se chiffrait effectivement en millions de dollars, qui lui revenaient de droit... Fébrilement, Lou porta à nouveau le verre d'alcool à ses lèvres. Le commandant Bolival n'avait pas menti... Restait à en apprendre un peu plus sur cette WAE.

Elle alluma son PC et lança une recherche. Assez rapidement, les informations s'affichèrent. Elle cliqua sur le site dédié à l'entreprise. Malgré son anglais un peu rouillé, il n'était pas difficile de comprendre sur quel créneau surfait la société... Elle ne put s'empêcher de déchiffrer la publicité à voix haute :

— Offrez-leur une chance de ne pas gâcher leur vie... Vos enfants vous posent des problèmes, sont en échec scolaire et sombrent dans la délinquance ? Nous sommes là pour vous aider ! La WAE vous propose une solution adaptée, dans un centre très haut de gamme, avec des éducateurs ultra qualifiés. Lorsque vous retrouverez votre enfant, vous ne regretterez pas d'avoir fait appel à nous !

La publicité détaillait une douzaine de lieux de séjour, photos à l'appui. Lou ne put s'empêcher d'admirer la qualité des sites sur lesquels les jeunes étaient accueillis. Un camp se trouvait au cœur d'une magnifique forêt américaine, sorte de ranch perdu dans la nature. Un deuxième, nommé Paradise Island, était situé sur une île du golfe du Mexique, un autre près du pôle Nord… La liste à faire pâlir une agence de voyage déroulait une dizaine de destinations de rêve… Chaque centre proposait un programme éducatif en liaison avec l'histoire locale, et une foule d'activités sportives. En découvrant le prix d'un séjour, Lou faillit tomber de sa chaise. Après quelques secondes de réflexion, elle dut admettre que de telles prestations avaient un coût… Mais pour vingt mille euros, on pouvait se payer de sacrées vacances…

La jeune femme commença cependant à se détendre. Les mots écrits par son grand-père avaient fait naître une boule au cœur de ses entrailles… « Je te lègue aujourd'hui le fruit de mes années sombres. Je te laisse seule juge de ce qu'il convient d'en faire… » Elle ne voyait pas trop ce qu'il y avait de « sombre » dans ces camps pour adolescents.

Plusieurs pages de témoignages de parents encensaient les résultats obtenus par les éducateurs, dans un style très américain, plein d'emphase et d'exagération. Cet excès d'autosatisfaction réveilla en Lou la flamme qui l'avait poussée à se tourner vers le journalisme. Elle se souvenait, comme si c'était hier, de la phrase de bienvenue prononcée par un de ses premiers profs de fac : « Si vous décidez de rester avec moi dans cette salle tout au long de cette année, acceptez de perdre à tout jamais votre innocence et votre gentillesse. Un bon journaliste n'aime pas les contes de fées, les histoires trop belles pour être vraies… Si cela brille trop, c'est qu'il y a mystification, et c'est votre job de le prouver ! » Elle l'avait trouvé cynique, mais ne s'était pas levée pour quitter le cours.

Depuis ce jour, elle avait perdu petit à petit ses illusions. Son travail de pigiste l'avait amenée à côtoyer les pires horreurs qui poussaient lentement sur le terreau de la misère humaine. L'adolescente idéaliste qui voulait changer le monde avait peu à peu reculé, sans vraiment disparaître, se contentant dorénavant de faire le bien autour d'elle.

En quelques clics, Lou fit le tour de toutes les pages affichées sur Google. Elle multiplia les investigations en ajoutant au nom de la compagnie les mots « problème », « procès », et toutes sortes de juxtapositions négatives qui auraient pu souiller l'image trop lisse de la WAE. À sa grande surprise, elle ne découvrit rien de suspect. Pas même une ligne.

Son prof aurait trouvé cette perfection étrange. Elle se félicita de la trouver rassurante. Le whisky commençait à produire son effet, et Lou céda avec plaisir à l'invitation de Morphée, se promettant toutefois avant de fermer les paupières de demander à Tom de procéder à une vérification approfondie sur la WAE.

Tom… beau brun de quarante ans, qui ne lui accordait pas toujours l'attention qu'elle méritait, surtout depuis qu'elle avait refusé ses avances.

Peut-être aurait-elle dû accepter…

VALÉRIE

Chapitre 6
Samedi 23 novembre

Valérie Eynac s'attaqua à la pile de courrier avec enthousiasme. Elle se rendait compte du côté puéril de la chose, du haut de ses quarante et un ans, mais depuis toute petite elle adorait feuilleter les publicités. Les catalogues défilèrent rapidement devant elle, pour la plupart totalement inintéressants. Comme chaque samedi, jour de récolte des prospectus, un léger picotement de honte tenta de se frayer un chemin au sein de sa conscience. *Tu te prétends écolo, et tu gâches des kilos de papier chaque année alors qu'il te suffirait d'un autocollant sur ta boîte aux lettres : Pas de PUB, merci.* Tellement simple. Simple, mais déplaisant. Elle n'était pas prête à se priver de ce petit plaisir. Pour se racheter, elle se promit de mettre dans son Caddie des produits aux emballages biodégradables. Un catalogue d'électroménager vint rejoindre la pile du tri sélectif, laissant la place à une enveloppe.

Du vrai courrier. En provenance du lycée Buffon. Le bulletin de notes de Lisa, sa fille de dix-sept ans. Sans trop d'inquiétude, elle décacheta l'enveloppe et sortit le bilan trimestriel. Son joli visage, à peine marqué par le temps, s'assombrit au fil des lignes noircies par les professeurs, chassant toute trace du contentement enfantin qu'elle avait pu éprouver quelques secondes auparavant en épluchant les publicités.

— Lisa ! appela-t-elle sèchement. Lisa, dépêche-toi.

— Ouais, ouais, pas la peine de hurler, j'arrive. Qu'est-ce qu'il y a ?

— À toi de me le dire, asséna Valérie en jetant le bulletin de notes sur la table.

— Ah ouais, ça… C'était pas un bon cru, ces dernières semaines… poursuivit la jeune fille, passant avec embarras d'un pied sur l'autre. On a fait des trucs durs, en maths, et puis…

— Tu te fous de moi, ou quoi ? rétorqua sa mère. Tu veux que je te lise les appréciations ? « Manque de travail et de concentration. Lisa passe plus de temps à discuter avec ses amies qu'à écouter le cours… » Je m'arrête là, ou je continue ?

— C'est bon. C'est pas la fin du monde, j'ai encore douze de moyenne…

Valérie Eynac se leva d'un bond et vint planter ses prunelles turquoise dans celles de sa fille.

— Tu me fatigues, Lisa. J'en ai marre de trimer pour payer à mademoiselle ses petites sorties, son abonnement portable et tout le tralala, pendant que mademoiselle passe son temps à glander au lycée. Cette fois, c'est fini. Il va y avoir du changement ! Tu as tout, bon sang ! Que te faut-il de plus ?

— Mon père.

Valérie mit quelques secondes à encaisser le coup. Un coup bas, assurément. Elle eut soudain envie de gifler sa fille, mais se retint.

— Tu es vraiment gonflée de te cacher derrière la mort de ton père ! Ça ne t'a pas empêchée d'avoir de bonnes notes pendant un an et demi ! Il me manque à moi aussi, depuis ces deux années. Comment oses-tu te servir de lui pour te dédouaner ! Tu salis sa mémoire !

— Parce que tu ne l'as pas salie, toi ?

— Comment ça, que veux-tu dire ?

— Coucher avec un connard moins de six mois après sa mort, tu appelles ça comment ?

Cette fois, Valérie n'eut pas le loisir de réfléchir. Sa main décrivit un arc de cercle presque parfait, venant imprimer cinq marques rouges sur la joue de sa fille. Lisa redressa la tête, les yeux embués de larmes, avant d'exploser :

— Tu ne comprends rien à rien. Et il y a longtemps que ça dure, ajouta l'adolescente avant de faire volte-face.

— Attends, tu ne vas pas t'en tirer comme ça ! À partir de maintenant, plus de sorties, plus de MSN ! Et donne-moi ton téléphone !

Lisa dévisagea sa mère et lança son smartphone sur le canapé, où il rebondit violemment avant d'atterrir sur le sol.

— C'est ça. Très intelligent. Très mature ! Je ne sais pas ce qui débloque chez toi. À mon époque, on connaissait la valeur des choses. J'avais du respect pour l'école, et pour les profs ! Alors que…

Valérie eut à peine le temps de finir sa phrase que la porte de sa fille claquait sèchement, faisant vibrer la vaisselle rangée dans le buffet. Après deux longues inspirations, Valérie se dirigea vers la cuisine et se servit un grand verre d'eau. Il fallait absolument qu'elle retrouve son calme.

Chapitre 7
Dimanche 24 novembre

Valérie Eynac ouvrit les yeux dans son lit trop large pour elle. Elle contempla le plafond pendant de longues minutes. Elle n'était pas très fière de la discussion, quoique « dispute » eût été un terme plus juste, qui l'avait opposée à sa fille la veille. Mais Lisa était si revêche ! Il était impossible de lui dire quoi que ce soit sans qu'elle monte sur ses grands chevaux ! La journée se présentait sous des auspices fort peu favorables. Connaissant Lisa, il ne fallait pas espérer le moindre desserrement de dents avant plusieurs jours. Mais en tant que mère, qu'aurait-elle pu faire d'autre ? La laisser gâcher son potentiel pour des stupidités d'adolescente ?

Valérie se leva avec difficulté, la tête comme une enclume et la bouche pâteuse. *Eh oui, ma grande,* se dit-elle, *tu as passé l'âge de prendre des cuites au vin blanc.* Elle se massa les tempes, tentant de se rappeler combien de verres elle avait avalés. Il ne lui avait pourtant pas semblé en boire plus de deux, et cette gueule de bois lui paraissait démesurée. Elle regarda sa montre, qui affichait midi. Les sourcils froncés, elle se traîna vers la salle de bains, pour s'asperger d'eau fraîche. Il y avait des années qu'elle ne s'était pas levée à une heure pareille !

À l'issue d'une lente progression jusqu'à la cuisine, elle constata que Lisa n'avait pas encore pris son petit déjeuner. Ne se considérant pas en position de lui reprocher quoi que ce soit, elle se contenta de soupirer. Elle hésitait à aller réveiller sa fille. Le souvenir de la gifle lui revint en mémoire et elle songea que ce n'était peut-être pas l'idée du siècle. Elle arriva à la conclusion très pertinente de ne rien entreprendre avant qu'un café très serré ne lui permette de retrouver une pensée cohérente.

Le temps s'égrena doucement, sans que Lisa montre le bout de son nez. À 14 heures, Valérie se résolut à frapper à la porte qui marquait la limite du territoire de sa fille. Après une dizaine de coups restés sans réponse, elle fit jouer le mécanisme de la poignée et entra.

Mais Lisa n'était pas là. Elle avait dû sortir se changer les idées… Valérie se rendit dans sa propre chambre et constata avec satisfaction que le portable confisqué n'avait pas bougé. Il était à sa place, sur sa table de nuit, juste à côté du verre de vin vide. Sans son jouet préféré, Lisa n'avait pas pu joindre ses amies et ne devait donc pas se trouver avec l'une d'elles… Valérie se dirigea vers le téléphone fixe de l'appartement et enfonça la touche « bis ». Le numéro qui s'afficha était celui de sa mère. Lisa se serait-elle réfugiée chez sa grand-mère ? Valérie laissa sonner.

— Oui ? fit la voix fatiguée de sa mère.

— Maman ? C'est moi.

— Comment vas-tu ma chérie ?

— Très bien. Je voulais juste que tu me dises si Lisa t'avait appelée…

— Non, pourquoi ? Vous vous êtes encore disputées ?

— Oui. Tu sais ce que c'est…

— Je t'ai déjà conseillé…

— Écoute maman, ce n'est pas le moment. Je te laisse. Il faut que je contacte les amies de Lisa. Bisous, conclut Valérie en raccrochant sans attendre de réponse de sa mère.

Elle n'avait pas la moindre envie d'une énième leçon de morale, sa mère étant intarissable sur la manière dont elle devrait élever sa fille.

Trois heures plus tard, Valérie avait fait le tour du carnet d'adresses de Lisa, sans résultat. L'inquiétude commençait à la gagner. Subitement, un détail lui revint en mémoire. Dans la chambre…

En quelques pas elle fut sur le seuil de la porte, observant l'univers de sa fille comme elle ne l'avait peut-être jamais fait. Elle se concentra. Quelque chose manquait dans la pièce. Quand elle comprit enfin, elle eut soudain l'impression de se tenir au bord d'un précipice. Ce n'était pas un détail. La valise de Lisa avait disparu ! Valérie se précipita vers la commode, ouvrant les tiroirs à la volée. À mesure que le meuble bon marché livrait ses secrets, Valérie sentait croître une peur panique, qui lui hérissait les poils des bras et faisait trembler ses doigts de dessinatrice – doigts qui ne tremblaient jamais !

Elle n'avait pas ressenti une telle angoisse depuis des années, depuis que son bébé avait failli mourir d'une encéphalite, à l'âge de six mois. Son bébé… Lisa. Il manquait des vêtements. Beaucoup de vêtements. Son manteau, sa trousse de toilette…

Une fugue ? Lisa ?

Ce n'était pas son genre…

Valérie sortit l'annuaire et fit défiler les pages de manière frénétique, si vite que certaines lui restèrent dans les mains. Elle finit par trouver ce qu'elle cherchait. Fébrilement, elle composa les dix chiffres…

— Oui ? répondit une voix grave à l'autre bout de la ligne.

— Monsieur le proviseur ?

— Euh, oui, à qui ai-je l'honneur ?

— Mme Eynac, Valérie Eynac. Ma fille est en terminale dans votre lycée.

— Madame Eynac, savez-vous que nous sommes dimanche, et que vous êtes en train d'appeler à mon domicile ? poursuivit le proviseur d'un ton où perçait nettement l'irritation.

— Je sais tout cela. Excusez-moi. Il faut absolument que vous me donniez les coordonnées de tous les enseignants de ma fille. C'est très important.

— Madame, je vais essayer de rester courtois. Ce que vous demandez est impossible. Non seulement je ne le ferai pas, mais je vous rappellerai aussi que depuis vendredi soir nos élèves, ainsi que nos professeurs, sont en week-end. Le week-end, ça vous dit quelque chose ?

Le proviseur la prenait pour une demeurée ! Il ne manquait plus que cela.

— Écoutez, monsieur, ma fille a disparu. Je ne suis pas cinglée, encore moins idiote. Je veux juste parler à ses professeurs. Il faut que je sache si elle a un petit ami. Je n'ai pas la moindre confiance en ses copines. C'est très important.

Un silence pesant s'installa sur la ligne.

— Bien, je comprends votre inquiétude. J'insiste sur le fait que vous manquez franchement de savoir-vivre en me dérangeant à mon domicile un dimanche. Mais j'ai une fille de quinze ans, et je n'aimerais pas être à votre place. Il est hors de question que je vous donne les coordonnées des professeurs, mais j'accepte de les joindre. Laissez-moi votre numéro, je vous contacte dès que j'ai les informations dont vous avez besoin.

Valérie remercia le proviseur, puis rappela toutes les amies de sa fille. Elles lui jurèrent que si Lisa avait un petit ami elle ne leur en avait jamais parlé. Valérie se tourna ensuite vers l'ordinateur de Lisa et scruta toutes ses dernières conversations MSN. Des futilités, des mauvaises blagues, des critiques des profs, le tout bourré de fautes d'orthographe, mais rien ne permettait de penser qu'elle allait s'enfuir…

De plus en plus anxieuse, elle sursauta quand le téléphone sonna. C'était le proviseur. D'après les enseignants de sa fille, elle n'avait pas de petit ami au lycée. Valérie contempla le clavier de son téléphone et fut tentée de composer le 17. Elle parvint à se contenir. Après tout, Lisa pouvait rentrer à tout moment… La mère de famille se dirigea vers sa chambre. La bouteille de vin blanc entamée la veille trônait sur sa table de nuit. L'idée d'un verre lui effleura l'esprit, mais elle balaya cette envie et vida le sancerre dans le lavabo.

Minuit. Rongée par l'anxiété et le remords, Valérie ne trouvait pas le sommeil. Elle s'installa dans son canapé, les yeux rivés sur la télévision qui vomissait les rebuts cathodiques qui ne trouvaient pas leur place dans la journée. Les heures passèrent, sans un signe de sa fille.

Vers 6 heures du matin, Valérie prit une grande inspiration et composa le 17.

— Bonjour, ma fille a disparu, déclara-t-elle au policier.

Lorsqu'il lui demanda de passer au poste dans la matinée, une colère folle s'empara d'elle. Moins de dix secondes plus tard, elle était au volant de son petit 4 X 4 noir et filait à toute allure vers le commissariat.

Chapitre 8
Lundi 25 novembre

Le lieutenant Thomas Vargas passa les portes du commissariat du 15e arrondissement, tout en songeant qu'il aurait bien dormi quelques heures de plus. À l'entrée, le gardien de la paix chargé d'accueillir le public le salua.

— Salut lieutenant, comment va aujourd'hui ?

— Comme un lundi matin, Denis, comme un lundi matin.

— J'espère que vous êtes réveillé, parce que vous avez déjà du taf qui vous attend… Plutôt bien roulé d'ailleurs…

Vargas fronça les sourcils. Du taf, un lundi matin ? Il n'y avait pas une loi contre ça ? Il gagna tranquillement son bureau, devant lequel une jolie femme brune faisait les cent pas, visiblement très remontée. En le voyant arriver, elle consulta sa montre.

— Lieutenant Vargas ? demanda-t-elle.

— Lui-même, que puis-je faire pour vous ? répondit-il en déverrouillant la porte de son antre.

— Ce n'est pas trop tôt. Je vous attends depuis des heures… Ma fille a disparu, et…

— Une seconde, coupa le policier. Commençons par nous asseoir, si vous le voulez bien, puis vous me raconterez tout ça…

— Vous êtes sourd ou quoi ? Je vous dis que ma fille a disparu. Il n'y a pas une seconde à perdre !

Vargas soupira longuement.

— Très bien, déclara-t-il, conciliant. Je vous écoute. Comment s'appelle votre fille, et quel âge a-t-elle ?

— Lisa, Lisa Eynac. Elle a dix-sept ans et demi.

— Ah.

— Comment ça, « Ah » ? Qu'est-ce que ça veut dire ?

— S'il vous plaît, madame, c'est moi qui pose les questions. Quand, selon vous, Lisa a-t-elle disparu ?

— Chez moi, dans la nuit de samedi à dimanche.

— Vous avait-elle fait part de sa volonté de partir quelque temps ?

Valérie secoua la tête, irritée par ce jeune blanc-bec. Elle ne voyait que trop où il voulait en venir.

— Manque-t-il des affaires, des vêtements, un sac ?

— Oui, une valise, des vêtements et son sac à main…

— Je vois. Je suppose que vous avez appelé tout le monde, amis, famille…

— Non, il fallait ? demanda-t-elle d'un ton faussement naïf. Bien sûr que j'ai appelé tout le monde. Et personne ne sait où elle est !

— Son père, peut-être ? Je vois que vous ne portez pas d'alliance.

— Il est mort il y a deux ans.

— Navré, s'excusa le policier sans se démonter. À quelle heure avez-vous remarqué son absence ?

— Quatorze heures, répondit-elle machinalement.

— Quatorze heures ?

— Oui, je me suis levée vers midi, ce n'est pas un crime, non ?

Le lieutenant Vargas fronça les sourcils.

— Pardonnez-moi, mais j'essaie de comprendre. Vous vous levez à midi, et vous ne constatez son absence que deux heures plus tard…

— On s'est un peu disputées, samedi soir, mais rien de grave…

Après avoir laissé planer un silence lourd de sous-entendus, le policier reprit :

— Vous disputez-vous souvent ?

— Non. Oui. Enfin, si on peut appeler ça des disputes. Vous savez comment ça se passe, avec les adolescents…

— A-t-elle pris son téléphone portable avec elle ? enchaîna-t-il, sans lui laisser le moindre répit. Je suppose qu'elle en a un…

— J'ai son téléphone. Je l'ai confisqué.

— Dommage. Avez-vous des informations, des indices, qui nous permettraient de penser qu'elle n'est pas partie de son plein gré ?

— Je vous affirme que ce n'est pas le cas ! Bon sang, mais je connais ma fille, merde ! Vous croyez que je serais ici si je n'étais pas sûre de moi ? Je suis convaincue qu'il lui est arrivé quelque chose. Je le sens. J'ai eu l'impression que quelqu'un s'était introduit chez nous, cette nuit-là… lâcha-t-elle dans un souffle.

— Rien que ça ? Qu'entendez-vous par impression ? Il y a eu effraction ? Des traces de lutte ?

Valérie secoua la tête.

— La porte d'entrée était-elle fermée à clé ?

— Évidemment !

— Et à votre réveil ?

— Euh, ouverte, je crois, répondit-elle, tout en se maudissant de ne pas s'être posé la question avant.

— Une dernière chose, madame. Avez-vous bu, samedi soir ?

— Quoi, mais quel rapport ?

— Simple routine. Avez-vous bu ?

— Oui, peut-être un verre ou deux… Mais je ne vois pas ce que ça change.

— Rien madame, rien.

— Alors vous faites quoi maintenant ? Vous lancez le plan enlèvement, le truc qu'on voit à la télé…

Le lieutenant se gratta la tête.

— Euh, non… Écoutez, tout semble indiquer que votre fille a fait une fugue, ce qui n'a rien à voir avec un enlèvement…

— Mais vous êtes bouché ou quoi ?

— Non madame, rétorqua le policier d'un ton plus sec. C'est vous qui n'écoutez pas ce que je dis. Savez-vous combien il y a de fugues de mineurs chaque année en France ? Environ quarante mille. Quarante mille fugues, pour à peine quatre cents disparitions inquiétantes. Et par « inquiétante », nous entendons disparition d'un mineur avec des éléments nous permettant de croire qu'il est en danger ou n'est pas parti de lui-même, ce qui n'est a priori pas le cas de votre fille. Je vous rappelle qu'elle aura bientôt dix-huit ans, et que vous vous êtes disputée avec elle. Tout me porte à penser qu'elle a décidé de faire un break… Je vais donner son signalement aux commissariats et gendarmeries, et faire contacter les hôpitaux, mais c'est tout ce que je peux faire pour vous.

— C'est tout ? Incroyable !

— Essayez de vous calmer, retournez chez vous, elle va sûrement appeler. Quand elle aura dépensé tout son argent, elle reviendra tranquillement, penaude, et la vie reprendra son cours…

Chapitre 9
Mardi 26 novembre

Deux jours !

Deux jours sans nouvelles et la police ne daignait pas lever le petit doigt. Plus le temps passait, plus Valérie était certaine que Lisa était en danger. Ces idiots refusaient de comprendre qu'une mère est capable de sentir ces choses-là ! Lassés par son insistance, ils l'avaient même raccompagnée à la porte du commissariat. Mais il en fallait plus pour la décourager. Lorsque le lieutenant Vargas sortit de son lieu de travail, elle se dirigea droit sur lui.

— Rebonjour madame Eynac, souffla le policier. Écoutez, nous ne pouvons rien faire de plus pour le moment… Nous sommes débordés, et il n'y a toujours rien d'inquiétant au sujet de votre fille. Elle a fait une fugue, c'est tout… Et pour être honnête, je commence à la comprendre…

— Quoi ? Qu'avez-vous dit ?

— Non, laissez tomber. Je m'excuse, je ne voulais pas dire ça. Je suis crevé. Bon, j'ai l'impression que vous êtes plutôt à l'aise, financièrement… J'ai peut-être une solution.

— Un privé ?

— Ça ne servira à rien, ces types vont vous pomper tout votre fric… La plupart du temps, ils brassent du vent. Non, un ancien flic de l'OCRVP[1], que je connais bien. Très compétent, et spécialisé dans la recherche de personnes disparues. Seulement… il a raccroché. Je ne sais pas s'il acceptera de vous aider, mais je crois qu'il n'est pas dans une bonne passe, alors peut-être qu'un peu d'argent frais…

— Où puis-je le trouver ?

— Tenez, je vous note son adresse. Et n'hésitez pas à nous rappeler si vous avez un autre élément, un indice qui nous orienterait vers la thèse de l'enlèvement…

Valérie prit le papier, partagée entre ce nouvel espoir et la déception de voir que la police ne lui serait d'aucun secours.

— Euh, vous êtes sûr que vous ne vous êtes pas trompé, lieutenant ? Vous m'avez noté l'adresse d'un cimetière…

— Il n'y a pas d'erreur, madame Eynac. Il ne vous reste plus qu'à le convaincre, mais je vous préviens : ce ne sera pas facile.

1. Office central pour la répression des violences aux personnes.

Chapitre 10
Mardi 26 novembre

Valérie regarda sa montre : 18 h 30. Elle était là depuis deux heures, et l'homme n'était toujours pas sorti de sa maisonnette, située au bout du cimetière. Elle le voyait qui lisait paisiblement, et elle était persuadée qu'il savait pertinemment où elle se trouvait. Leur premier contact n'avait pas été très concluant.

Il lui avait proposé son aide, car elle semblait perdue au milieu des rangées de tombes. Elle avait souri. Ce n'était pas du gardien de cimetière qu'elle avait besoin, mais de l'ancien flic. À peine avait-elle prononcé ce mot que le visage de l'homme s'était fermé, mettant fin à la discussion. Il devait avoir dans les cinquante-cinq ans ; des cheveux bruns indisciplinés, souples, dansaient autour de sa tête et devant ses yeux d'un gris profond, rassurant. Il était mal rasé, ce qui ajoutait à son charme un peu sauvage. Valérie l'imaginait sans peine arpentant les faubourgs les plus dangereux, un flingue à la main.

Au-delà de l'alignement de pierres tombales, l'horizon se fit plus sombre, charriant d'épais nuages noirs qui se lançaient à l'assaut des vestiges du jour. Valérie leva la tête, et une goutte vint s'abattre sur son front. Très vite, l'éclaireur craché par le ciel fut rejoint par le gros des troupes, et des trombes d'eau se déversèrent sur le petit cimetière. Valérie accueillit cette douche improvisée avec philosophie. Rien ne pourrait lui faire quitter cet endroit avant d'avoir pu formuler sa requête auprès du mystérieux gardien.

L'eau ruisselait sur ses joues, transformant ses longues boucles noires en une myriade de pointes qui guidaient le liquide jusqu'à ses épaules délicates. Ses vêtements trempés lui collaient à la peau, révélant un corps parfaitement conservé, au prix de nombreuses heures passées dans les salles de sport. Un observateur inattentif aurait pu émettre des doutes sur la santé mentale de cette femme, qui restait là, indifférente aux agressions répétées des lames de pluie glacée. Mais il se serait trompé. Il suffisait de voir la flamme irradiant ses yeux turquoise, qui avaient pris une teinte presque sombre, pour comprendre que se jouait dans ce cimetière une bataille épique. Un duel opposant l'obstination d'un homme blessé et le farouche instinct maternel d'une mère morte d'inquiétude.

Ni le froid ni l'obscurité ne la firent ployer. Au bout d'un temps qu'elle n'aurait su déterminer, la porte de la maisonnette s'entrouvrit, jetant dans le cimetière désert un rai de lumière qui concurrençait sans mal la pâle lueur de la lune.

— Allez, venez vous réchauffer, dit l'homme d'une voix grave.

Sans un mot, Valérie entra dans la maisonnette, savourant la chaleur que diffusait l'âtre de la cheminée. Une grosse bûche de chêne s'y consumait doucement.

— Têtue ? demanda-t-il.

— Ça dépend…

— De quoi ?

— Ça dépend si vous voyez ça comme un compliment ou comme une insulte…

— Tenez, prenez ça, dit-il en lui tendant une serviette. Que me voulez-vous, au juste ?

— J'ai besoin d'aide. Pour retrouver ma fille. Elle a disparu.

L'homme garda le silence.

— Le lieutenant Vargas m'a parlé de vous… J'ai ici de quoi vous dédommager, poursuivit-elle en sortant des billets.

Il secoua doucement la tête.

— Je ne peux rien pour vous. Il y a dix ans, cela aurait été différent, mais j'ai raccroché. Le lieutenant a dû vous le dire, non ?

— Il m'a dit que vous aviez besoin d'argent. S'il n'y en a pas assez…

— Il se trompe. Je me contente de ce que j'ai. Pour information, le lieutenant Vargas est mon neveu. Je me nomme John Vargas. Et je suis un simple gardien de…

— Maintenant, oui. Mais avant ? Je me suis renseignée sur vous… À l'époque, vous étiez flic, vous aussi. Vous étiez sacrément bon. Un as, dans votre genre… Ne me dites pas que ça ne vous manque pas.

— Rentrez chez vous. Si mon neveu ne peut rien pour vous, alors moi non plus.

— Vous n'êtes qu'un lâche ! aboya-t-elle. Vous vous planquez parce que vous n'avez plus le courage de vous regarder dans une glace. Vous croyez réellement que cela va changer quelque chose ? Cette petite fille est morte par votre faute, c'est vrai ! Mais vous enterrer ici ne la ramènera pas !

— De quel droit ? Sortez de chez moi, répondit John Vargas, la mâchoire serrée.

— Pourquoi ? Parce que personne n'a jamais osé vous parler de cette façon, jamais osé vous dire la vérité ? Vous avez tué cette fillette, obnubilé par votre soif de gloire. Si ça avait marché, vous auriez pu la sauver et du même coup décrocher la une de tous les journaux ! Mais un petit détail vous a échappé, et ça a mal tourné…

— Et pas qu'un peu… souffla-t-il, pensif. Je n'ai pas la moindre envie de revivre ça.

— Et moi je n'ai pas envie de perdre ma fille parce que la police ne veut pas m'écouter et qu'un ancien flic désabusé n'arrive pas à tirer les leçons de ses erreurs…

John Vargas soupira longuement, puis ses épaules s'affaissèrent.

— Désolé, je n'en suis pas capable, chuchota-t-il, tant pour lui que pour Valérie.

Dans un sursaut d'orgueil, il fit l'effort d'affronter le regard de Valérie Eynac. Il ne put s'empêcher d'écarquiller les yeux sous la surprise.

— Non, mais… arrêtez… Que faites-vous ?

— Je suis encore pas mal, se contenta de dire Valérie en laissant tomber sa robe trempée sur le sol.

Elle dégrafa son soutien-gorge, révélant deux jolis seins aux mamelons dressés par le froid.

— Vous refusez mon argent, mais peut-être voudrez-vous de moi ?

John Vargas fit un pas vers elle, ne pouvant s'empêcher d'admirer les courbes harmonieuses du corps qui s'offrait à lui, puis la recouvrit délicatement avec la serviette. Il retourna s'installer dans son fauteuil auprès du feu.

— Que les choses soient claires, fit-il, hésitant. Je vous trouve très à mon goût, mais il n'est pas dans mes habitudes de profiter d'une femme en détresse. Je suis prêt à écouter votre histoire. Mais je ne vous promets rien, je me fais bien comprendre ?

Une larme roula sur la joue de Valérie. Elle s'emmitoufla dans la serviette et vint s'asseoir en face de Vargas. Puis elle commença à parler, les yeux plongés dans la danse sinueuse des flammes. Elle lui raconta tout, sans omettre le moindre détail, allant même jusqu'à exposer les raisons de l'inaction du lieutenant.

— Qu'est-ce qui vous fait penser que ce n'est pas une fugue ? demanda doucement l'ancien flic.

— Si je vous dis que je connais ma fille, ça ne vous suffira pas ?

— J'en ai peur…

— Depuis l'entrevue avec votre neveu, j'ai bien réfléchi : il y a un truc qui ne colle pas. Lorsque je me suis réveillée, le jour de sa disparition, j'avais une terrible gueule de bois, et je ne me souviens pas avoir descendu plus de deux verres. Il m'arrive de boire à l'occasion, et je peux vous dire qu'il me faut plus de deux verres de vin pour avoir mal à la tête le lendemain… Et puis, il y a cette impression… Celle d'avoir vu quelqu'un durant la nuit… Je ne parviens pas à m'en défaire.

John se leva et fit quelques pas dans la petite pièce, perdu dans ses pensées. Tout à coup, il se dirigea droit vers elle. Pendant un instant, Valérie crut qu'il avait changé d'avis. Elle ferma les yeux, résignée. Mais il se contenta de lui arracher un cheveu.

— Aïe ! protesta-t-elle. Mais pourquoi vous faites ça ?

— Pour le cheveu, il s'agit simplement d'une idée, que je tiens à poursuivre jusqu'à son terme. Je vais être franc. Je pense que votre fille a fait une fugue. Et je veux bien vous aider à la retrouver. Je ne vous promets toujours rien, bien sûr, mais j'ai gardé quelques contacts.

— Merci, monsieur Vargas. Je ne sais comment…

— Ça suffit. Appelez-moi John. Après tout, nous avons presque couché ensemble.

Les joues de Valérie s'empourprèrent.

— Juste une dernière chose. J'ai commis une erreur dans le passé, et je ne la commettrai pas deux fois. À tout moment, je dis bien à tout moment, si je sens que quelque chose m'échappe, ou que vous me cachez la vérité, je plaque tout et je téléphone à mes anciens collègues. J'ai assez de la mort d'une fillette sur la conscience.

Chapitre 11
Mercredi 27 novembre

Trois coups sourds.

Valérie se réveilla en sursaut. On frappait à la porte. Elle regarda sa montre : 10 heures. *Lisa ?* espéra-t-elle immédiatement. Elle se précipita à l'entrée et déverrouilla la porte blindée. C'était John, le gardien de cimetière. Ou plutôt le flic. Une lueur nouvelle brillait dans ses yeux.

— Bonjour John. Vous n'avez pas perdu de temps.

— En effet. Permettez que j'entre ?

— Bien sûr, faites comme chez vous…

— Aucune nouvelle de votre fille ?

— Rien, souffla Valérie.

John furetait un peu partout, comme s'il cherchait quelque chose.

— Vous voulez un café ?

— La salle de bains, plutôt…

— Deuxième à droite, au fond du couloir, indiqua-t-elle, perplexe.

Sans un mot, il s'engouffra dans la pièce et fit jouer le verrou. De nombreux petits bruits métalliques attirèrent l'attention de Valérie.

— John ? Ça va ? Vous avez besoin d'aide ? questionna-t-elle en collant son oreille sur la porte.

John l'ouvrit brusquement, et Valérie manqua de basculer en avant. En un instant, elle comprit l'origine des bruits suspects : tout le contenu de son armoire à pharmacie était répandu dans le lavabo.

— Ça vous arrive souvent, de foutre le bordel chez des gens que vous connaissez à peine ?

Comme insensible à ses remarques, John continua sa visite et entra dans la chambre de Valérie. Il ouvrit les tiroirs de la commode, éparpilla ses vêtements, dessous compris, avant de lui accorder enfin son attention.

— John, ça suffit ! Vous me faites peur… Qu'est-ce qui vous prend ?

— Je vérifie, c'est tout.

— Vous vérifiez quoi ?

— Asseyez-vous, s'il vous plaît.

Valérie fronça les sourcils, puis s'installa dans le canapé.

— Je pense, déclara John, que Lisa a bien été enlevée.

Valérie eut un léger vertige, partagée entre le soulagement d'être enfin prise au sérieux et son inquiétude grandissante.

— J'ai fait analyser le cheveu que je vous ai arraché hier, dit-il. Il contient des traces d'une substance appelée GHB, ou drogue du violeur. J'ai vidé votre armoire à pharmacie pour être sûr que vous ne vous étiez pas droguée vous-même… À première vue, ce n'est pas le cas.

— Me droguer ? C'est tordu comme raisonnement. Pourquoi aurais-je fait ça ?

— Vous ne seriez pas la première maman folle d'inquiétude à monter une histoire pour justifier la fugue de sa fille. Il est très difficile d'admettre que votre enfant vous déteste au point de s'enfuir…

— Je vous jure que je n'ai pas fait une telle chose. Et ma fille ne me déteste pas, ajouta-t-elle d'une voix mal assurée. Alors ils sont bien venus, c'est ça ? Quelqu'un est entré ici pour prendre ma Lisa ?

— J'en ai bien peur…

À ce moment, une vibration résonna dans la pièce.

— Portable, indiqua John. Celui de votre fille ?

Valérie haussa les épaules.

— Ce doit être le vôtre, le mien et celui de Lisa sont posés sur la table, juste devant vous…

— Je n'en ai pas.

Valérie, intriguée, tenta de déterminer la provenance de la vibration. La petite musique attrayante se mit à tinter de plus en plus fort, facilitant la recherche. Enfin, elle trouva. Le son s'échappait de la pile de courrier reçu la veille. Fébrilement, elle étala les enveloppes sur la table et identifia la source du bruit. Elle déchira en toute hâte le papier et sortit un téléphone portable, dont l'écran clignotait. Il y avait un message :

MAMAN ?

Le cœur de Valérie bondit dans sa poitrine, lui insufflant une bouffée d'espoir. Elle tenta de rappeler immédiatement, mais son enthousiasme fut de courte durée. Le numéro était masqué.

— Merde, jura-t-elle. C'est pas possible.

Avant qu'elle n'ait eu le temps de réfléchir, une nouvelle vibration prit naissance au creux de sa main. Un second message…

LISA T'M BOCOU
OUBLI LA POLIS OU TU LA RE V RA JAME
A +

Valérie resta bouche bée, incapable d'articuler le moindre son. Ses derniers doutes venaient de s'envoler.

LISA

Chapitre 12
Dimanche 24 novembre

Lisa se réveilla avec une horrible migraine. Elle avait mis du temps à s'endormir, maudissant sa mère et ses remarques désobligeantes. Les vieux ne comprenaient décidément jamais rien. Profs, parents, même combat ! Après de longues heures, sa colère avait finalement été vaincue par les assauts répétés des hormones libérées par son organisme. Son corps avait besoin de repos…

Elle se souvenait vaguement d'un affreux cauchemar et en avait gardé un mal de tête cuisant. Elle avait rêvé de deux hommes, habillés de noir des pieds à la tête… Ils se penchaient au-dessus d'elle, durant son sommeil, et la ligotaient… Elle se débattait violemment, projetant sa couette sur le sol et assénant coups de pied et coups de griffe en tous sens. Puis il y avait eu cette odeur étrange…

Un vrombissement inhabituel la tira brusquement des souvenirs brumeux du songe désagréable. Elle ouvrit péniblement les paupières. Nouveau flash de douleur au niveau des tempes… Il faisait sombre. Soudain, elle compris qu'elle n'était pas dans son lit. Devant elle se tenait une masse indistincte. En se concentrant, elle pensa à un fauteuil, ou quelque chose dans ce genre. Intriguée, elle tenta de se lever, mais se rendit compte que ses pieds et ses mains étaient attachés. Son rythme cardiaque s'accéléra subitement. À chaque pulsation, la douleur dansait dans son crâne, comme si un troupeau de bisons furieux avait élu domicile sous ses longs cheveux noirs. Péniblement, son cerveau parvint enfin à s'abstraire de la tempête au cœur de laquelle il s'était remis à fonctionner : ces fauteuils qu'elle n'avait jamais vus, les liens qui l'empêchaient de bouger… et cette migraine. Si vive qu'il ne pouvait s'agir que de la réalité !

L'horrible impression se mua progressivement en certitude. Un cri de terreur monta du fond de sa gorge.

Cela n'avait rien d'un cauchemar.

On l'avait bel et bien enlevée !

Son cri s'amplifia durant plusieurs secondes, jusqu'à ce qu'une énorme main vienne se plaquer sur sa bouche.

Cette odeur, de nouveau… Un peu comme de l'éther…

Elle ressentit une drôle de sensation, qui croissait à chaque inspiration. Sa terreur refluait petit à petit pour laisser place à une étrange torpeur…

Elle comprit que l'on était en train de la droguer.

Ses paupières alourdies réduisirent ses yeux à deux minces fissures, avant de se fermer pour de longues heures.

Chapitre 13
Lundi 25 novembre

— Bienvenue au camp Franklin.

Lisa ouvrit doucement les yeux, essayant qu'on ne remarque pas qu'elle s'était réveillée. Elle n'avait aucune envie qu'on l'expédie de nouveau au pays des songes.

— C'est bon, Lisa, vous pouvez vous redresser.

Lisa ? Avait-elle bien entendu ? Ainsi, cet homme connaissait son prénom. Les mâchoires serrées, elle fit face à son interlocuteur. Une cinquantaine d'années, le teint buriné, des traits non dénués de charme, avec un regard pénétrant. Qui pouvait être ce type ?

— Je répète, bienvenue au camp Franklin. Nous sommes le lundi 25 novembre. J'espère que le voyage n'a pas été trop pénible.

Le camp Franklin ? Un millier de questions brûlaient les lèvres de Lisa. Un rapide coup d'œil lui permit de remarquer qu'elle n'était pas seule. Ce simple constat fut un énorme soulagement. Cinq autres jeunes de son âge, une fille et quatre garçons, étaient assis dans des fauteuils similaires au sien. Un peu plus loin, elle distingua deux gars musclés, vingt-cinq, trente ans environ, et une grande femme à l'air sévère. Tous trois portaient un tee-shirt arborant l'emblème du camp Franklin. Elle allait formuler les questions qui la taraudaient, quand l'homme aux tempes grisonnantes la devança :

— Je sais que pour certains d'entre vous le réveil est un peu rude. Sachez néanmoins que tout s'est bien passé. Vous êtes au camp Franklin, et je suis David Mac Cleer, le directeur. Vous allez participer à notre programme de rééducation. En termes plus directs, vous êtes des adolescents difficiles, vous causez des problèmes à vos parents. Et nous sommes là pour vous aider à dépasser ces difficultés passagères et faire de vous des adultes responsables…

— Connerie ! siffla un jeune homme, sur la gauche de Lisa.

Il portait un pantalon de toile et un blazer assorti. ***Bien trop classe pour quelqu'un de notre âge***, songea Lisa. Mac Cleer se tourna lentement en direction de l'adolescent :

— Mathieu de La Verdière, je présume… Cher Mathieu, vous me contraignez à vous expliquer certaines choses. Je sais que vous avez déjà participé à des camps aux programmes ressemblant au nôtre… Mais j'ai une nouvelle pour vous : ici, tout va être différent. Vous serez respectueux, poli, et vous obéirez aux consignes données. Ce n'est pas une demande, c'est un fait. Il faut que vous compreniez tous que vos parents nous ont laissé toute latitude pour vous sauver, et…

— Nous sauver ? Écoute, papy, continua le fameux Mathieu en se levant, comme tu dis, j'en ai bouffé des camps de daube, même avec des débiles de militaires, alors si tu crois m'impressionner…

Sur un geste du directeur, les deux types qui attendaient dans l'ombre se jetèrent sur le jeune homme. Ils le forcèrent à s'asseoir, mais Mathieu se débattit violemment. L'une des deux armoires à glace sortit un objet de sa poche, et un grésillement lugubre retentit dans la pièce. Mathieu s'effondra, secoué de soubresauts.

Lisa sentait les pulsations de son cœur cognant contre sa poitrine. Ces mecs étaient cinglés ! Ils ligotèrent le jeune homme, toujours incapable de bouger, et le positionnèrent face contre terre, sur le sol glacé. Lisa n'en croyait pas ses yeux. Les murs nus et gris qui l'entouraient, sans la moindre fenêtre, ne faisaient qu'ajouter à la panique qui commençait à la gagner.

— Je n'ai rien à faire ici, s'écria-t-elle. C'est une erreur ! Je dormais tranquillement et on m'a enlevée ! Vous êtes des malades mentaux. Je n'ai rien à faire ici, répéta-t-elle en se levant.

— Pareil pour moi, renchérit un autre jeune à sa droite.

Les deux hommes se dirigèrent vers eux d'un pas décidé.

— Êtes-vous certains de souhaiter nous voir recourir à la force, jeunes gens ? demanda le directeur.

— Mais vous ne comprenez pas ! Je vous dis que c'est une erreur… insista Lisa, sentant les larmes affleurer.

— Vous êtes bien Lisa Eynac, résidant dans le 15e arrondissement à Paris, en France ? s'enquit Mac Cleer en regardant ses notes.

Lisa acquiesça doucement. En France ? Pourquoi parlait-il de la France ? Elle envisagea soudain la possibilité de se trouver dans un autre pays… *Mon Dieu*, pensa-t-elle.

— Voici l'autorisation signée par votre mère, Valérie Eynac, dit-il en lui tendant le document. Et pour clore le sujet sur les enlèvements, je vous le confirme, certains d'entre vous ne sont pas ici de leur plein gré. À la demande de vos parents, nous avons fait le nécessaire pour vous amener à bon port, en utilisant les moyens adaptés. L'enlèvement fait partie de ces moyens. Vous avez voyagé par avion privé, en toute légalité, puisque vos parents nous ont donné carte blanche… Pour éviter tout stress inutile, nous vous avons un peu aidés à dormir durant le trajet. Si vous avez des maux de tête, ne vous alarmez pas, il ne s'agit que d'effets secondaires du chloroforme. Je vais maintenant vous laisser vous sustenter un peu. Il y a des gâteaux et du jus d'orange. Vous attendrez dans cette pièce que nous revenions. Tout à l'heure, je vous expliquerai plus en détail nos règles de vie et le but du programme. D'ici là, Mathieu restera attaché au sol. S'il prenait l'envie à l'un d'entre vous de le détacher, il irait rejoindre cet insolent dans son inconfortable position.

Sans attendre de réponse, les quatre adultes quittèrent la pièce et refermèrent la lourde porte d'acier en sortant. Lisa ne put réprimer une série de frissons en entendant le cliquetis métallique de la serrure résonner contre le béton. Elle examina attentivement l'espace environnant. Quelle que soit la direction dans laquelle ses yeux se portaient, la monotonie déprimante de gris terne et de mobilier spartiate lui criait qu'elle n'avait rien à faire dans ce centre. Et puis, ce froid la tétanisait… Elle estima qu'il faisait moins de dix degrés. À croire qu'on voulait leur filer la crève…

Un long soupir lui échappa.

Comment sa mère avait-elle pu lui faire une chose pareille ?

Chapitre 14
Lundi 25 novembre

— Salut, je m'appelle Alex, déclara un des garçons, brisant le silence pesant qui s'était installé après le départ du directeur. On pourrait peut-être se présenter… Je crois qu'on est tous dans la même galère.

Lisa l'examina avec soin. Elle l'avait déjà remarqué. Grand, bien bâti mais sans excès, avec un beau visage carré et des yeux d'un vert flashant. Tout à fait son style, en d'autres circonstances.

— Moi c'est Lisa, fit-elle, portant son attention sur les autres.

Son regard passa successivement d'une fille blonde, plutôt jolie, prénommée Katya, aux deux garçons restants : un jeune au teint mat, petit et sec, d'origine nord-africaine et qui semblait tout timide, et le second qui les toisait d'un air dur, cheveux très courts, visage taillé à coups de serpe et muscles saillants.

Le timide se lança :

— Je m'appelle Saïd, et je me demande bien ce que je fais ici.

— Pareil pour moi, renchérit Alex.

— On est tous dans le même cas, ou quoi ? s'enquit Lisa.

Le garçon au visage dur ricana, les dévisageant de ses yeux froids.

— Allez, arrêtez de faire vos mijaurées… Vous n'êtes pas arrivés là par hasard, dit-il avec un fort accent. Pour moi, c'était ça ou trois ans de prison ferme à Québec. Le choix était vite fait. Et toi la blonde, t'as fait quoi ?

Québec ? Encore une fois, cette allusion à un pays étranger décontenança Lisa. Ses craintes s'amplifiaient de seconde en seconde : ils n'étaient peut-être plus en France.

— Des problèmes avec mon père, répondit Katya. C'est une sorte de pasteur, version extrémiste, alors j'ai pas vraiment mon mot à dire. Il m'a envoyée ici pour me dresser. Si j'ai bien compris, dès que j'aurai dix-huit ans, il me mariera de force à un de ses amis. Je ne sais pas si c'est pire d'être là ou de retourner chez moi.

— Alors, vous voyez qu'on a tous une bonne raison, continua le gros dur. Et toi, le branleur ? Mathieu, c'est ça ? T'as répondu à maman ? Tu dis rien ? Peut-être que t'as encore un peu d'électricité dans les dents ?

— Je t'emmerde, le rasé, maugréa Mathieu en tentant de relever la tête. Tu fais le cake mais t'as pas ouvert ta bouche tout à l'heure…

— Parce que tu crois que c'était malin ? Hein, fils à papa ? insista-t-il, en lui donnant un petit coup de pied dans les côtes.

— Oh doucement, intervint Alex.

— Enfin quelqu'un de civilisé, enchaîna Mathieu en grimaçant. Salut Alex. Au fait, c'est quoi ton prénom le rasé ?

— Mes amis m'appellent Sam. Tu peux m'appeler monsieur.

— Super... c'est un comique, ajouta le jeune homme ligoté. Et avec l'accent, c'est encore plus drôle !

Sam fit un pas dans sa direction, mais Lisa s'interposa :

— C'est bon tous les deux. Le concours de testostérone, vous le gardez pour plus tard... Tu sais pourquoi tu es là, Mathieu ?

Sam la dévisagea de la tête aux pieds, avec une expression dépourvue d'ambiguïté. Il la reluquait ! Elle l'ignora : ce n'était ni le premier ni le dernier à poser les yeux sur elle... Pour le reste, il pouvait toujours se brosser.

— En fait, commença Mathieu, j'ai mon idée... Ou plutôt, mes parents croient le savoir... Je suis un peu le vilain petit canard de la famille. Je picole, je fume, je m'éclate, quoi... Qui n'en ferait pas autant avec de la thune et une grande maison vide ? Mon père bosse tout le temps et ma mère s'intéresse plus à la nouvelle couleur de ses ongles de pied qu'à ses gosses. Alors pour simplifier, je me tape totalement de mes parents, et je ne fous absolument rien à l'école. Je crois que ça fait bien chier mon paternel, qui de temps en temps m'offre un petit séjour de ce genre...

— Tu as déjà fait des camps comme ça ? demanda Katya.

— Oui, m'dame. Encore que, cette fois, ils ont l'air salement vachards, les gardiens... J'espère que c'est juste pour nous impressionner, sinon, on va en chier. Et vous les trois anges, pourquoi vous êtes là ?

— Vraiment aucune idée, persista Alex.

— Pareil pour moi, confirma Saïd.

Lisa hésita.

— Je me prends souvent la tête avec ma mère, mais de là à penser qu'elle m'aurait envoyée ici...

— Voilà. Enfin un peu d'honnêteté ! trancha Sam. Quant à vous les petites oies blanches, dit-il en désignant Alex et Saïd, je vous ai à l'œil. Dans les centres de détention pour mineurs que j'ai fréquentés, tout le monde était toujours innocent. Et ce sont souvent les plus innocents les pires, si vous voyez ce que je veux dire…

— Ce qui est sûr, intervint Lisa, c'est qu'il va falloir se serrer les coudes…

Les regards qui s'échangèrent ne la rassurèrent pas du tout.

Chapitre 15
Lundi 25 novembre

— Asseyez-vous, ordonna Mac Cleer.

Tous obtempérèrent. Même Mathieu, libre de ses mouvements depuis peu, se dirigea sans broncher vers sa chaise.

— Maintenant que vous avez mangé, je vais vous décrire les modalités du programme. Nous sommes quatre adultes : Mme Yema est le médecin du camp. Mike et David sont vos anges gardiens. Ils vous aideront, par la force s'il le faut, à faire les bons choix. (Les deux gros bras se fendirent d'un large sourire, mais leurs yeux restèrent plus froids que ceux d'un serpent.) Enfin, je dirige ce camp. Vous pouvez m'appeler monsieur le directeur, ou monsieur Mac Cleer.

— Ou…

— Quelque chose à ajouter Mathieu ?

— Non, rien, excusez-moi, fit le jeune homme en s'apercevant que Mike et David étaient déjà sur les starting-blocks.

— Bien. Poursuivons. Vous n'êtes pas en prison. Vous n'êtes pas dans un camp militaire. Nous sommes sur l'île du Roi-Guillaume, au Canada, près du pôle Nord.

— Merde, lâcha Alex. C'est une blague ?

Lisa ferma les yeux, atterrée.

— J'ai l'air d'un plaisantin ? La température extérieure est actuellement de moins cinq degrés, et, selon les conditions météo, peut descendre jusqu'à moins cinquante. Si vous quittez le centre à pied par mauvais temps, vous mourrez de froid. L'un d'entre vous connaît-il l'origine du mot « Arctique » ? Personne ? Ce nom provient du grec *arktos*, qui signifie « ours »... Comme son nom l'indique, l'Antarctique, dans l'hémisphère Sud, est à l'opposé de l'endroit où nous nous trouvons. Et le prédateur le plus dangereux pour l'homme en est absent, ce qui est loin d'être le cas ici. Si d'aventure vous croisiez le chemin d'un de ces mastodontes, ne tentez pas de fuir. Il peut atteindre la vitesse de 55 kilomètres-heure, alors qu'Usain Bolt court son 100 mètres à 37,5 kilomètres-heure ! Dois-je préciser que vous n'êtes pas Usain Bolt ? Votre seule chance est donc d'effrayer l'ours, ou de le tuer. Vous l'aurez compris, une fois à l'extérieur de la base, si par miracle vous surviviez aux températures extrêmes, les ours se chargeraient du travail. Aucune sortie sans escorte armée n'est donc autorisée. Pour les raisons que je viens d'exposer, nous ne verrouillons jamais la porte d'entrée de la base : nous n'en voyons pas l'utilité. À moins que ne se cachent des suicidaires parmi vous ? Samuel, votre faciès primitif semble indiquer que vous n'avez pas tout saisi. Dois-je vous réexpliquer certains passages ?

— Allez vous faire... Non monsieur, se reprit le jeune homme in extremis en croisant le regard sadique de Mike qui avait sorti son pistolet électrique.

— Bien, nous pouvons donc poursuivre. Vous passerez la nuit dans des chambres individuelles, quoique « cabines » soit un terme plus approprié. Elles seront fermées à clé. Vous aurez chaque jour des cours et un certain nombre de tâches à effectuer. Toute tâche bâclée ou refusée donnera lieu à une sanction. L'insolence, le manque de respect, la violence physique ou verbale donneront lieu à une sanction. Vous êtes ici pour trois mois, avec possible reconduction de trois mois en cas d'échec. Pas de visite. Pas de téléphone. Pas de télévision. Pas d'Internet. Pas de courrier, sauf si nous le décidons. Des questions ?

— Pas de piscine, j'imagine ? risqua Mathieu, un sourire aux lèvres.

— Je vois que Mathieu ne semble pas avoir compris. Mike et David vont lui montrer ses quartiers pour la nuit…

— Oh, allez, c'était juste pour rigoler un peu…

Les deux hommes fondirent sur lui, attrapant chacun un bras, et le firent sortir de la pièce.

— Où l'emmènent-ils ? demanda Katya.

— Je vous prierai de lever la main avant de prendre la parole, gronda Mac Cleer.

Katya baissa la tête, ce qui dut contenter le directeur, car il précisa :

— Mathieu dormira dans le carré, ce soir… Je ne vous souhaite pas de partager ce plaisir. Il s'agit d'une pièce de soixante centimètres de côté. On peut s'y tenir confortablement, à condition de rester debout. Mais la nuit est longue…

Lisa échangea un regard inquiet avec Alex. Mac Cleer disait-il la vérité ?

— Poursuivons, je vous prie. Puisqu'il était question de loisirs, je vous annonce que vous aurez le droit de lire durant vos temps libres. Autant que vous voudrez. Notre sélection est conservée dans la bibliothèque, à l'étage. Pour information, la pièce dans laquelle nous nous trouvons est appelée le « bunker », en raison de sa résistance extrême à toute forme d'intempérie… Nous n'aurons pas de raison d'y revenir, à moins que la météo ne nous joue des tours. Le caractère austère du bâtiment provient de sa fonction première : il s'agit d'une ancienne base militaire américaine, où l'on a procédé à de nombreuses expériences en milieu polaire.

Saïd leva la main, la tête enfoncée dans les épaules, comme s'il s'apprêtait à recevoir une correction.

— Oui ? fit Mac Cleer.

— Pourquoi le camp s'appelle-t-il Franklin ?

— Pourquoi le camp s'appelle-t-il Franklin, monsieur le directeur ! corrigea Mac Cleer, sans une once de souplesse. J'attends !

— Pourquoi le camp s'appelle-t-il Franklin, monsieur le directeur ? balbutia Saïd.

Sam le toisa d'un air dédaigneux et faillit intervenir, mais se contenta de serrer les dents.

— Le camp s'appelle Franklin en hommage à sir John Franklin, explorateur intrépide des terres glacées de l'Arctique. En 1845, il partit avec cent vingt-neuf hommes à bord de deux brise-glace à vapeur, pour tenter de trouver un passage vers les Indes par le nord. Pour des raisons que je vous exposerai plus tard, l'expédition se termina fort mal, par la mort de tous les membres d'équipage. À ce jour, personne n'a réussi à localiser le lieu exact où reposent les deux navires. Nous nous employons, saison après saison, avec l'aide de jeunes gens tels que vous, à retrouver des traces de ces explorateurs malheureux. Vous voyez que notre programme n'a rien de commun avec un séjour en prison ! conclut Mac Cleer avec un rictus charmeur.

Lisa frissonna. Elle aurait juré que cet homme pouvait vous sourire comme si vous étiez son propre enfant et vous jeter la seconde suivante dans la gueule béante d'un ours affamé.

Chapitre 16
Mardi 26 novembre

Première nuit au camp. Une nuit très courte. Lisa n'avait pas fermé l'œil, assaillie de nombreux cauchemars, où le souvenir de son kidnapping se mêlait à des images d'ours sanguinaires et à des cris de colère de sa mère.

Quand le directeur avait parlé de cabine, elle avait eu un peu de mal à se représenter la chose. C'était maintenant plus clair. Sa chambre se résumait à un petit espace de deux mètres sur trois, qui ne pouvait accueillir qu'un lit et un minuscule bureau métallique, d'une rigueur toute militaire. Son sac de couchage semblait de bonne qualité, car elle n'avait pas ressenti les effets du froid. Le cliquetis de la serrure la tira de ses réflexions.

— Debout ! cria une voix gutturale. Petit déjeuner dans cinq minutes.

David ? Mike ? Peu importe. Elle s'était résolue à les appeler « les jumeaux » : deux tas de muscles décervelés, obéissant au doigt et à l'œil au directeur. Ils avaient dû être vendus avec la base, ces deux abrutis…

Elle passa rapidement des vêtements chauds et sortit.

— En rang ! tonna de nouveau la voix.

Docilement, Lisa s'exécuta.

— En avant !

Le convoi d'adolescents s'ébranla le long d'un couloir en béton brut et prit la direction du réfectoire. Personne n'osa desserrer les lèvres.

— Bonjour, les accueillit le directeur. Veuillez prendre place devant votre plateau.

Sam se laissa choir sur sa chaise et s'empara fiévreusement d'un morceau de pain. Une règle métallique, prolongement du bras d'un des jumeaux, s'abattit avec force sur sa main.

— Aïe ! Mais putain, tu m'as cassé le doigt ! s'écria Sam, serrant son poing valide, visiblement prêt à l'expédier dans le visage de Mike.

— Je vous le déconseille vivement, Samuel, aboya le directeur. À moins que vous ne souhaitiez visiter le carré, à votre tour ?

Sur ces mots, Mathieu entra dans la salle, chancelant. Il avait des cernes violets sous les yeux et semblait épuisé. Sans le moindre regard pour ses camarades d'infortune ou ses geôliers, il s'installa devant son bol.

— Je vois que vous avez moins de prédispositions à l'insolence, ce matin, cher Mathieu. Avant chaque repas, nous réciterons trois fois la doctrine du camp. Répétez après moi : *Seigneur, accorde-nous ton pardon pour toutes nos erreurs passées.* Ne m'obligez pas à être plus convaincant ! *Seigneur, accorde-nous ton pardon pour toutes nos erreurs passées.*

Du bout des lèvres, Lisa susurra :

— Seigneur, accorde-nous ton pardon pour toutes nos erreurs passées.

— Plus fort ! reprit le directeur. *Nous nous engageons sur le chemin de la sagesse. Nous obéirons à nos parents sans remettre en cause leur autorité. Nous rendrons à nos parents tout l'amour dont ils nous couvrent. Nous ne céderons pas aux tentations viles que sont le sexe, l'alcool et les drogues. Nous travaillerons chaque jour avec courage, pour rendre à Dieu ce qu'il nous a donné. Amen.*

— Amen, répétèrent en cœur les six jeunes gens.

Après leur avoir fait scrupuleusement réciter l'étrange prière par deux fois, Mac Cleer passa ses consignes :

— Aucune parole ne sera échangée pendant les repas. Si vous avez besoin de quelque chose, levez la main. Mike et David vous serviront. Le planning de la journée et de vos tâches respectives est affiché au tableau. Cet après-midi, nous sortirons pour la première fois. Le temps est clément. Nous ferons une excursion en motoneige pour vous expliquer plus précisément en quoi consistera votre travail des prochains mois.

Lisa resta longuement immobile devant son plateau, méditant les derniers mots de Mac Cleer : « pour vous expliquer plus précisément en quoi consistera votre travail des prochains mois ». Avec la meilleure volonté du monde, elle ne se voyait pas séjourner ici ne serait-ce qu'une journée de plus, alors plusieurs mois… Elle sentit ses yeux s'embuer et serra les dents. Ne pas craquer. Hors de question de passer pour une petite chose fragile auprès des autres. Un regard rapide lui permit de se rendre compte que ces derniers ne semblaient pas non plus à la fête. Cela la rassura un peu. Au moins, elle n'était pas seule dans cette galère…

Chapitre 17
Mardi 26 novembre

Lisa consulta le tableau avec une certaine appréhension. De 8 heures à 9 heures, diverses tâches ménagères étaient au programme. Elle avait hérité de la vaisselle et du nettoyage du réfectoire. Certains étaient moins bien lotis, remarqua-t-elle en continuant de découvrir la liste des corvées. De neuf à dix, Mac Cleer leur parlerait du milieu polaire.

Son regard descendit sur le planning et elle fronça les sourcils. De dix à onze, cours de morale. Et pour finir la matinée en beauté, une heure de chant religieux ! Elle constata avec soulagement que Mac Cleer n'avait pas menti : une excursion sur l'île était prévue en début d'après-midi. À 18 heures, ils visionneraient une vidéo, et regagneraient leur chambre après le repas vers 21 heures. *On va se coucher comme les poules*, pensa-t-elle, tout en se dirigeant vers le placard à balais pour entamer le nettoyage de la pièce. Elle n'osait même pas imaginer le type de vidéo que leur proposerait Mac Cleer.

Elle s'acquitta de son travail en silence, apercevant de temps en temps un des autres pensionnaires du camp qui effectuait également son lot de corvées. Elle trouvait l'atmosphère assez surréaliste : six jeunes qui obéissaient bien gentiment, sans un mot, et sans protester, comme si tout était normal... Sauf que rien n'était normal dans ce fichu camp de cinglés ! Elle sentait monter en elle une colère diffuse, tournée vers ces hommes de Cro-Magnon qui se permettaient de les traiter comme des êtres incapables de penser par eux-mêmes ! Elle se demanda combien de temps elle pourrait tenir avant d'exploser. Des cours de morale et de chant religieux : comme si elle avait besoin de ça ! Elle ferma les yeux un instant, songeant à sa mère. Un certain nombre d'insultes à son encontre prirent forme dans son esprit. Comment avait-elle osé l'expédier ici sans la moindre raison ? Quand elle rouvrit les paupières, les murs de béton froid et le mobilier métallique, qui semblait avoir été conçu au XIXe siècle, la ramenèrent à la réalité. Le souvenir de Mathieu, avec ses cernes noirs et son air abattu, lui rappela qu'il ne serait pas facile de s'opposer au directeur et à ses gros bras.

À 9 heures précises, un haut-parleur résonna dans le bâtiment, leur demandant de se rendre en salle de réunion. Lisa embrassa la pièce du regard : le réfectoire était si propre qu'on aurait pu manger sur le sol. Satisfaite, elle se dirigea tranquillement vers la salle indiquée. Elle s'installa à côté d'Alex, le beau gosse, mais n'osa pas lui adresser la parole. À ce moment précis, l'interdiction de communiquer lui convenait assez bien. À chaque fois qu'un garçon lui plaisait, elle se sentait troublée et ne parvenait pas à engager une conversation sans avoir l'impression de passer pour une idiote. Elle se contenta de lui lancer une œillade amicale, agrémentée d'un petit sourire. Alex sourit à son tour, posant sur elle ses beaux yeux verts. Première victoire, songea Lisa, fière de la réussite de son entreprise de séduction. Après tout, il ne fallait pas se le cacher, elle avait l'habitude d'être regardée… Ses longs cheveux noirs descendaient en cascade sur ses épaules, et son teint mat faisait ressortir les traits harmonieux de son visage. De plus, elle avait hérité de sa mère des yeux d'un bleu très clair qui ensorcelaient littéralement les garçons. Encore une fois, cela avait l'air de fonctionner… Elle avait pourtant conscience de s'attaquer à une proie difficile : avec son physique de mannequin, Alex ne devait pas laisser les filles indifférentes, et, cerise sur le gâteau, il semblait pourvu d'un cerveau.

Mac Cleer pénétra dans la pièce, mettant fin aux rêveries de la jeune Parisienne. Sans fioritures, le directeur entra dans le vif du sujet :

— Bien, vous avez eu une présentation rapide du camp lors de votre arrivée, et je souhaiterais vous apporter un certain nombre d'informations complémentaires… Comme je vous l'ai déjà dit, le camp doit son nom à sir John Franklin, un marin anglais à qui l'on avait confié la délicate mission de découvrir un chemin vers les Indes en passant par le nord, à savoir les eaux inhospitalières de l'océan Arctique. En 1845, il quitta l'Angleterre à bord du *Terror* et de l'*Erebus*, deux navires à vapeur conçus pour briser les glaces de la banquise. Après une escale au Groenland, l'expédition mit le cap sur ce qui est aujourd'hui appelé Nunavut, une région située dans le nord-est du Canada, où nous nous trouvons actuellement.

À ces mots, débités d'une voix envoûtante par Mac Cleer, Lisa ne put réprimer un frisson, douloureusement consciente de l'éloignement extrême de leur camp. Elle se concentra toutefois sur le récit du directeur, assez curieuse d'en savoir un peu plus sur cet explorateur. D'autant que le reste de la journée, entre les cours de morale et les autres corvées, s'annonçait nettement moins intéressant. Le timbre grave de Mac Cleer résonnait dans la pièce :

— Les marins furent contraints de patienter tout un hiver, avant que les conditions météo ne leur permettent de tenter le franchissement du détroit de Victoria, au large de l'île sur laquelle notre camp est situé. Malheureusement pour l'officier de la Royal Navy, en septembre 1846, les bateaux furent immobilisés, non loin d'ici. Les hommes de l'expédition durent se résigner à passer un second hiver dans le froid, emprisonnés dans la glace. Au grand désespoir de Franklin, la banquise ne fondit pas l'été suivant, et les navires ne purent s'extraire de leur gangue de glace. Les hommes décidèrent d'abandonner le *Terror* et l'*Erebus*, et gagnèrent les terres. De nombreuses recherches menées sur l'île ont mis au jour les cadavres de certains membres de l'expédition, ce qui a permis de retracer l'itinéraire emprunté par les survivants. Parmi les trouvailles, une en particulier nous en apprend un peu plus sur le sort des explorateurs. Une lettre, datée du 25 avril 1848 et signée par un officier supérieur du nom de Crozier, confirmait que les bateaux avaient été abandonnés et que les hommes passeraient l'hiver dans les terres. Sur cette même lettre, un second message, laissé l'année suivante, précisait que sir John Franklin était mort, avec de nombreux marins, après avoir hiverné sur l'île. Les survivants, affaiblis, tentèrent une difficile traversée, dans l'espoir de retrouver la civilisation, un peu plus au sud. Aucun d'entre eux ne fut jamais retrouvé vivant. On suppose qu'ils ont tous succombé, les uns du scorbut, affection résultant du manque de vitamines, les autres du saturnisme, car les boîtes de conserve emportées pour l'expédition contenaient du plomb. À ces maladies avaient dû s'adjoindre les effets du froid et de la faim… J'ajouterais que sur les restes humains découverts, on a détecté un certain nombre d'entailles bien nettes, qui laissent à penser qu'en dernier recours les survivants étaient tellement affamés qu'ils ont laissé libre cours à leurs plus vils instincts.

Lisa leva la main, incrédule. Mac Cleer lui céda la parole.

— Vous voulez dire qu'ils ont mangé leurs compagnons morts ?

— Il semblerait, oui.

Un autre bras se leva, mais d'un geste le directeur indiqua qu'il ne répondrait pas. Il se contenta de sourire, satisfait de l'intérêt qu'il avait suscité chez les adolescents, et poursuivit :

— Je vais m'arrêter ici pour aujourd'hui, car je vois que le docteur Yema attend pour vous donner votre premier cours de morale. Soyez attentifs. Nous nous retrouverons après le repas pour l'excursion.

La grande femme au visage sévère prit place aux côtés du directeur et leur offrit à son tour son plus beau sourire, à savoir un infime frémissement de lèvres. Tous les adolescents la dévisagèrent, partagés entre un certain amusement à l'idée de recevoir un cours de morale, comble de ringardise et de conservatisme, et l'irritation à devoir y assister jusqu'au bout ; le tout sous l'œil de leurs cerbères aux biceps surdéveloppés, qui attendaient dans un coin de la salle, prêts à bondir au moindre écart de conduite.

Chapitre 18
Mardi 26 novembre

Tandis que Lisa précédait ses camarades jusqu'à la petite pièce où étaient entreposés les vêtements prévus pour l'extérieur, un léger soulagement chassa progressivement la sensation d'enfermement qui avait commencé à l'oppresser. Sans vraiment réaliser, elle avait subi les cours de morale et de chant religieux, subjuguée par le flot de paroles surréalistes déversées par le docteur Yema, chargé de ces enseignements.

Le repas avait suivi, triste, morne, en tout point semblable à l'environnement dans lequel ils évoluaient. La nourriture qu'on leur servait ressemblait aux rations lyophilisées qu'elle avait eu l'occasion de goûter lors de randonnées en montagne. Mangeable, sans plus. Le plus difficile, c'était de se taire : le repas avait toujours été à ses yeux un temps d'échange et de convivialité, et elle se rendait compte que même les remarques irritantes de sa mère étaient préférables à ce silence rigide, à peine perturbé par le cliquetis régulier des couverts raclant les assiettes.

En ce début d'après-midi, l'heure était venue de partir en excursion. Enfin, ils allaient pouvoir respirer un peu d'air frais ! Lisa enfila les énormes moufles, complétant un impressionnant équipement qui la faisait ressembler à une sorte de petit bonhomme Michelin. Depuis que Mac Cleer leur avait annoncé qu'ils étaient sur une île du Canada, elle se posait une multitude de questions. Était-ce possible ? Après tout, elle n'avait pas vu l'extérieur du bâtiment depuis son arrivée. D'un autre côté, les images de son bref réveil dans l'avion étaient gravées dans sa mémoire…

Lorsque la porte principale s'entrouvrit, elle prit une grande inspiration, puis suivit le petit groupe. Elle déboucha sur une immensité blanche, sorte de miroir géant où venaient frapper les rayons du soleil, avant de se lancer sauvagement à l'assaut de ses yeux habitués à la lumière blafarde des néons depuis de longues heures. Elle eut l'impression qu'il faisait plutôt bon. Le froid n'était pas piquant, et le vent quasiment nul. La température devant flirter avec le zéro, elle se demanda pourquoi ils étaient si couverts. Au bout de quelques secondes, ses pupilles s'adaptèrent à la luminosité et elle put contempler un splendide ciel, à peine voilé par les nuages et qui se fondait à l'horizon dans une explosion d'oranges et de rouges, formant des vagues irrégulières autour du disque solaire déclinant.

— Nous sommes bien en début d'après-midi ? se renseigna-t-elle. Alors pourquoi est-ce que le soleil se couche déjà ?

Mike bondit sur elle, fusil à la main. Elle recula précipitamment et heurta le mur de la base, juste derrière elle.

— À genoux ! hurla le gardien.

Après un rapide mouvement de tête en direction de ses jeunes camarades pour déterminer la raison de cette soudaine agression de Mike, Lisa écarta les bras en signe d'apaisement.

— T'es sourde ou quoi ? aboya-t-il en lui assénant un violent coup de crosse derrière le genou, qui la fit basculer sur le côté.

Le directeur s'approcha à pas mesurés.

— Visiblement, certains n'ont pas encore intégré toutes les règles. On lève la main avant de prendre la parole. Est-ce bien clair ?

Lisa posa des yeux emplis d'incompréhension sur les deux hommes, puis acquiesça, tout en massant son mollet douloureux. Elle avait beau faire des efforts, elle ne voyait pas du tout l'intérêt de se conformer à leurs règles débiles. À part bien sûr pour éviter les coups…

— Le soleil ne se couche pas, il vient à peine de se lever et ne nous éclairera que durant cinq petites heures, ajouta Mac Cleer. Nous sommes tout près du pôle Nord. Jour après jour, le soleil se fera plus rasant, jusqu'à n'être plus qu'une lueur imperceptible. Puis ce sera la nuit. La nuit polaire, qui durera un mois, avant que le soleil ne fasse à nouveau son apparition. Profitez donc bien de ces rayons… Vous pouvez prendre place à bord.

Les uns après les autres, les jeunes s'installèrent dans un grand traîneau métallique accroché à une puissante motoneige. Mike enfourcha la machine, tandis que le directeur et David montaient sur des engins similaires. Lisa se retourna, découvrant pour la première fois le bâtiment dans son intégralité. Un immense cube grisâtre, émergeant péniblement du sol gelé et qui faisait plus penser à un blockhaus de la Seconde Guerre mondiale qu'à une base scientifique. Les murs de béton sales étaient parfois fissurés, attestant de la vétusté du site. *Manquerait plus que ça nous tombe dessus*, se dit-elle tout en attachant la sangle qui lui permettrait de rester accrochée au traîneau.

Rompant le silence, le convoi partit dans un vrombissement puissant, laissant un large sillon dans la neige immaculée. Lisa s'agrippait aux arceaux de métal, secouée dans tous les sens. Elle avait toujours imaginé ce genre d'endroit comme un billard, lisse et régulier, mais il n'en était rien. Des congères, des blocs de glace et de roche sortaient çà et là, rendant leur périple chaotique. Elle comprit la raison de leur tenue vestimentaire quand la vitesse augmenta. Le vent les fouettait avec force, tentant de s'insinuer dans le moindre interstice pour leur glacer les os. Elle remonta son écharpe et se protégea avec sa capuche de fourrure. C'était plus supportable ainsi. Elle n'osa imaginer la sensation ressentie avec une température plus basse d'une trentaine de degrés, comme cela pouvait être le cas à certaines périodes de l'année.

Après un temps qui lui parut une éternité, le convoi s'arrêta finalement. Tous se regroupèrent autour du directeur.

— Nous voici à l'endroit exact où l'on a fait la dernière découverte majeure concernant l'expédition Franklin, fit Mac Cleer. C'est dans ce cairn, en haut du promontoire, que les explorateurs ont trouvé la lettre dont je vous ai parlé ce matin.

Lisa observa le tas de pierres empilées avec intérêt, puis se tourna vers Mathieu, qui levait la main.

— Oui ? fit Mac Cleer.

— Je ne comprends toujours pas pourquoi ils ont abandonné leurs bateaux. Ils n'avaient aucune chance, à pied…

— De récentes études menées par des universitaires ont prouvé que l'*Erebus* et le *Terror* n'étaient absolument pas taillés pour une expédition de ce genre. Les navires n'auraient pas dû être pris dans les glaces si facilement. Les hommes de Franklin avaient pour la plupart déjà navigué dans ces eaux glaciales, ils avaient certainement deviné que leurs navires n'étaient pas aussi performants que ce qu'on leur avait laissé croire. Lorsque Franklin avait décidé d'attendre patiemment que l'été arrive, jamais il n'aurait pu penser que la glace ne fondrait pas… Mais quand les jours passèrent sans que rien ne se produise et que la mer refusa de relâcher les explorateurs, on peut imaginer que les marins ont réagi violemment. Ils jouaient tous leur vie, dans cette expédition. Rendez-vous compte ! Ils sont restés deux hivers dans le froid, dont un pris dans les glaces, entendant constamment des craquements sinistres à mesure que la force dévastatrice comprimait les coques. Ils devaient se demander à chaque instant s'ils n'allaient pas être engloutis par l'océan. Ajoutez à cela la promiscuité, l'absence de divertissement, la nourriture rare et mauvaise, sans oublier les maladies, et vous aurez une idée de la bombe prête à exploser que devait gérer Franklin. À bout de force, terrifiés, les hommes abandonnèrent donc les navires pour accoster sur les terres désolées de l'île du Roi-Guillaume, où nous nous trouvons actuellement.

Alex leva la main à son tour.

— Et vous voulez retrouver les bateaux, c'est bien cela ?

Mac Cleer secoua la tête.

— Non. Ce serait merveilleux, je vous l'accorde, mais ils sont sûrement au fond de l'eau, depuis très longtemps. Nous ne disposons pas de l'équipement nécessaire pour de telles recherches. Ce qui nous intéresse, c'est de retrouver la trace des hommes qui ont tenté la traversée de l'île. À ce jour, seuls quelques cadavres, boîtes de conserve et une barque contenant des effets provenant de l'expédition ont été retrouvés. Ce qui signifie que les traîneaux, les corps, et surtout le livre de bord tenu par les officiers, doivent se trouver quelque part dans les immensités qui s'étendent devant nous. Depuis plusieurs années, nous quadrillons ces terres en motoneige, minutieusement et méthodiquement, secteur par secteur, pour tenter de localiser les restes du convoi. C'est ce que vous ferez durant les deux prochaines semaines...

Lisa observa le cairn, petit amas de pierres perdu au milieu de nulle part, et songea avec nostalgie à ces hommes qui, plus de cent cinquante ans auparavant, s'étaient lancés dans cette folle aventure. Ces types devaient être complètement cinglés ! Et maintenant, elle se retrouvait là, elle aussi. Sauf qu'elle n'avait rien demandé... Mac Cleer leur fit signe de regagner le traîneau.

Les moteurs se remirent en route, et ils repartirent vers le soleil couchant. Malgré les cahots et le vacarme, Lisa parvint à se détacher de l'anxiété grandissante qui l'habitait depuis bientôt deux jours, pour profiter du spectacle. La vue était tout simplement magnifique. Peut-être arriverait-elle à s'accommoder des règles idiotes et de la violence des gardiens... Encore une fois, elle se demanda ce qui avait bien pu pousser sa mère à l'envoyer ici. Celle-ci ne devait pas savoir ce qui se passait dans ce camp. Du moins, elle l'espéra. Il fallait absolument qu'elle lui transmette un message. Mise au courant, sa mère la sortirait de ce mauvais rêve. Il ne pouvait en être autrement.

Le trajet touchait à sa fin, les contours de la base se dessinaient. Un peu plus loin, sur la gauche, un détail attira l'attention de Lisa. Elle plissa les yeux. N'était-ce pas une sorte de petite maison ? À chaque mètre parcouru par la motoneige, l'impression était plus nette. Lisa pressa le bras d'Alex. Pour une raison inconnue, elle lui faisait confiance. Elle lui indiqua la direction dans laquelle elle regardait. Le jeune homme fronça les sourcils, puis comprit. Lui aussi avait vu. À travers le masque de protection, Lisa discerna une lueur d'espoir dans les yeux verts du garçon. La même brillait dans les siens.

Cette maison ne devait pas être à plus de deux kilomètres de la base… Même à pied, cela ne représentait pas une si longue distance…

Chapitre 19
Mardi 26 novembre

À leur retour à la base, les six adolescents furent de nouveau conduits à la salle de cinéma. Pendant près d'une heure trente, ils visionnèrent en boucle des réunions des Alcooliques anonymes. Lisa commençait à trouver le temps long. Elle vérifia que Mike était suffisamment loin, puis donna un petit coup de pied à Alex.

— Tu as vu la maison ? chuchota-t-elle.

— Oui.

— Je compte tenter ma chance ce soir… Il faut que je prévienne ma mère…

— Et les ours ?

— On observe avant. Il ne doit pas y avoir plus de deux kilomètres… Une fois là-bas, on sera en sécurité.

— Silence ! ordonna Mike qui avait entendu quelque chose.

Près d'une demi-heure plus tard, la voix du gardien retentit à nouveau :

— Quartier libre jusqu'à 7 heures. Si nous vous trouvons ailleurs que dans la bibliothèque ou dans votre piaule, vous aurez affaire à moi.

Sur ces mots, il quitta la petite pièce.

— Quelle connerie ces vidéos ! pesta Katya. Ils croient vraiment nous apprendre quelque chose en nous obligeant à regarder ces merdes ?

— J'en sais rien, renchérit Sam. Mais j'suis d'accord avec toi, c'est n'importe quoi.

— Vous pensez qu'ils nous écoutent ? demanda soudain Mathieu, la mine sombre.

— Qu'ils quoi ? intervint Saïd. T'es parano, mon vieux.

— T'es sûr ? Moi je dis que ça vaut quand même le coup de se poser la question… Et je ne prendrai pas le risque de parler librement dans cette pièce…

Tous se dévisagèrent, conscients de l'importance du problème soulevé par Mathieu.

Profitant du silence qui s'était installé, Lisa échangea un regard entendu avec Alex. C'était le moment ou jamais.

Ils se dirigèrent lentement vers la bibliothèque, sans un mot, puis bifurquèrent vers la porte d'entrée. Si le directeur n'avait pas menti, elle devait être ouverte… Alex fit jouer le mécanisme. Bingo !

Ils sortirent discrètement, s'attendant à tout moment à voir fondre sur eux un des cerbères, mais il n'en fut rien. Avec application, ils observèrent les environs. La voie était libre, aucun ours à l'horizon. L'image qui s'était formée dans leur rétine ne contenait qu'une immense étendue irrégulière de glace, surplombée d'un soleil fatigué. Lisa consulta sa montre : 17 heures. Ce qui leur laissait une heure pour rejoindre la cabane, avant que l'astre ne tire sa révérence…

Pourraient-ils rentrer avant la nuit ? C'était un risque à courir. Pour ne pas éveiller les soupçons de leurs geôliers, ils n'avaient pas pris le temps d'enfiler leurs combinaisons, mais la température restait supportable. Lisa estima qu'il faisait environ un ou deux degrés. La présence de flaques d'eau éparses confirma son impression : il ne gelait pas.

Au loin, ils distinguaient la petite tache noire qu'ils avaient remarquée le matin. Un mince filet de fumée semblait s'élever de l'habitation. Elle était donc occupée ! La perspective de quitter cette gigantesque prison naturelle donna une bouffée d'espoir à Lisa. Elle partit à petites foulées en direction de la maison. Alex lui emboîta le pas. Ils avaient intérêt à ne pas trop traîner. Mètre après mètre, ils se rapprochèrent du bâtiment, tombant souvent à cause de paquets de neige plus mous.

Un vent tourbillonnant commença à souffler, soulevant la poudre glacée qui venait frapper les deux adolescents au visage. Leur progression s'en trouva ralentie, car ils étaient contraints de se protéger des rafales de minuscules piques acérées avec leurs bras. Lisa se maudit de ne pas avoir emporté au moins les masques qu'ils avaient utilisés lors de l'excursion. Entre deux expirations gelées de Dame Nature, Lisa distingua enfin la petite habitation. Trois cents mètres environ. Une motoneige était garée devant. Elle redoubla d'efforts, tandis que le vent se faisait de plus en plus pressant, transperçant ses vêtements trop fins. C'est alors qu'elle crut discerner un mouvement, sur leur droite. Elle s'arrêta subitement et scruta l'horizon, mais un nuage de glace l'obligea de nouveau à fermer les yeux. Quand elle les rouvrit, le doute n'était plus permis. Un ours ! Un ours énorme se dirigeait vers eux. À moins de soixante mètres.

— Alex ! cria-t-elle en tendant le doigt vers le monstre.

— Cours ! dit le garçon, prenant lui aussi ses jambes à son cou. Il faut qu'on atteigne la maison.

Ils parcoururent une centaine de mètres à toute allure, tentant de conserver un minimum de souffle, quand Lisa se coinça le pied dans un amas de neige et tomba lourdement. Le temps de se relever, elle constata que l'ours se rapprochait dangereusement. Elle hurla. De toutes ses forces. Mais cela ne sembla nullement décourager le prédateur, qui filait droit sur eux. Vingt mètres. Quinze… Lisa ferma les yeux, impuissante. Il courait trop vite.

Soudain, une détonation claqua dans le désert blanc. Le son fut aussitôt emporté par le vent qui balayait maintenant la plaine comme un immense rouleau compresseur, érigeant au gré des bourrasques de véritables murs de neige. Lisa entendit une seconde détonation. Toute proche. L'ours s'enfuyait ! La jeune fille s'effondra, le cœur battant. Une silhouette massive se dégagea sur le fond opalin. Un homme. Vieux. Le visage buriné. Un Inuit.

— *Are you crazy ?* demanda-t-il avec un fort accent. *Where is your gun ?*

— Nous n'en avons pas, balbutia Lisa, machinalement.

— Vous êtes français ? Venez vous réchauffer à l'intérieur…

Lisa et Alex ne se firent pas prier et suivirent le vieil homme jusqu'à sa maison. Ils s'emmitouflèrent avec gratitude dans de chaudes couvertures en fourrure.

— Il faut que vous nous aidiez, lança Lisa sans détours.

— Je vous ai déjà aidés. Le *nanuk* vous aurait mis en pièces.

— Le *nanuk* ? demanda Alex.

— L'ours blanc. En inuit, on dit *nanuk*. Vous êtes totalement inconscients de sortir sans arme et dans cette tenue, alors que le blizzard se lève. C'est une chance que je me sois trouvé là.

— Nous vous remercions de tout notre cœur, coupa Lisa. Les hommes de la base nous retiennent contre notre volonté. Il faut que vous nous laissiez prévenir nos parents, ou les autorités…

— Je ne peux pas faire ça, souffla le vieil Inuit en regardant Lisa dans les yeux. Je connais les gens qui dirigent ce camp. Je sais que vous avez été envoyés dans ce camp par vos parents.

— Mais c'est faux ! fit Lisa, la voix tremblante. Ils vous ont menti.

— Chaque saison, deux groupes tels que le vôtre y viennent. Les jeunes arrivent, puis ils repartent. Qui dois-je croire ? Une jeune fille à problèmes, ou des adultes qui travaillent ici depuis des années ?

Lisa se prit la tête entre les mains.

— Savez-vous ce qui se passe à l'intérieur ? Ils nous maltraitent…

Le vieil homme tenta de soutenir le regard de Lisa, mais finit par rompre ce contact visuel, fixant un point indéterminé. Il savait. Il savait et ne faisait rien.

— La vie est difficile par ici, se contenta-t-il de dire. Je suis payé pour protéger le camp contre les ours. Je suis bien payé…

— Il est avec eux, Lisa, fit Alex, une pointe de désespoir dans la voix.

L'Inuit se leva et vint se poster devant la fenêtre. Sa silhouette marquée par les ans se détachait sur les prémices de la tempête. De gros nuages noirs avaient fait leur apparition, portés par le vent. La lumière rougeoyante de l'astre solaire n'était plus qu'un souvenir, balayée par le soudain coup de colère de la nature. Il n'en restait qu'un vague éclat, infime vestige du brasier qui couvait à des millions de kilomètres.

— Le ciel prend la couleur du sang. C'est un mauvais présage. Il vous faut rentrer maintenant. Les *anirniit* sont en quête d'une proie. Quelqu'un a lâché un *Tupilak*…

— Quoi ? Qu'est-ce que vous racontez ? demanda Lisa.

L'Inuit se tourna vers eux. Lisa recula d'un pas devant l'intensité de son regard. Elle eut le plus grand mal à déchiffrer la lueur énigmatique qui dansait dans ses prunelles noires, indéniablement empreinte de folie. Une série de frissons se propagea jusqu'à ses avant-bras dont les poils se hérissèrent.

— Partez maintenant, partez vite vous mettre à l'abri, tonna-t-il d'une voix lugubre. Je surveillerai le *nanuk*. Courez !

Les deux adolescents ne demandèrent pas leur reste et quittèrent la maison, sans se défaire des chaudes couvertures. Ils fendirent le blizzard, sentant l'Inuit leur emboîter le pas, à une distance respectable. Lisa ne put chasser l'idée qu'ils étaient plus en danger avec ce vieux fou qu'avec le personnel du camp Franklin, et elle redoubla d'efforts. Leur tentative d'évasion se soldait par un échec criant.

Chapitre 20
Mardi 26 novembre

Lisa pénétra dans la base, transie de froid. Elle avait à peine franchi le seuil de la porte qu'une violente douleur la saisit au niveau du cou. Elle s'effondra, incapable d'ouvrir les paupières. Ses bras se mirent à tressaillir de manière incontrôlée et chaque inspiration lui brûlait les poumons. Ses yeux et son nez se transformèrent en deux foyers d'un incendie qui ne semblait jamais vouloir s'éteindre, embrasant ses muqueuses d'une souffrance atroce. Entre deux pics de douleur, une pensée se fraya un chemin dans son esprit : leur tentative d'évasion n'avait pas plu à Mac Cleer…

Elle sentit qu'on la prenait par les bras, mais fut incapable de se débattre. On la traîna dans les couloirs, puis dans des escaliers, ses talons frappant les marches avec force. Après quelques minutes, elle reçut un liquide glacé sur le visage et laissa échapper un cri de terreur. Ses yeux recommencèrent doucement à fonctionner. Elle entrouvrit les paupières, distinguant la silhouette massive d'un des deux gardiens. Un rire gras parcourut son conduit auditif et relégua pour un moment la douleur au second plan. Ce salaud était en train de se marrer.

— Ce n'est pas bien, Lisa, susurra Mike. Tu n'as pas été gentille... As-tu apprécié le gaz paralysant ? Il s'agit d'une solution de chlorobenzylidène malonitrile. Assez efficace, il faut le reconnaître... Ne t'inquiète pas, cela ne laisse aucune séquelle. D'ici une vingtaine de minutes, tu retrouveras pleinement l'usage de tes membres, et la brûlure s'estompera.

— Fumier, balbutia Lisa, un filet de bave aux lèvres se mêlant au liquide qui coulait de son nez et aux larmes qu'elle ne pouvait contrôler.

— Déshabille-toi, chuchota Mike. Tu es toute mouillée, tu vas attraper la mort...

— Va te faire foutre.

— Pardon ? Je n'entends pas bien ?

— J'ai dit : va te faire foutre, connard.

— Ah, c'est bien ce que je pensais, tu veux que je t'aide...

Lisa sentit les grosses mains calleuses de Mike se poser sur son corps. Elle tenta de résister, mais elle avait totalement perdu le contrôle de ses muscles. Il lui retira ses vêtements, lui laissant uniquement sa culotte et son soutien-gorge. Elle comprit qu'il la hissait et qu'un de ses bras était immobilisé. Puis ce fut le second. Elle tituba, les jambes en coton. Elle aurait voulu s'allonger, mais ses membres attachés l'en empêchaient. Petit à petit, elle ressentit une désagréable sensation de fourmillement, et put de nouveau mouvoir les extrémités de ses doigts. Elle était prisonnière, les bras tendus au-dessus de sa tête par des courroies qui s'inséraient au plafond. Heureusement, Mike semblait avoir disparu. Elle commença à se calmer, se forçant à augmenter l'amplitude de ses inspirations. Il était sorti de nulle part ! Elle se demanda si Alex avait subi le même traitement.

Tout à coup, elle sentit quelque chose entre ses jambes. Elle hurla à pleins poumons.

— Faut pas brailler comme ça, ma petite.

Mike était là, tapi dans l'ombre, juste derrière elle. Elle se contorsionna pour le regarder, mais une décharge électrique au niveau des côtes la transperça, obligeant tous ses muscles à se contracter à l'extrême. Elle cria encore.

— Tu vois, ce qu'il y a de bien, avec ces gadgets, c'est qu'on peut régler l'intensité. Je peux te filer au moins trente impulsions d'affilée sans que tu ne risques rien. Même pas l'évanouissement.

Un autre hurlement déchira le silence, en provenance d'une pièce contiguë. Lisa reconnut le timbre d'Alex.

— Alex ! appela-t-elle.

Une seconde décharge la força à se cambrer violemment.

— Pauvre Lisa, susurra Mike d'une voix presque douce, je suis désolé de te faire du mal, mais c'est le boulot, tu comprends ? N'y vois rien de personnel. Il faut tout de même que tu saches que vous avez dépassé les bornes, avec ton ami. Imagine un instant que l'ours vous ait attrapés… Qu'est-ce qu'on aurait pu dire à vos parents ?

Lisa tremblait. Elle était à la merci de ce porc. Elle aurait donné très cher pour pouvoir inverser les rôles.

Elle sentit une main s'attarder lascivement sur sa poitrine. Elle se mordit les lèvres pour ne pas crier. Une larme coula doucement sur sa joue.

— Mais c'est que tu as l'air d'aimer ça, je me trompe ? Tes seins sont tout dressés ma parole…

— Non, s'il vous plaît. Laissez-moi… Pitié…

— Allez, je vais être sympa. Je vais te permettre de choisir. Bite ou décharge électrique ?

L'espace d'un instant, Lisa crut avoir mal entendu. Son tremblement s'étendait maintenant à tout son corps. Elle éclata en sanglots.

— Décharge, articula-t-elle péniblement.

Son hurlement couvrit le grésillement de l'appareil.

— Bite ou décharge ?

— Décharge.

Le jeu pervers du garde se poursuivit pendant ce qui lui sembla une éternité. Bien qu'elle ne fût pas certaine que ce fumier irait jusqu'à la violer, elle ne céda pas une fois. Au bout d'un moment elle ne parvint même plus à crier. Pourtant, la douleur n'était pas moins forte… À force de hurler, ses cordes vocales avaient simplement épuisé leur quota de décibels. Son esprit s'était peu à peu déconnecté, s'échappant de ce corps qui n'était plus que souffrance. Après une longue période sans nouvelle décharge électrique, elle comprit que Mike s'était éclipsé.

Elle dormit par intermittence, réveillée fréquemment par les élancements qui lui transperçaient les épaules à chaque fois que son corps se détendait trop, contraignant ses bras à supporter tout son poids.

Le temps s'écoula avec une lenteur insupportable, comme si un perfide lutin s'accrochait à l'aiguille des secondes pour les faire durer des heures. Au bout d'un certain temps, Lisa sentit croître une envie pressante. Elle se jura d'attendre, ne voulant pas donner un tel plaisir à Mike, ou à quiconque. Mais quand la douleur due à sa crispation fut trop forte, elle finit par admettre qu'elle ne pourrait se retenir plus longtemps.

— S'il vous plaît ! fit-elle d'une voix à peine audible. S'il vous plaît ! J'ai besoin d'aller aux toilettes !

Les minutes passèrent. Elle renouvela son appel, une fois, deux fois. Dix fois. Des larmes de rage coulèrent sur ses joues tandis qu'elle se résignait à supporter l'humiliation.

Elle relâcha les muscles de ses abdominaux, et un liquide chaud glissa le long de ses jambes.

Elle pleura doucement.
Longtemps.

LOU

8, 7…

Chapitre 21
Mercredi 27 novembre

Lou avait le plus grand mal à se concentrer sur son article. Ce début d'incendie dans une maison de retraite n'aurait de toute façon droit qu'à un entrefilet, si par miracle la rédac chef avait un trou à combler dans la page des faits divers. Comme de coutume, on lui avait refilé des sujets insipides, dont elle ne pouvait rien tirer même avec la meilleure volonté du monde. Elle soupira, tout en se demandant si Tom avait déniché quelque chose sur la WAE. Le téléphone se mit à sonner…

— Tom ?

— Lydie Blossier, votre rédactrice en chef. Je vous dérange, peut-être ?

— Euh… Non. Bien sûr que non.

— J'attends toujours votre article sur cette série de disparitions de chats, que je vous ai commandé il y a deux jours.

— Ah oui, celui-là… C'est-à-dire que les témoins ne se bousculaient pas au portillon… Pour être franche, les pauvres matous ont dû croiser la route d'un voisin chatophobe…

— Chatophobe ? Ah, ah, ah… vous êtes hilarante, déclara la rédactrice en chef d'un ton sec. Je veux le papier demain matin sans faute. Et trouvez-moi mieux que ça.

Lou ouvrit la bouche pour lui répondre que, accessoirement, elle avait également dû assister aux obsèques de ses grands-parents, mais la tonalité froide dans le combiné lui indiqua que Blossier était déjà passée à autre chose… Trois coups rapprochés sur la porte du réduit qui lui servait de bureau l'empêchèrent de nourrir de mauvaises pensées à l'encontre de sa chef. C'était Tom.

— Tu as deux minutes ? demanda-t-il.

Lou lui sourit gentiment.

— Deux heures, si tu veux… Blossier me refile des sujets si merdiques qu'ils ne mériteraient même pas une blague Carambar…

Tom gloussa, puis la devança dans les couloirs de la rédaction du *Maine libre*. Il la conduisit jusqu'à son antre, qui selon la rumeur avait vu passer nombre de jolies filles en tenue légère…

— J'ai fait quelques recherches sur ta société, fit-il en prenant place devant ses trois écrans 19 pouces…

À chaque fois qu'elle franchissait la porte de ce bureau, Lou se demandait pourquoi elle devait utiliser son portable antédiluvien, quand d'autres travaillaient dans le luxe…

— Tout comme toi, commença le quadragénaire, j'ai découvert que la WAE proposait des stages d'éducation pour gamins difficiles… Les sites sont vraiment sympas, à tel point qu'on aurait presque envie d'y aller en vacances. Grosse boîte, chiffre d'affaires annuel à donner le vertige… Une belle machine bien huilée. Enfin, trop bien huilée…

— Qu'est-ce que tu veux dire ?

— Des entreprises de ce genre qui n'ont aucun commentaire négatif sur le Net, ça n'existe pas. Ou plutôt, quand ça existe, c'est qu'il y a une raison. J'ai découvert que ta WAE avait attaqué systématiquement tous les imprudents qui osaient mettre en doute la qualité de leurs centres... Et quand je dis attaquer, ce n'est pas un petit coup de téléphone sympa... Ils ont un bataillon d'avocats qui ne laisse aucune chance à ceux qui souhaiteraient salir l'image de marque de la société.

— D'où tu sors ces infos ?

— Ils peuvent faire effacer toutes les déclarations des gens condamnés, mais pas cacher le fait qu'il y a eu des procès... Regarde par toi même : soixante-douze actions en justice rien que sur les trois dernières années... Ils ont gagné à chaque fois.

— Peut-être avaient-ils tout simplement raison ? tenta Lou.

— Quand tu as les moyens de te payer un avocat à mille dollars de l'heure, tu as souvent raison aux États-Unis...

— Tu as trouvé ce que les gens leur reprochaient ?

— J'ai mieux que ça, mais ça va te coûter un bras...

Lou lança à son collègue une œillade qui se voulait convaincante...

— Non, cette fois, ton air de cocker ne suffira pas. Je n'y crois plus, moi, à la petite chose fragile...

— Un dîner à L'auberge des Matfeux. C'est moi qui offre, concéda la jeune femme.

— OK. Tope là, fit-il en lui tendant la main.

Elle frappa la paume ouverte, tout en pensant avec un sourire qu'elle avait maintenant les moyens de racheter le restaurant...

— Bien. Puisque cet arrangement me convient, je continue. Tout a été effacé, mais Internet est une mine d'informations, et quelqu'un qui sait où chercher peut toujours se débrouiller pour faire ressortir des fichiers égarés... En farfouillant sur des forums de journalistes, je suis tombé sur un type qui avait suivi les affaires en question, et qui a gardé toutes ses notes. Il me les a envoyées il y a vingt minutes. Quand j'ai vu ce qu'elles contenaient, je suis venu immédiatement toquer à ta porte. Assieds-toi, et regarde…

— La vache ! jura Lou après avoir survolé les documents. Jeunes ligotés sur le sol pendant plusieurs jours, utilisation de gaz paralysants, sévices sexuels… C'est quoi ce délire ?

— J'en sais rien, Lou. Je te livre juste ce que le type m'a envoyé.

— Tu as cherché les noms des responsables de la société, comme je te l'avais demandé ?

— Oui. Un certain Dan Newell dirige le navire. J'ai aussi un Edwin Jones, vice-président. Et puis un gros actionnaire du nom d'Antoine Delaplace. Mais ce dont je suis sûr, c'est que tu n'es pas de taille. Des gens capables de faire ce genre de trucs, et qui brassent autant de thunes, vaut mieux pas les chatouiller…

— Pourtant, il va bien falloir.

— Ne déconne pas, Lou. Je suis sérieux. On n'est que des journalistes de campagne. Le *Maine libre* n'a pas les moyens de révéler des scandales de cette ampleur. Et puis, de toute façon, il te faudra des preuves… Ce sera dangereux, et ça va coûter horriblement cher. Blossier ne voudra…

— Je t'arrête tout de suite, Tom. Ça n'a rien à voir avec le journal.

— Quoi ? Mais alors, pourquoi ?

— La mort de mes grands-parents, Tom. Antoine Delaplace était mon grand-père. Et je peux te dire que pognon ou pas, ces mecs vont devoir me dire ce qui se passe dans leurs foutus centres…

Tom dévisagea sa jeune collègue comme s'il la regardait pour la première fois.

— Tu me fais peur, Lou.

— Je ne peux pas reculer. Il faut que je sache.

Tom hésita.

— J'ai peut-être une piste, murmura-t-il enfin.

— Envoie…

— Une femme. Une Française, qui habite sur Paris. Elle a déposé une plainte quand son fils est revenu d'un de ces camps. Selon elle, il n'était plus que l'ombre de lui-même.

— Elle aussi a perdu son procès ?

— Non. Il n'a jamais eu lieu. Pour une raison inconnue, elle s'est rétractée…

— Tu sais comment la contacter ?

Le journaliste opina doucement.

— Tape le message suivant s'il te plaît : « Ma fille vient de rentrer de Paradise Island, je ne la reconnais plus. Je suis terrifiée. S'il vous plaît, j'ai besoin de parler à quelqu'un… Je sais que vous avez vécu la même chose. Aidez-moi. Je ne sais plus quoi faire. »

Lou relut le message tapé par Tom et pressa la touche « entrée ». Son fournisseur d'accès ferait le reste. Elle remercia son collègue et sortit du bureau. Une telle tension se dégageait de sa frêle silhouette que tous ceux qu'elle croisa dans les couloirs de la rédaction s'écartèrent de son chemin, y compris ceux qui d'ordinaire ne la voyaient même pas.

L'air frais de la rue lui fit du bien. L'agitation tranquille de la place de l'Éperon lui permit d'oublier pour quelques instants toutes les questions qui la tourmentaient. Elle longea les bars dont elle connaissait presque tous les serveurs par leur prénom, puis s'arrêta devant la vitrine de ce petit magasin étrange, où l'on trouvait toute la panoplie du grand chef indien ou du cow-boy solitaire. Alors qu'elle s'attardait un peu, projetée dans cet Ouest sauvage qu'elle aurait aimé arpenter, un picotement désagréable la fit tressaillir. Une sensation diffuse, mais très forte : celle d'être observée… Elle se retourna vivement, tentant de repérer l'origine de son malaise. En vain.

Son portable entonna le dernier tube de Shakira, chassant d'une mélodie rythmée les vestiges de la troublante impression.

— Oui. Lou d'Esterel. Vous êtes ?

— Maître Valente. Le notaire en charge de la succession de votre grand-père…

Chapitre 22
Mercredi 27 novembre

Lou s'arrêta un instant devant le bâtiment imposant. La plaque du notaire offrait aux visiteurs ses reflets dorés, qu'aucune trace d'usure ou de saleté ne venait ternir. À croire qu'on la nettoyait quotidiennement ! La jeune journaliste se laissa aspirer par le hall richement décoré et suivit les indications sur les murs. Quelques minutes plus tard, un employé la conduisait auprès de maître Valente, l'homme que son grand-père avait choisi pour gérer ses affaires…

— Mademoiselle d'Esterel ? Je suis François Valente.

Lou se fendit d'un sourire timide, tout en détaillant le notaire. La cinquantaine, assez mince, un visage avenant surmonté de lunettes fines. Un costume sobre complétait le tableau. La jeune femme ne s'attarda pas sur l'homme de loi, car deux autres personnes se tenaient assises devant son large bureau et l'observaient avec insistance.

— Je manque à tous mes devoirs, fit Valente en suivant le regard de Lou. Je vous présente les deux principaux dirigeants de la WAE, des amis de feu votre grand-père, Antoine Delaplace. M. Newell est le président de la société, et ne parle pas français, bien qu'il le comprenne... Quant à Edwin Jones, il cumule les fonctions de vice-président et de directeur de la branche Europe de la WAE. Il dispose d'ailleurs de bureaux à Paris, pour s'occuper des clients français...

Lou les salua. Newell accusait une bonne soixantaine d'années, comme son grand-père, Jones une quinzaine d'années de moins. Newell était aussi grand et sec que Jones était rond, mais l'un comme l'autre dégageaient un charisme indéniable. Leurs yeux scrutaient les moindres mouvements de leur nouvelle associée, comme s'ils cherchaient à savoir si elle constituait ou non un problème...

— Comme vous l'avez certainement compris en lisant les documents que tenait à vous remettre M. Delaplace, reprit le notaire, vous venez d'hériter d'une somme importante, ainsi que d'actions de la société fondée par votre grand-père, à hauteur de quarante-neuf pour cent. Les cinquante et un pour cent restants étant la propriété de MM. Newell et Jones... Devant leur insistance à vous rencontrer, j'ai cru bon de les inviter dès ce premier rendez-vous. J'espère que cela ne vous dérange pas ?

— Non, au contraire, répondit Lou qui tentait d'intégrer toutes les informations délivrées par le notaire. Je suis contente de faire la connaissance des associés de mon grand-père. En toute franchise, j'avoue qu'il ne m'avait jamais parlé de son passé d'homme d'affaires, et je suis très surprise de tout ce que j'apprends depuis quelques jours.

— Une bonne surprise, tout de même, intervint maître Valente. Les actifs de M. Delaplace s'élèvent à plusieurs millions d'euros, auxquels vient s'ajouter la valeur de ses actions.

— Je ne considère pas la mort atroce de mes grands-parents comme une bonne surprise, monsieur Valente.

— Oh… oui, bien sûr. Je suis évidemment navré. Pardonnez-moi de m'être laissé entraîner par les aspects matériels de mon travail. Puis-je vous demander si vous connaissez la WAE, mademoiselle d'Esterel ?

— J'ai jeté un œil sur le Net… Je n'en sais pas plus, mentit Lou.

— Peut-être que M. Jones peut vous éclairer…

Edwin Jones se racla discrètement la gorge et afficha un sourire enjôleur :

— Bien entendu. La WAE a été fondée par vos grands-parents et par Dan Newell, ici présent, à la fin de leurs études aux États-Unis. Je les ai rejoints quelques années plus tard. Leur implication dans diverses œuvres sociales leur avait ouvert les yeux sur les difficultés que rencontraient certains parents avec leurs enfants. Ils eurent alors l'idée de créer un centre dont le but était de prendre en charge ces enfants en rupture avec leur famille, pendant quelques semaines, pour leur redonner les bases d'une éducation saine et leur faire comprendre que certaines règles ne peuvent être ignorées… Devant le succès de ce camp, ils développèrent tout un réseau de sites secondaires dans tout le pays, puis à l'étranger…

Lou endossa avec application sa panoplie d'ingénue. Son visage doux, ses boucles blondes et ses iris bleus faisaient merveille pour ce genre d'opération, et lui avaient permis de tromper nombre de ses interlocuteurs lors d'interviews…

— C'est une idée géniale, fit-elle. Ainsi, la WAE sert à aider les parents en difficulté ?

Elle surprit un regard de connivence entre les deux actionnaires, avant que Jones ne poursuive, totalement détendu :

— Exactement ! Vous avez tout compris. Nous avons sauvé des centaines de mômes de la délinquance… Vous

vous doutez que nous souhaitons que l'entreprise puisse continuer à fonctionner pour le bien de tous, et nous sommes ravis que vous adhériez à notre cause.

— C'est évident, renchérit Lou. Et comment faites-vous pour que les enfants rentrent dans le *droit chemin*, si l'on peut dire ?

— Oh, c'est très simple. De bons éducateurs, un programme en liaison avec l'environnement du centre dans lequel ils sont accueillis, pour que l'aspect concret de l'enseignement leur évite de retomber dans l'échec scolaire dont ils étaient victimes, et le tour est joué !

— Ce doit être difficile parfois ?

— Bien sûr... Mais avec de la patience et du temps, tout est possible !

Sans se départir de son sourire angélique, Lou poursuivit :

— Qui a mis au point ces programmes d'enseignement ?

— Euh... Eh bien, au départ, Dan, vos grands-parents et moi avons fixé les principes de base, et chaque centre...

— Les principes de base. Quel diplôme avez-vous, monsieur Jones ?

L'homme fronça imperceptiblement les sourcils, mais se reprit immédiatement.

— Cela n'a rien de bien important, vous savez, l'essentiel est...

— J'insiste, monsieur Jones, le coupa de nouveau Lou.

— Un diplôme de la faculté de l'UCLA, en business, mais je ne vois pas ce que...

— Vous ne voyez pas ? J'imagine que M. Newell est aussi diplômé d'une école de commerce ?

— Mademoiselle d'Esterel, intervint Newell avec un fort accent américain, je pense que nous devrions poursuivre cette discussion en privé, ne croyez-vous pas ?

— Je ne comprends pas vraiment où vous voulez en venir, s'insurgea le notaire, qui avait observé avec surprise la conversation amicale se transformer en affrontement. Peut-être devrions-nous reporter cet entretien à une date ultérieure, ce qui permettra à tout le monde de reconsidérer ses positions...

— Non, dit Lou posément. Pouvez-vous nous laisser, maître ? Nous avons encore des choses à voir... Et comme M. Newell a miraculeusement appris à parler français en quelques minutes, cela ne devrait pas poser de problèmes...

Valente se leva, partagé entre la colère de se faire mettre à la porte de son propre bureau et la nécessité de garder une cliente si importante. Quelques pas précédèrent dignement un claquement assez sec. Lou se tourna alors vers les deux hommes. Les sourires s'étaient éteints, les mâchoires serrées, et les contacts visuels sentaient la poudre. L'atmosphère était électrique.

— À quoi jouez-vous ? demanda Newell, qui semblait avoir repris les rênes de la joute verbale.

— Je vous retourne la question. Pourquoi mon grand-père m'a-t-il parlé de la WAE comme d'une période sombre de sa vie ? Pourquoi vous a-t-il quittés ? Pourquoi une entreprise qui n'a rien à cacher s'attaquerait-elle à tous les gens qui ont le malheur d'émettre un avis négatif sur son fonctionnement ? Et surtout, monsieur Newell, pouvez-vous me dire qui a assassiné mes grands-parents ? Parce que je ne vois rien dans leur vie, à part les énormes sommes d'argent brassées par votre entreprise, qui puisse expliquer ce qui leur est arrivé !

— Je savais que cette petite journaliste de seconde zone allait nous causer des soucis, déclara Jones d'une voix froide.

Sans laisser le temps à Lou de répondre, Newell renchérit :

— Je ne vois absolument pas le rapport entre leur mort et la WAE ! Delaplace se contentait de ramasser l'argent et nous fichait une paix royale… Quel intérêt avions-nous à le voir disparaître ? Faites de même, et vous vivrez confortablement. Non, attendez… J'ai encore mieux à vous proposer. Je vous rachète vos parts ! Là, maintenant. Tout de suite. Dix millions d'euros. Et vous n'entendrez plus jamais parler de nous. Avouez que c'est tentant, non ?

Dix millions d'euros ? Lou n'en croyait pas ses oreilles.

— Je ne suis pas à vendre, rétorqua-t-elle.

— Réfléchissez bien, mademoiselle ! Je ne ferai cette offre qu'une fois.

— J'ai une autre proposition. Je vais venir au prochain conseil d'administration de la WAE, et en tant qu'actionnaire principale, j'exige un rapport précis de tout ce qui se passe dans ces « centres », comme vous les appelez.

Jones et Newell éclatèrent de rire. Cette fois, la surprise avait changé de camp. Lou se demanda ce qu'elle avait pu dire de si amusant.

— Redescendez de votre nuage, ma petite, ironisa le président de la WAE. Vous ne mettrez jamais les pieds au conseil. Je vous ferai interdire l'accès.

— Mais vous n'avez pas le droit ! J'irai devant les tribunaux s'il le faut…

— Votre requête arrivera alors dans les bureaux du tribunal de Salt Lake City… Ce que vous ne savez peut-être pas, c'est que quatre-vingts pour cent des enfants des magistrats de cet État sont passés par nos camps… Portez plainte. Dépensez des milliers de dollars en avocats si ça vous chante… Bien, Edwin, je crois que nous en avons terminé. Quant à vous mademoiselle d'Esterel, je vous laisse jusqu'à ce soir pour accepter mon offre, ajouta Newell en se levant.

— Mais…

Jones vint se planter juste devant la jeune femme, leurs nez se frôlant.

— Écoute petite salope, chuchota-t-il. On a été sympathiques, alors ne pousse pas le bouchon… Un accident est si vite arrivé…

Lorsque la porte se referma sur ses tout nouveaux associés, Lou resta immobile un long moment. Une tempête battait son plein sous ses cheveux blonds… La colère, la peur et l'impuissance se livraient un combat acharné, d'une telle violence qu'elle n'entendit même pas maître Valente arriver.

— Mademoiselle d'Esterel ? fit le petit homme. Tout va bien ? J'ai entendu des éclats de voix…

Chapitre 23
Mercredi 27 novembre

Edwin Jones pénétra dans l'immeuble qui abritait les bureaux parisiens de la WAE sans desserrer les lèvres. Les cinquante-six minutes en TGV étaient passées sans qu'il ne s'en rende compte, tout comme le court trajet en taxi. Tel un prince, il chemina vers son étage sans accorder la moindre attention aux employés de la tour. Pas un seul n'eut la chance d'entendre un bonjour. Il s'enferma dans son antre et se dirigea vers le bar. Une bonne bouteille de pur malt l'attendait patiemment. Il avait besoin de réfléchir, et le breuvage ambré avait toujours eu le pouvoir de l'apaiser…

Un verre baccarat, deux glaçons, quelques allers-retours dans la pièce en promenant le regard sur les monuments parisiens… Il tirait de ces petits rituels une force qui lui permettait d'atteindre la perfection dans son travail. Rigueur, discipline, efficacité. C'est ainsi qu'Edwin Jones se définissait. Il était prévisible, dangereusement prévisible : il réussissait là où d'autres auraient baissé les bras. Et Newell le savait.

Pas une fois il n'avait offert au président de la WAE une occasion de douter de lui. C'était certainement la raison pour laquelle Newell n'avait pas semblé déstabilisé par l'entretien qui venait d'avoir lieu chez ce notaire du Mans. « D'une manière ou d'une autre, nous la ferons taire... » En quelques mots, le boss avait transmis le fardeau à son fidèle associé...

Cela ne dérangeait pas Jones. Bien au contraire. Non seulement il avait l'habitude de s'acquitter de ce genre de besogne, mais il adorait cet aspect de son travail. Cette petite journaliste prétentieuse allait bientôt regretter d'avoir osé les défier. Il y aurait d'abord la phase d'intimidation. Quelques lettres anonymes, une ou deux visites dans son appartement... Jones pria pour qu'elle ait un animal de compagnie. Éviscéré sur le pas de la porte : l'effet était garanti. Après une autre gorgée d'alcool, l'esprit empli de toutes les horreurs qu'il pourrait lui faire endurer, Jones commença à se détendre... Le carillon de l'horloge Cartier résonna dans la grande pièce. Dix-huit heures.

Fidèle à ses principes, il se dirigea vers son bureau en acajou. À 18 heures précises, où qu'il soit dans le monde, il consultait ses mails. Et ce n'était pas cette Lou d'Esterel qui l'empêcherait de respecter ce rite immuable. Il ôta sa veste – jamais il n'aurait froissé son précieux costume –, remonta ses manches de chemise en les pliant de façon à ne pas laisser de plis disgracieux lorsqu'il les remettrait en place, et s'installa dans son superbe fauteuil. Il posa doucement les bras sur les accoudoirs en cuir. Deux grandes inspirations. Autre petite manie avant de démarrer l'ordinateur.

Pendant un dixième de seconde, il ne comprit pas ce qui se passait.

Puis la surprise s'effaça, remplacée par l'énervement...

Qui avait osé lui jouer un tel tour ? Son pantalon, sa chemise et ses bras étaient collés au fauteuil. Il tenta de se dégager, mais la peau de ses avant-bras restait fermement accrochée au cuir. Elle se tendait, mettant en évidence les tissus relâchés par le manque d'exercice, mais refusait désespérément de se décoller... Jones ouvrit la bouche, prélude à un déferlement de paroles acerbes qui n'allait pas tarder à saturer les oreilles des membres du service de sécurité... Ces idiots n'étaient-ils pas payés assez cher pour lui éviter ce genre de blague de mauvais goût ?

Soudain, Jones eut une sensation de piqûre sur l'épaule. Il tourna la tête, identifiant immédiatement les deux petits crochets fichés dans sa peau. Au bout des crochets, deux fils... Au bout des fils, le fameux pistolet électrique utilisé par les forces de police, qui soulevait une vive polémique en France. Lui s'amusait avec ça depuis très longtemps et savait ce qui l'attendait. Il serra les dents. La décharge fut d'une violence inouïe. Il perdit connaissance, dans un grésillement lugubre...

Lorsqu'il se réveilla, il ne pouvait plus du tout bouger. Son agresseur avait découpé ses vêtements et l'avait badigeonné de colle, le fixant littéralement au fauteuil. Même ses jambes étaient immobilisées, repliées sous l'assise en acajou. La colère s'était envolée. C'est la peur qui dominait maintenant... Et elle était de plus en plus forte. S'il avait pu crier, Jones aurait certainement fait vibrer jusqu'aux fondations de l'immeuble, mais une boule était fichée dans sa bouche et maintenue par des sangles de cuir autour de sa nuque. Il voyait très bien à quoi ressemblait cet objet, qui avait été immortalisé au cinéma par Tarantino dans *Pulp Fiction* et faisait le bonheur des clubs sado-maso.

Il leva des yeux terrifiés vers l'individu, dans l'espoir de l'émouvoir, mais aussi de comprendre… Pourquoi ce fou s'en prenait-il à lui ? Une cagoule enserrait la tête de la silhouette vêtue de noir. S'il avait masqué son visage, peut-être allait-il le laisser en vie ? Lorsque la cagoule vola par-dessus son épaule pour atterrir sur le bureau, Jones crut défaillir. Il ferma les yeux, bien décidé à ne pas poser le regard sur son bourreau. Mais l'homme se posta derrière son fauteuil et lui colla les paupières sur le front à l'aide d'un petit tube de colle forte. Puis il prit une photographie de leurs deux visages, à l'aide d'un téléphone portable qu'il tenait à bout de bras. Le flash crépita.

Une larme de rage coula sur la joue de Jones, tandis que l'inconnu disparaissait dans sa salle de bains privée, dans laquelle il avait dû attendre tapi que sa proie s'installe dans le fauteuil piégé. Il réapparut et toisa longuement sa victime. Son visage maintenant à découvert n'évoquait rien à l'homme d'affaires, mais suintait une colère froide. Il était armé d'un étrange disque rouillé. Avant que l'objet ne touche son front, Jones comprit qu'il s'agissait d'un vieux couvercle de boîte de conserve…

Le raclement du métal sur l'os fut un supplice. Son tortionnaire recula, comme s'il admirait son travail. Il sortit un petit miroir et montra à Jones le chiffre tracé de façon irrégulière sur sa peau : un 7 sanglant y imprimait sa marque sombre. L'homme d'affaires tremblait. La sueur perlait sur son front dégarni. Il respirait beaucoup trop vite et son appendice nasal semblait trop étroit pour insuffler la ration d'oxygène que réclamait son corps aux abois.

Ultime espoir : dépasser sa peur et capter le regard de son agresseur… Il regretta son geste à la seconde où les yeux de l'inconnu révélèrent leur secret : seules une folie sans bornes et la vision de sa propre fin se reflétaient dans ces prunelles vides.

Les prunelles glaciales de la mort…
Malheureusement pour lui, elle fut lente.
Très lente.

Chapitre 24
Jeudi 28 novembre

Lou se réveilla avec une horrible migraine, conséquence d'une nuit agitée durant laquelle les événements de ces derniers jours s'étaient amalgamés pour former un cauchemar incohérent. La jeune femme s'assit au bord de son lit, massant délicatement ses tempes. Une dose de paracétamol ne serait pas de trop…

Les quelques mètres qui la séparaient de la boîte de cachets furent rapidement franchis, et elle se laissa bercer par le doux bruissement du comprimé effervescent. Le goût était assez désagréable, mais le simple fait de savoir que la douleur allait bientôt s'envoler lui redonna immédiatement de l'énergie. Machinalement, elle consulta son téléphone portable et constata qu'un message l'attendait : son fameux témoin avait mordu à l'hameçon ! Elle lui donnait rendez-vous à 10 heures du matin sur une grande place du Mans… Lou tourna son poignet : 9 heures. Elle avait le temps de prendre une douche. Et au diable les menaces proférées par Jones ! Même si Newell avait semblé convaincant lorsqu'il prétendait n'avoir rien à gagner dans la disparition de ses grands-parents, elle était persuadée que, d'une manière ou d'une autre, ces salopards étaient impliqués.

Pour le prouver, elle avait besoin de toutes les informations possibles sur la WAE. Et maintenant qu'elle leur avait déclaré la guerre, la rencontre avec ce témoin devenait capitale.

***

Lou apprécia l'air frais qui venait lui fouetter le visage. En dix minutes, elle atteignit la place de la République, où la femme lui avait fixé rendez-vous. Comme convenu, elle portait un sac à main noir et attendait sur un banc public…

— Bonjour.

L'inconnue tourna la tête de gauche à droite, comme si elle cherchait quelque chose.

— Asseyez-vous à côté de moi. Pas trop près. Et ne me regardez pas.

Lou fronça les sourcils, perplexe. Elle obtempéra néanmoins.

— Vous vous moquez de moi ? lança la femme.

— Pardon ?

— Vous êtes qui ?

— Je m'appelle Lou. Lou d'Esterel. Je suis…

— Vous n'êtes pas la mère d'un enfant qui a séjourné dans un des camps de la WAE. Vous êtes bien trop jeune ! Pourquoi m'avez-vous envoyé ce message ?

— C'est vrai. Je suis désolée de vous avoir menti. Il fallait que je vous parle. Je dois savoir ce qui se passe dans ces camps…

— Allez y faire un tour, fit la femme en se levant. Au revoir.

— Non. Attendez ! Je suis journaliste, et…

Mais la mère en colère ne l'écoutait plus. Lou s'empressa de la rejoindre, se mettant à sa hauteur.

— S'il vous plaît… Je crois qu'ils ont tué mes grands-parents…

— Encore un mensonge !

— Non, je vous le jure… Il s'agit du double meurtre qui a eu lieu dans le vieux Mans, il y a quelques jours… Vous en avez forcément entendu parler…

La femme sembla hésiter. Elle s'arrêta, faisant face à Lou pour la première fois.

— Que voulez-vous savoir ?

— Pourquoi avez-vous porté plainte contre eux ?

La femme eut un petit rire désabusé.

— Je ne sais pas si je peux vous faire confiance… J'ignore si vous dites la vérité… Et à vrai dire, je m'en fous. Je vais vous raconter ce qui est arrivé, et ensuite, je ne veux plus jamais avoir affaire à vous…

Lou acquiesça, tout en gardant le silence.

— Il y a deux ans, mon fils a fait quelques conneries. Bagarres au collège, notes qui dégringolent… Vous voyez le topo. Son père nous a abandonnés depuis un bout de temps, j'ai dû gérer tout ça toute seule. Nos relations étaient très tendues. Un jour, je suis tombée sur le questionnaire que propose la WAE sur son site. Les résultats étaient clairs. Plus de treize réponses positives… Selon ce test, mon fils était en grand danger. À l'époque, je n'avais pas conscience que ce questionnaire n'était qu'un moyen pour eux de trouver un max de clients. Même un enfant modèle aurait échoué à ce foutu test ! Aveuglée par mes craintes, je leur ai fait confiance. J'ai envoyé mon Denis dans un de leurs centres… À son retour…

— Je vous écoute, murmura Lou, sentant que les mots avaient du mal à sortir.

— Ils l'ont… Ils… Au début, je ne l'ai même pas cru ! Quand il est revenu, il n'était plus que l'ombre de lui-même. Ils l'ont brisé. Imaginez votre fils de seize ans qui vous demande l'autorisation pour aller aux toilettes ! Si j'avais le malheur de tendre la main vers lui, il se recroquevillait sur sa chaise, pour se préparer à encaisser les coups…

Les yeux de la femme étaient embués de larmes.

— Je suis navrée, fit Lou, ne sachant quoi répondre.

— Il a mis six mois avant d'accepter de reparler du camp. Il ne se passe pas deux nuits sans qu'il se réveille en hurlant… Ils l'ont gazé, battu, humilié. Il est resté près de quinze jours allongé sur le sol, sans avoir le droit de se relever, obligé de se faire dessus ! Je me suis renseignée, et j'ai découvert que mon fils était loin d'être le seul : un des camps de la WAE au Mexique a même été fermé par les autorités. Pour maltraitance sur mineurs…

— Alors vous avez décidé de porter plainte.

— Oui.

— Mais pourquoi ne pas être allée jusqu'au bout ?

La mère de famille anéantie secoua la tête :

— Vous… C'est quoi ce bordel ? fit-elle subitement, en fixant son attention sur une voiture arrêtée au bord de la place. Vous n'êtes pas venue seule ?

— Quoi ? Si, bien sûr que si…

— Alors qui sont ces gens, là-bas ? Ils nous surveillent !

— Mais non, vous…

Lou n'eut pas le loisir de finir sa phrase. La femme était partie en courant, elle s'engouffrait dans le tramway. Lou se retourna vers la voiture. Deux personnes, apparemment. Elle était trop loin pour distinguer leurs visages. « Écoute petite salope. On a été sympathiques, alors ne pousse pas le bouchon… Un accident est si vite arrivé… »

Les derniers mots prononcés par Jones résonnaient dans son esprit comme un sinistre présage… Le cœur battant, elle prit la direction du véhicule d'un pas décidé. Elle devait savoir à quoi s'en tenir. Si on la suivait vraiment, elle ne risquait pas grand-chose sur cette place bondée. Et pour rien au monde elle ne voulait sombrer sans véritable raison dans la paranoïa qui semblait ronger la femme qu'elle venait de rencontrer…

— Eh ! Eh, vous deux, dans la voiture !

Avant qu'elle ne puisse s'approcher suffisamment, le véhicule aux vitres teintées démarra en trombe, manquant de renverser deux personnes qui traversaient en direction de la place. Lou resta quelques secondes plantée au milieu de la rue, commençant à prendre en compte un élément qui ne lui était jusqu'alors pas venu à l'esprit. En menant cette enquête sur le passé de ses grands-parents, elle n'avait pas imaginé un instant courir le moindre danger… Manifestement, elle s'était trompée. Plus que jamais, elle était maintenant persuadée que leur fin horrible n'était pas le fruit du hasard… Ses grands-parents avaient été exécutés.

Et il était fort probable que ceux qui avaient fait ça la suivaient…

Un coup de klaxon la fit sursauter, mettant fin à son apathie. Elle fit quelques pas, rejoignit le trottoir. Une peur sourde commençait à se diffuser en elle… Pas une terreur absolue, liée à une subite décharge d'adrénaline. Non, quelque chose de plus profond, presque plus inquiétant. Comme un poids qui se serait insidieusement déposé sur ses épaules, l'empêchant de respirer. Après avoir examiné les environs avec attention, elle s'engouffra dans les petites rues piétonnes du Mans, bien décidée à semer les sinistres individus qui s'étaient invités dans sa vie…

***

— TN 72 de TV 832. Ici Kervadec. Je suis avec le brigadier Stéphanie Bruneau. Pouvez-vous transmettre au commandant Bolival, du SRPJ d'Angers, que nous avons perdu Lou d'Esterel…

Quelques minutes plus tard, la voix de Bolival claquait comme un coup de fusil dans le portable des policiers du Mans.

— Vous avez quoi ?

— Nous avons perdu la fille.

— Ça veut dire quoi, perdu ?

— Elle nous a repérés. On a préféré mettre les bouts. Je ne savais pas si…

— Putain ! Vous êtes cons ou quoi ? Je ne vous demande qu'une chose, c'est de ne pas la lâcher, et vous n'êtes pas fichus de faire le boulot. Qu'est-ce qu'on en a à foutre, qu'elle vous repère ? C'est nous les gentils, non ? Alors, pourquoi se casser ?

— Écoutez, on est désolés. On ne savait pas…

— Le mal est fait. On passe à autre chose. Hier soir, à quelle heure est-elle rentrée à son appart ?

— C'était le brigadier-chef Delaunay qui était chargé de la surveiller… D'après ce qu'il a noté, Mlle d'Esterel est rentrée vers 15 heures, après un rendez-vous chez un notaire du Mans…

— Et ensuite ?

— Euh… Y'a eu un appel d'urgence, et personne ne pouvait se déplacer. Le commissaire divisionnaire a levé la filature. Delaunay est partie sur la nouvelle affaire. On a repris seulement ce matin, et d'Esterel était bien chez elle…

— Non, mais j'hallucine ! aboya Bolival. Le procureur va nous mettre en pièces !

— Je vous dis qu'elle était là ce matin. On va la retrouver… C'est une petite ville.

— J'espère. Il y a eu deux autres meurtres hier après-midi. Un au Mans, le second à Paris… Le tueur a gravé un 8 et un 7 sur le front des victimes. Ça ne vous rappelle rien ?

— Aïe.

— Oui, comme vous dites. J'aurais aimé pouvoir dire au proc que j'avais eu la bonne idée de faire suivre le principal témoin des deux premiers meurtres, histoire de l'exclure de la liste des suspects. D'autant que je viens d'appeler le notaire chez qui elle avait rendez-vous hier, et figurez-vous qu'elle s'est engueulée avec les deux hommes qu'on a retrouvés morts !

— Ça craint. Mais on y est pour rien. Faut voir ça avec le commissaire…

— Je vais l'appeler dès qu'on aura raccroché, ça c'est sûr ! En attendant, vous pouvez commencer à rameuter les troupes : un véhicule devant son appart, un autre devant son lieu de travail, et pourquoi pas un troisième sur le lieu du crime, dans le vieux Mans…

— Mais le commissaire…

— Me cassez pas les couilles. Je me charge du commissaire. Je veux cette nana en garde à vue avant ce soir, bordel ! On sera au Mans avec toute l'équipe d'ici une heure et demie. Essayez de vous rattraper !

Chapitre 25
Jeudi 28 novembre

Après avoir appelé sa banque, Lou avait sillonné toutes les petites rues du centre-ville, se cachant dans les toilettes des magasins pendant de longues minutes, ou s'insinuant dans les flots de clients qui assaillaient les commerces en cette fin d'année. Jamais elle n'aurait pensé que son penchant pour le shopping lui serait utile un jour… Elle connaissait presque toutes les boutiques, ses poursuivants n'avaient qu'à bien se tenir. Elle s'engouffra dans la librairie Doucet par la porte de derrière et contourna les îlots de livres sans se retourner, pour déboucher sur la place de la République. En quelques enjambées, elle rejoignit les Galeries Lafayette et, là encore, se fit un plaisir d'emprunter une autre sortie. La rue des Minimes et son agitation perpétuelle ne lui avaient jamais autant plu… Durant tout son périple, elle avait porté une attention particulière à tous les gens qu'elle croisait, tentant de repérer un visage déjà aperçu. Sans être une experte de ce type de jeu, elle était maintenant certaine de ne pas être suivie… Elle envisagea de repasser chez elle, mais se dit que c'était justement l'endroit où l'on risquait de l'attendre.

Elle se dirigea vers sa banque, espérant qu'ils avaient fait le nécessaire. Avec un pincement au cœur, elle se remémora tous les efforts consentis pour remplir son compte épargne... Ces économies étaient destinées à rembourser son prêt étudiant, dont l'échéance se rapprochait inexorablement. *Allez,* s'encouragea-t-elle, *si le notaire n'a pas menti, tu ne devrais bientôt plus avoir de problèmes d'argent...*

— Bonjour, madame. Que puis-je faire pour vous ? demanda la grande femme derrière le guichet.

— J'ai appelé tout à l'heure. Je désire vider mon compte épargne. Ça doit faire dans les vingt mille euros, fit Lou, se demandant si elle avait vraiment dit cela.

La banquière la regarda avec des yeux ronds, puis pianota sur le clavier.

— Bien madame, on a été informés de votre requête. Tout est prêt. Il vous faudra patienter un peu, le temps que j'aille chercher l'enveloppe au coffre...

— Sans problème, répondit Lou, soulagée.

La somme rondelette en poche, Lou commença à respirer plus à son aise. Objectif un : s'éloigner au plus vite de la banque. Elle avait vu suffisamment de films pour savoir que son retrait laisserait une empreinte très commode à suivre pour des gens malintentionnés, et l'argent liquide qu'elle venait de retirer allait faciliter sa disparition temporaire. Objectif deux : changer d'apparence. Elle enfonça sur ses cheveux blonds un béret marron et acheta une paire de lunettes de soleil. Un jean élimé et un long blouson en lin complétèrent la panoplie.

Elle décida de retourner place de la République, dans un bar qu'elle aimait bien. En toute logique, ce serait le dernier endroit où ils la chercheraient.

Un café fumant fut apporté par le serveur. Elle resta longuement immobile, à contempler les volutes aux senteurs corsées qui émanaient du breuvage noir, comme si les réponses aux multiples questions qui la taraudaient pouvaient se matérialiser devant elle… Qui étaient ces types qui la suivaient ? Des hommes envoyés par Jones ? Pourquoi avait-on assassiné ses grands-parents ? Y avait-il vraiment un rapport avec la WAE ? Pourquoi son cher papy lui avait-il confié une si lourde et dangereuse charge ?

Toutes ces choses qui étaient arrivées ne pouvaient être le fruit de simples coïncidences. Il devait y avoir une explication à tout cela, mais pour l'instant, celle-ci lui échappait… Et les pistes pouvant la conduire vers la vérité avaient une fâcheuse tendance à se réduire comme une peau de chagrin. La femme qui s'était évaporée dans le tramway quelques heures auparavant ne lui serait d'aucune aide. Elle savait finalement peu de choses, et semblait terrifiée… Le seul indice que Lou n'avait pas encore exploité était ce fameux couvercle de boîte de conserve, qu'elle avait eu la bêtise de ramasser dans la maison de ses grands-parents… Peut-être fallait-il informer les flics de son existence ? Outre ses empreintes, il y avait une infime chance que celles du tueur y figurent également. Elle se demanda si le séjour dans la terre du jardin pouvait les altérer…

— Nico, mets plus fort, s'te plaît !

Lou se retourna. Un client criait au barman de monter le son de la télévision. Comme tous les gens attablés au comptoir, elle écouta le reportage qui avait suscité cette requête. La voix agréable de la présentatrice débitait son texte comme on chante une berceuse :

« Une information qui vient de tomber et qui fait froid dans le dos… On a découvert aujourd'hui dans une chambre d'hôtel du Mans un homme torturé à mort. Il s'agirait d'après nos sources d'un Américain, de passage dans la Sarthe pour affaires… Le gérant de l'hôtel, qui a découvert le corps, nous a confié un détail insolite : le tueur aurait gravé avec un objet tranchant le chiffre 8 sur le front de la victime. L'affaire a été immédiatement confiée au SRPJ d'Angers, qui, nous vous le rappelons, était déjà intervenu en début de semaine pour le double meurtre dans le vieux Mans… Ils seraient à la recherche d'une jeune femme blonde, dont ils ont refusé de communiquer l'identité… »

Lou reposa avec difficulté son café sur la table. Un petit cercle brun se forma autour de la tasse.

10, 9, 8… Un américain ?

Là encore, Lou ne croyait plus aux coïncidences… S'agissait-il de Jones, ou de Newell ? Et cette jeune femme blonde… Non. Ces imbéciles ne pensaient tout de même pas que… Elle se remémora son entretien houleux avec les deux patrons de la WAE. Le notaire avait dû être interrogé… Deux crimes horribles, et à chaque fois elle était la dernière personne ou presque à avoir vu les victimes… Mais qui pouvait être à l'origine de tout cela ? Jones, ou Newell, qui éliminait la concurrence pour tenir seul les rênes de la WAE ?

Lou était dépassée par les événements. Encore une fois, elle regretta de ne pas avoir quelqu'un sur qui s'appuyer, une sorte d'ange gardien qui l'aiderait, comme dans ces romans qu'elle adorait. Les héros devaient tous être occupés… Elle allait devoir se débrouiller seule. Le couvercle de boîte de conserve était sa dernière chance…

Elle décida d'attendre la nuit.

***

Le commandant Bolival ne décolérait pas. Près de dix heures qu'ils avaient perdu la trace de Lou d'Esterel ! Comme il l'avait pressenti, le proc leur avait passé un tel savon qu'ils n'auraient pas besoin de se laver pendant une semaine. Et pour couronner le tout, il avait deux nouveaux cadavres sur les bras. Un employé avait trouvé le premier corps dans un hôtel du Mans : numéro 8… Puis un capitaine du quai des Orfèvres avait téléphoné : un second type, tué à Paris dans son bureau. Littéralement collé à son fauteuil, torturé, et estampillé du chiffre 7.

10, 9, 8, 7. Le compte à rebours macabre était en marche. Quatre morts en quelques jours… et une aubaine pour la presse !

La victime du Mans était un certain Newell. Bolival avait découvert sans réelle surprise que l'homme était l'associé de celui retrouvé collé à son fauteuil, à Paris. Tous deux travaillaient pour la WAE, une boîte fondée en partie par les grands-parents de d'Esterel. Les pièces du puzzle commençaient à s'assembler… La petite blonde était plus que jamais en première position sur sa liste de suspects : elle allait devoir s'expliquer.

Depuis plusieurs heures, le commandant planquait en compagnie de son adjointe dans la rue où s'était déroulé le double meurtre. Il y avait peu de chances que leur cliente refasse surface dans le coin, mais le fiasco des flics du Mans les avait mis dans une posture où plus aucune erreur ne serait tolérée.

En d'autres circonstances, il aurait pu trouver agréable cette petite rue pavée, éclairée à l'ancienne par une lumière tamisée qui rappelait les flambeaux illuminant les allées au Moyen Âge. Mais il n'y voyait qu'un coupe-gorge sordide, où deux pauvres vieux avaient été massacrés et dans lequel il allait devoir passer la nuit alors que sa femme et tous ses amis faisaient la fête à Angers. Pour ne rien arranger, cette voiture banalisée empruntée aux flics du Mans puait la friture ! À croire que ses collègues avaient dévalisé un McDo ! Parfois, ce métier le fatiguait. Évidemment, c'était un job utile, plein de surprises, mais les fardeaux administratifs et ce genre de soirée humide et sans intérêt commençaient à peser dans la balance… Être sur le terrain n'était plus de son âge… Il envisageait de plus en plus souvent de passer le relais et de finir sa carrière derrière un bureau…

Le lieutenant Camille Servier lui donna un coup de coude. Bolival remit son introspection à plus tard.

— Je crois que j'ai entendu quelque chose, fit son adjointe.

Bolival tendit l'oreille. Soudain, une lumière illumina la petite cour intérieure de la maison des Delaplace. Le mur était trop haut pour qu'ils puissent en connaître la cause, mais cet éclairage avait forcément été déclenché par quelque chose…

— Éclairage automatique ? demanda Camille.

— J'en sais rien. On va voir…

Les deux policiers descendirent de la voiture, laissant les portières ouvertes pour ne pas révéler leur présence en les claquant. Ils s'approchèrent du mur, à l'affût du moindre bruit. Camille Servier hocha la tête. Quelqu'un s'était introduit dans la cour. Doucement, Bolival glissa la clé dans la serrure de la porte d'entrée, car aucun accès ne donnait directement sur le jardin. Il fit jouer la poignée et pénétra dans la maison. D'un geste, il indiqua au lieutenant la direction à suivre. Au fond de la cour, ils distinguèrent une silhouette accroupie, qui se tenait devant un petit arbuste. Bolival fronça les sourcils. Cette affaire ne cessait de le surprendre. Il traversa la véranda sur la pointe des pieds, puis tenta d'ouvrir. L'accès à la cour avait été fermé, lui aussi. Logique. Toujours en veillant à ne faire aucun bruit, il essaya les différentes clés du trousseau. Camille surveillait l'intrus avec inquiétude. Elle avait raison…

La silhouette se tourna vivement dans leur direction. Ils étaient découverts.

— Ne bougez pas ! Police ! hurla Camille Servier.

Mais l'inconnu n'en avait que faire. Il se lança à toute allure vers le fond du jardinet, tandis que Bolival trouvait enfin la bonne clé. Le visiteur nocturne n'avait plus aucune chance ! Les deux policiers se ruèrent à sa poursuite, mais leur proie s'était évanouie dans un enchevêtrement de branches. Le commandant se souvint qu'il s'agissait d'une énorme glycine qui devait avoir une trentaine d'années.

— Sortez de là. Vous êtes pris au piège ! aboya-t-il, l'arme braquée en direction du suspect.

Le lieutenant Servier en profita pour allumer une lampe de poche afin d'éclairer l'angle du jardin plongé dans le noir. Le faisceau lumineux n'eut le temps de révéler qu'une mèche blonde, qui disparut dans l'entrebâillement d'une porte en bois.

— Fait chier ! cria Bolival en se jetant dans l'entrelacs de lianes. Y'a une issue cachée derrière !

Il s'extirpa des branchages et se jeta contre la porte. Le choc fut violent, et son épaule garderait sûrement pendant plusieurs jours les traces de cet acte déraisonné. Cette petite peste venait de refermer à clé. Car c'était elle… Il l'avait reconnue…

— Camille, fais le tour, vite ! D'Esterel ! cria-t-il. Arrêtez-vous ! Vous aggravez votre cas. Vous n'irez pas loin, de toute façon !

Le temps de finir sa phrase, il avait débloqué la serrure. Il déboucha dans l'escalier de la Petite Poterne, qui longeait le mur d'enceinte du jardinet et descendait vers les quais de la Sarthe. D'un coup d'œil, il vérifia que Lou d'Esterel n'était pas partie de ce côté. Elle n'aurait pu atteindre le bas de l'escalier en si peu de temps... Il gravit donc les marches quatre à quatre, et tomba nez à nez avec Servier, pour constater que leur voiture banalisée était au bout de la rue... Ils distinguèrent les feux de stop quand d'Esterel prit un virage au cordeau, puis, plus rien. Le cerveau de Bolival tournait à plein régime. Elle avait cent cinquante mètres d'avance... Servier se mit à courir comme une dératée. Il la regarda partir, sans la suivre. C'était peine perdue. D'Esterel leur avait filé entre les doigts, en leur dérobant leur voiture. Cette fois, il ne pourrait pas rejeter la faute sur les flics du Mans, et la note risquait d'être salée. Ils s'étaient fait avoir comme des bleus...

Bolival sortit son téléphone. Il leur restait une chance... Il composa le 17 et tomba sur le standard du commissariat.

— Police secours j'écoute...

— Commandant Bolival. On vient de se faire tirer notre voiture par un suspect.

— Pardon ? Vous rigolez ?

— J'ai l'air de rigoler ? hurla-t-il. Est-ce que vous pouvez la localiser ? Et pas demain, si vous voyez ce que je veux dire...

— Attendez un instant... Non, désolé.

— Comment ça, non ? Vous êtes bien équipé de ce système pour suivre les bagnoles en temps réel sur votre écran de contrôle ?

— Oui commandant. Mais pour ça, il aurait fallu que vous branchiez la radio. Vous utilisez une voiture banalisée. Seuls les véhicules de patrouille sont automatiquement géo-localisés. Ça fait des semaines que je répète que même les enquêteurs doivent...

— Putain de merde. Envoyez tous les effectifs disponibles en direction du vieux Mans. Ils doivent intercepter à tout prix la conductrice de notre voiture...

— Très bien, je m'en occupe immédiatement.

Le commandant raccrocha et s'assit sur une borne de pierre en soupirant. Pour une fois qu'une affaire d'envergure leur tombait entre les mains, il fallait que le sort s'acharne contre eux. Décidément, il se faisait vraiment trop vieux pour ces conneries. Servier le rejoignit, encore essoufflée par sa course effrénée. Elle secoua la tête, signifiant son impuissance. Bolival haussa les épaules, se releva et se dirigea vers le jardinet. En quelques secondes, il remarqua un petit trou dans un des parterres contenant des arbustes… D'Esterel était revenue chercher une chose qu'elle avait cachée ici…

Bolival avait beau se creuser les méninges, il ne voyait que l'arme du crime… Mais pourquoi s'en débarrasser aujourd'hui ? C'était elle qui les avait appelés le jour du meurtre : elle avait donc eu tout le temps de cacher l'arme auparavant, ou d'aller la jeter dans la Sarthe, à moins de deux cents mètres en contrebas… Perplexe, il tapa néanmoins sur son mobile les dix chiffres qui allaient permettre aux portes des Enfers de s'entrouvrir devant la jeune femme : le numéro du procureur.

Chapitre 26
Jeudi 28 novembre

Lou offrit son plus beau sourire au contrôleur. Elle paya le voyage qu'elle venait d'improviser, et l'amende pour ne pas avoir pris son billet plus tôt… Elle avait largué dès que possible la voiture de Bolival et avait foncé vers la gare. Le premier TGV à se présenter avait été le bon. Il allait à Lille… Cela tombait bien, car elle pourrait avoir une chance de gagner l'Angleterre avant que le filet ne se resserre autour d'elle. Elle avait du mal à croire qu'elle avait fui la police. Cette folie ne lui ressemblait pas. D'un autre côté, si Bolival l'avait attrapée en train de récupérer l'arme qui avait servi à tailler ses grands-parents en pièces, ses derniers espoirs se seraient envolés…

Parfois, la vie dictait ses choix. C'était ainsi. Une fois installée dans son fauteuil et rassurée par le ronronnement régulier du train, Lou sortit le fameux couvercle. Il était souillé par la terre, et en dessous, par le sang de ses grands-parents. Elle se força néanmoins à l'observer en détail, tout en prenant soin de le tenir à l'aide d'un mouchoir. Précaution dérisoire et certainement inutile, mais procéder autrement aurait été admettre qu'elle n'avait plus aucune chance d'être innocentée.

Elle distingua une inscription, sur le bord de l'objet. C'était rouillé, mais en grattant doucement avec la pointe de son coupe-ongles, elle parvint à dégager les lettres une par une…

HMS TERROR.

Que pouvaient signifier ces mots ?

Monsieur Smart Phone allait devoir l'aider… Lorsque le téléphone s'alluma, Lou découvrit que Blossier, sa rédac chef, avait laissé de nombreux messages. Sans même les lire, elle les effaça. Après tout, elle n'avait plus besoin de se mettre à genoux devant cette mégère pour payer son loyer. Ce simple geste lui permit de se sentir un peu mieux…

Elle se connecta à Internet et tapa la mystérieuse formule. Elle fut presque surprise de trouver une réponse : le HMS *Terror* était l'un des bateaux qu'avait utilisé un certain Franklin, explorateur de son état, pour tenter de rejoindre les Indes en passant par le pôle Nord… Malheureusement pour lui, il avait disparu avec tout son équipage lors de l'expédition…

Le pôle Nord…

En quelques clics supplémentaires, elle découvrit ce qu'elle cherchait sur le site de la WAE : « Camp Franklin, sur les traces des explorateurs. Île du Roi-Guillaume, Nunavut. » Un des centres où ils envoyaient les enfants… Elle éteignit rapidement son téléphone, se rappelant qu'on pouvait la localiser grâce à sa carte SIM, et projeta son esprit dans l'obscurité qui régnait hors du train. Cette fois, elle avait touché juste… Les événements qui avaient provoqué la mort de ses grands-parents et fait de sa vie un cauchemar prenaient source aux confins du monde, dans une province gelée du Canada… Maintenant qu'elle était en fuite, elle n'avait plus le choix. Soit elle allait au bout de son enquête et découvrait qui était derrière ces meurtres, soit elle finissait ses jours en prison.

Elle fut saisie d'un léger vertige quand elle prit conscience qu'il y avait une troisième possibilité. Peut-être faisait-elle partie de la liste que semblait suivre l'assassin… Inconsciemment, elle porta la main à son front, qu'elle massa doucement.

LISA

Chapitre 27
Mercredi 27 novembre

Pour Lisa, la journée ne fut qu'une succession de tâches machinales. Elle était en état de choc, exténuée par cette nuit sans sommeil et traumatisée par la violence dont avaient fait preuve ses geôliers. Tous ses muscles la faisaient souffrir, comme si elle avait couru un marathon, et lorsqu'elle fermait les yeux, elle avait l'impression de se retrouver dans le sous-sol avec Mike… Alors elle les gardait grands ouverts, et faisait ce qu'on lui ordonnait, sans discuter, tel un robot bien programmé. Elle n'ouvrit pas la bouche une seule fois. Elle marchait tête basse, regardant ses pieds, et même les deux heures de vidéo d'Alcooliques anonymes semblèrent passer rapidement.

Si son corps était en veille et répondait aux sollicitations extérieures en pilotage automatique, son esprit s'apparentait plus à un flot de magma en ébullition. Elle ne parvenait pas à admettre ce qui lui était arrivé durant la nuit. Ce type l'avait presque violée, et aujourd'hui, il lui souriait gentiment, comme si de rien n'était. Elle aurait voulu hurler, frapper, mordre !

Mais elle avait bien trop peur que cela ne recommence. C'est pourquoi elle s'efforçait de suivre à la lettre les règles et les activités stupides qu'on leur imposait. À plusieurs reprises, Alex tenta d'établir le contact, mais elle l'ignora. Elle n'avait pas envie de parler. Encore moins d'évoquer les événements de la nuit. Maintenant que la perspective d'un sauvetage rapide par l'intermédiaire de sa mère n'était plus à l'ordre du jour, la donne avait changé. Il fallait qu'elle s'endurcisse, qu'elle tienne, jusqu'à ce qu'une autre occasion se présente. Ou jusqu'à la fin du camp. Trois mois ? Elle réfréna les sanglots qui tentaient de fissurer le masque qu'elle arborait. Non. Ne pas se faire remarquer. Ne pas leur donner la moindre raison de se livrer à leurs jeux sadiques.

En début d'après-midi, elle monta dans le traîneau et se laissa bercer par le ronronnement régulier de la motoneige. D'un œil distrait, elle surveillait l'écran de contrôle du scanner, dont l'image était tristement muette. « Si vous voyez la moindre anomalie, avait dit Mac Cleer, vous demandez au pilote de s'arrêter pour vérifier de quoi il retourne. » La tâche était inintéressante, mais Lisa préférait mille fois cette balade dans l'immensité arctique aux prières débiles et aux séances de bourrage de crâne par vidéo interposée. Elle avait commencé à s'habituer à ce soleil rasant, rougeoyant, qui donnait au paysage des couleurs surréalistes. Les nuages de la veille avaient déversé leur flot de poudreuse, puis s'en étaient allés, voguant vers d'autres étendues à recouvrir de leur pellicule glacée. La motoneige traçait un joli sillon dans la neige fraîche, qui voletait délicatement autour des trois adolescents présents à bord du traîneau. Lisa jeta un œil à Sam, toujours aussi immobile, mais dont les yeux brillaient d'une colère rentrée. On aurait dit une sorte de prédateur. Un félin, tapi dans l'ombre, attendant son heure. Katya, elle, semblait plus détendue. Elle n'avait pas encore goûté aux joies d'un tête-à-tête avec Mike… Lisa songea à la prévenir, puis se ravisa. Les consignes étaient claires : discussions autorisées uniquement lors des temps libres, après le repas du soir.

Soudain, le scanner se mit à osciller légèrement. Lisa esquissa un mouvement en direction du pilote, puis réalisa que c'était Mike. Hors de question qu'elle touche ce salaud ! Ce fut Katya qui s'en chargea. La motoneige baissa de régime, pour finalement s'arrêter. Mike se retourna.

— Le scanner a bougé, fit Katya après avoir levé la main pour parler.

La face poupine de Mike s'éclaira.

— On va peut-être avoir de la chance, déclara-t-il, un sourire innocent au bord des lèvres.

Lisa frissonna. Ce type avait vraiment deux visages ! On lui aurait presque donné le bon Dieu sans confession. Elle l'imaginait très bien charmant les parents pour qu'ils envoient leur enfant au camp : « Vous verrez, tout ira bien, nous sommes là… Après un séjour chez nous, vous ne reconnaîtrez plus votre enfant. » *Tu m'étonnes !* pensa-t-elle.

Après avoir rejoint la zone où le scanner s'était agité, Mike lança une pelle à Sam, puis en prit une seconde. Il se mit à creuser, tandis que Sam le regardait.

— Oh, tu m'aides !

Sam dévisagea le gardien. L'espace d'une seconde, Lisa crut qu'il allait l'assommer avec la pelle, mais il se contenta de planter l'outil dans la neige pour évacuer la poussière blanche quelques dizaines de centimètres plus loin.

Un raclement sonore indiqua que les deux hommes avaient atteint la terre, ou plutôt la roche. Mike sortit un détecteur, sorte de poêle à frire munie d'un long tube en guise de poignée, et inspecta la zone. Des bips rapprochés se firent entendre. Il gratta doucement à l'endroit signalé, puis déterra une vieille boîte de conserve rouillée.

— Excellent, lâcha-t-il. Regardez l'inscription : HMS TERROR ! Elle provient de l'expédition.

Lisa le toisa. *Génial*, pensa-t-elle. *Tout ça pour ça ! Vive l'écologie ! Trente litres d'essence pour ramasser un déchet vieux de cent cinquante ans !*

— Peux-tu noter la coordonnée GPS précise ? demanda Mike à Katya.

La jeune fille s'exécuta, tandis que Mike balayait de nouveau la zone, sans succès.

— Allez, c'est reparti, conclut-il en enfourchant son ski-doo.

Moins de dix minutes plus tard, l'engin fit une nouvelle halte. Lisa regarda le scanner. Rien. Elle tourna la tête, et comprit enfin la raison de cet arrêt. Le bruit ne lui avait pas permis d'entendre l'arrivée d'une autre motoneige, sur sa gauche. Un homme d'une trentaine d'années en descendit. Grand, plutôt bien fait, autant qu'elle puisse en juger à travers l'épaisseur de vêtements qui le recouvraient. Un sigle était imprimé sur son manteau, au niveau de la poitrine. Mission polaire internationale. Juste au-dessous : France.

Un chercheur ! Un mince espoir commença à naître au fond du gouffre de désolation dans lequel Lisa avait sombré. Ils n'étaient pas seuls dans cette immensité inhospitalière ! Si le vieil Inuit travaillait pour Mac Cleer, cet inconnu au regard ténébreux n'avait aucun lien avec le camp Franklin. Il serra la main de Mike et les deux hommes échangèrent quelques banalités.

— Salut, les jeunes, fit-il avec un grand sourire. Pas encore congelés ?

Katya semblait tout émoustillée. Le rouge lui était monté aux joues. Lisa soupira. Katya était la seule fille du camp avec qui elle aurait pu se lier d'amitié, et il fallait qu'elle tombe sur une stupide petite dinde !

— Si vous voulez une conférence sur les méfaits du CO_2, demandez à votre directeur, je me ferai un plaisir de vous rendre visite… Je travaille sur l'incidence du réchauffement climatique sur la formation de la banquise. Je suis glaciologue, et franco-canadien. Je me nomme Steeve Dunham.

— Le docteur Dunham est ici pour effectuer des prélèvements, précisa Mike. Vous restez encore longtemps auprès de nous, docteur ?

Dunham secoua la tête :

— Non. La base de la mission polaire est à plus de cinquante kilomètres. J'ai profité de la météo clémente pour venir faire des mesures, mais je quitterai mon campement provisoire près de la côte d'ici deux jours.

Les trois adolescents lui serrèrent la main, mais n'osèrent dire un mot. Le regard acéré de Mike, qui avait perdu tout côté enfantin, était rivé sur eux.

— Sur ce, je vous souhaite une bonne journée à tous, et à bientôt peut-être… ajouta Dunham.

Peut-être, songea Lisa. Elle l'espérait fortement…

Chapitre 28
Jeudi 28 novembre

Une autre journée en mode « robot » venait de s'achever au camp Franklin pour Lisa, Katya et Sam. Corvées, prières débiles, corvées, vidéos débiles… excursion sur les plaines gelées. Une sorte de copié-collé de la veille, à un détail près : aujourd'hui, ils n'avaient même pas découvert de bout de métal rouillé. À plusieurs reprises, Lisa avait été tentée de braver les règles de Mac Cleer et de discuter avec les autres jeunes, mais la présence de Mike suffisait à l'en dissuader. Elle commençait à s'interroger sur sa capacité à survivre dans ce camp : ne pas faire de vagues, accepter comme un mouton le traitement qu'on leur réservait ? Ou faire preuve de courage et subir les foudres de ces tarés ? La docilité lui semblait la meilleure option, et cela la terrifiait : elle se sentait lâche, incapable de réagir face à ces brutes. Souvent, elle s'était demandé si elle aurait eu la force de combattre certaines horreurs du passé, et notamment les exactions des nazis. Et elle craignait d'être en train de découvrir la réponse…

Quand elle franchit les portes de la base, Lisa nota instantanément le changement d'attitude de Mac Cleer. Il était rayonnant, presque euphorique.

— Rendez-vous immédiatement en salle vidéo, claironna-t-il.

Les trois adolescents s'exécutèrent et rejoignirent Alex, Saïd et Mathieu qui étaient déjà installés.

— J'ai une grande nouvelle, commença Mac Cleer. Le groupe de David vient de découvrir le lieu où s'est vraisemblablement terminée la course des hommes de l'expédition Franklin ! J'ai en main le carnet de bord de l'HMS *Erebus*, signé par le second de Franklin en personne. C'est exceptionnel ! Historique ! Lorsque nous aurons lu en détail ce qu'il contient, vous aurez droit en avant-première à l'explication détaillée de leur échec. Pour fêter l'événement, je vous accorde une heure de temps libre supplémentaire.

Mac Cleer sortit, triomphant, son vieux manuscrit sous le bras, laissant les six adolescents pantois.

— C'est cool, quand même, siffla Saïd, on a fait une grande découverte !

— Qu'est-ce que ça va changer pour nous ? cracha Lisa, d'une voix où perçait la colère.

— Rien, c'est vrai, concéda Saïd, mais…

— Mais ils ne t'ont pas attrapé, toi, hier soir, trancha Alex.

Un lourd silence s'installa, que Mathieu se décida à briser :

— Je suis le seul à avoir un cerveau, ici ? demanda-t-il. Ça ne vous paraît pas bizarre, qu'on trouve au bout de deux jours un objet que tout le monde cherche depuis des décennies ? Ils nous mènent en bateau. C'est du pipeau, tout ça. Du folklore, pour nous faire croire qu'on a participé à un truc génial.

— Ils ne feraient pas ça, risqua Katya.

— Bien sûr qu'ils le feraient, renchérit Lisa. Tu ne sais absolument pas de quoi ils sont capables…

— En parlant de folklore, reprit Alex, t'as compris quelque chose à ce que le vieil Inuit a raconté, avant qu'on parte ?

Lisa secoua la tête :

— Il a parlé d'*airnit*, et de *tupilaque*, je crois… Un truc dans le genre en tout cas.

— En attendant d'en savoir plus sur le carnet de bord de l'*Erebus*, à supposer que ce ne soit pas un canular, j'irais bien voir à la bibliothèque de quoi il retourne, souffla Alex.

— Je te suis, dit Lisa.

— Ça va ? demanda-t-il en chemin.

Lisa acquiesça.

— Pour hier… je suis désolé que ça se soit terminé comme ça, fit-il.

— Ne le sois pas. Tu n'y es pour rien. S'il y a quelqu'un à blâmer, c'est moi. C'est moi qui ai eu l'idée. Et c'était une bonne idée.

— T'as morflé, hein ?

— On arrive, dit Lisa en pénétrant dans la bibliothèque.

Elle parcourut les rayons, à la recherche de documentation sur les Inuits.

— Ici, héla Alex. C'est une sorte de dictionnaire. Alors… *airnit*… Non : c'est *Anirniit*. Les Inuits croient que toute chose a un esprit, appelé *anirniit*. Ces esprits persistent après la mort. Une fois les *anirniit* des morts libérés, ils sont libres de se venger. L'esprit du mort ne peut être calmé qu'avec l'obéissance aux coutumes, en respectant les tabous et en pratiquant les rites indiqués.

— Sympa, commenta Lisa. Une sorte de religion locale :

si tu ne te comportes pas bien, les esprits viendront te punir… Ouh ouh ! Très film d'horreur. En même temps, on n'en est pas si loin. Et *tupilaque* ?

— *Tupilak*, avec un *k* : d'après la légende, les initiés à la sorcellerie lui donnent vie en recueillant des ossements, en les attachant ensemble, en chantant des paroles rituelles au-dessus du corps pour lui insuffler la vie. Le *Tupilak* est alors prêt à être envoyé au loin pour tuer un ennemi. Le *Tupilak* plonge dans l'eau glacée pour passer inaperçu et surprendre sa victime.

— Et maintenant, un mort-vivant ressuscité par un sorcier ! Complètement barré, le vieux ! fit Lisa, sentant cependant les poils de ses bras se hérisser.

Elle ne parvenait pas à comprendre ce qui la mettait mal à l'aise. Il ne s'agissait que de superstitions, rien de plus. Pourtant, elle n'arrivait pas à effacer de son esprit la lueur effrayante qui émanait des prunelles du vieil Inuit. L'expression de l'homme était comme imprimée sur sa rétine, à tel point que, quand elle fermait les yeux, elle avait l'impression qu'il se trouvait dans la pièce, le regard braqué sur elle. Elle se retourna brusquement.

Évidemment, il n'y avait personne…

Chapitre 29
Jeudi 28 novembre

Lisa observait le plafond, allongée dans sa chambre de fortune. À chaque fois qu'elle se retrouvait seule, elle était rattrapée par les souvenirs de son tête-à-tête avec Mike. Elle se força à ne plus y penser. Pour le moment.

Depuis leur rencontre surprise de la veille avec le chercheur français, tous ses neurones travaillaient et convergeaient vers une seule et unique question : comment rejoindre Dunham ? DUNHAM. Six simples lettres, néanmoins suffisantes pour nourrir un nouvel espoir. Mais comment parcourir plusieurs kilomètres dans la neige pour retrouver son campement, à pied et sans fusil ? Quand elle réalisa qu'elle échafaudait toutes sortes de plans pour retourner chez elle, le visage de Lisa se tordit d'une petite grimace teintée d'amertume. Et dire que moins d'une semaine auparavant elle passait son temps à se plaindre ! Elle avait l'impression d'être partie depuis bien plus que quelques jours…

Comme elle aurait aimé retrouver les cours ennuyeux de M. Dernis, qui débitait l'histoire de France sur un ton monocorde pendant des heures, ne s'arrêtant que lorsque la sonnerie l'empêchait de continuer. Et M. Moitet, son prof d'EPS, qui la faisait crapahuter dans les chemins pour des épreuves de course d'orientation ! Aujourd'hui, elle en aurait enchaîné dix, sans rechigner une seule fois. Quant à sa mère… bien sûr, elle était exaspérante, à toujours lui rappeler de réviser ses cours, de ranger ses affaires, ou de vider ce foutu lave-vaisselle. Mais elle commençait à réaliser à quel point celle-ci lui manquait.

Sois forte, s'encouragea-t-elle. *Ne craque pas.*

Un léger bruit attira son attention.

Cela provenait de la porte. L'image de Mike lui vint immédiatement à l'esprit. Elle se leva en toute hâte, parcourant du regard le petit réduit dans lequel elle dormait, à la recherche d'une arme quelconque…

La porte s'ouvrit. Elle s'apprêta à foncer en avant pour abattre sur la tête du gardien la chaise qu'elle tenait par le dossier.

— Lisa, c'est moi…

Cette voix… Ce n'était pas Mike.

— Alex ? Mais, qu'est-ce que tu fais là ? chuchota-t-elle.

— Je me promène un peu. C'est pas ces connards qui vont m'en empêcher.

— Comment es-tu sorti ?

— Oh, rien de compliqué… Tu as dû remarquer que nos portes se referment automatiquement, et qu'il n'y a pas de poignée à l'intérieur… Regarde, fit-il en plaçant un morceau de chewing-gum dans l'espace censé accueillir le pêne de la porte. Et voilà ! La fermeture automatique est bloquée. Ni vu ni connu. J'ai fait la même chose avec la mienne pendant le temps de pause, et me voici libre de mes mouvements.

— T'es dingue. S'ils t'attrapent…

— Ça ne risque pas. Ils viennent de partir.

— Qui ça, « ils » ?

— Le directeur et les deux débiles.

— Et comment tu sais ça ?

— Je les ai espionnés. Du couloir, on entend tout ce qui se passe dans le réfectoire, alors j'ai écouté leur discussion. Mathieu s'est planté au sujet du livre de bord. C'est le vrai. Il indique que les survivants de l'expédition ont trouvé par hasard un tumulus, pas très loin de l'endroit où on a retrouvé le journal et le traîneau rouillé.

— Un tumulus ?

— Ouais, c'est une sorte de monument aux morts, chez les Vikings. Une tombe, en quelque sorte…

— Les Vikings ?

— Étonnant, non ? Mac Cleer a dit que les Vikings ont été les premiers explorateurs à atteindre le continent américain, bien avant Christophe Colomb. À une époque, il y a eu des dissensions au sein de leur peuple, et ceux qui ont été bannis ont navigué vers l'ouest et colonisé plusieurs îles, dans le coin. Il semblerait que les hommes de Franklin aient découvert un de leurs tombeaux, rempli de trésors de guerre !

— Tu te fous de moi ?

— Pas une seconde. Les survivants de l'expédition Franklin, au lieu d'unir leurs forces pour rejoindre le sud de l'île, ont fini par s'entretuer pour le butin. Ils étaient malades à cause du plomb, comme l'a dit Mac Cleer. Dans le livre de bord, le second décrit des hommes qui faisaient des crises de démence, de plus en plus rapprochées, avant de perdre totalement la raison. Mac Cleer a parlé d'un truc… Attends que je me souvienne du nom… Saturnisme. Oui, c'est ça qui les a rendus fous. Toujours est-il que le second de l'*Erebus* a réussi à s'enfuir avec un groupe de types de confiance, mais ils n'ont jamais atteint leur but. C'est leur traîneau et leurs corps qu'on a découverts pris dans le permafrost, enfin, le sol gelé. Le carnet de bord contient des informations qui pourraient indiquer où se trouve le fameux tumulus.

— Et Mac Cleer est parti à la recherche du trésor, c'est ça ?

— Ouais, ils sont surexcités. Il ne reste plus que Yema. Au moins, pendant ce temps, ils nous laissent tranquilles…

Lisa acquiesça, avant de prendre la parole :

— Moi aussi j'ai une nouvelle. Un peu moins sensationnelle que ton histoire de chasse au trésor, mais les deux combinées, on a peut-être une chance. Il y a un campement, près de la côte, installé par un scientifique de la mission polaire internationale. Un glaciologue. Si on arrive jusqu'à lui, on sort de ce trou !

— T'es sûre qu'il n'est pas pourri ? Comme le vieux fou ?

— Comment être certaine ? Normalement, il n'a rien à voir avec le camp. On l'a rencontré hier. Il avait l'air sympa.

— Sympa, sympa ? Ou sympa, beau gosse ?

Pour la première fois depuis de nombreuses heures, Lisa sourit franchement.

— Plutôt beau gosse.

— Pas autant que moi, quand même ?

— Mmmmmh… ça se discute.

— OK, celui-là, on l'oublie, plaisanta Alex. Non, plus sérieusement, vu qu'on peut sortir de nos chambres pendant la nuit et que les gardiens sont en virée, je me sens tout à fait capable de me taper dix bornes dans la neige. Je suppose que toi aussi…

Lisa hocha la tête.

— Tout, plutôt que de rester avec ces porcs !

— On peut essayer demain… Mais il faut qu'on trouve un fusil…

— On pourrait peut-être en piquer un au vieil Inuit ? proposa Lisa.

— Pour qu'il appelle Mac Cleer cinq minutes plus tard ? Non. Si on veut y arriver, personne ne doit remarquer notre absence, affirma Alex, pensif.

— En parlant d'absence, j'aimerais bien qu'on ne se fasse pas choper tous les deux ici… Et n'oublie pas de récupérer ton chewing-gum…

Alex fit un pas vers la porte, avant de revenir vers elle. Il plongea ses yeux verts dans ceux de la jeune fille, puis déposa un baiser furtif sur ses lèvres. En un éclair, il disparut dans l'obscurité du couloir.

Lisa prit une grande inspiration, puis se laissa tomber sur son lit. Elle passa doucement les doigts sur ses lèvres, prolongeant la sensation exquise le plus longtemps possible. Elle se sentait à la fois excitée et apaisée. Elle n'était pas seule dans cet enfer…

VALÉRIE

Chapitre 30
Mercredi 27 novembre

LISA T'M BOCOU
OUBLI LA POLIS OU TU LA RE V RA JAME
A +

John Vargas ne pouvait détacher son regard du téléphone. De mauvais souvenirs se frayaient un chemin vers la surface…

— Il s'agit bien d'un enlèvement. J'appelle mon neveu, déclara-t-il en joignant le geste à la parole.

Valérie se précipita vers le mur et arracha la prise téléphonique.

— Hors de question, se contenta-t-elle de dire, une farouche détermination au fond des yeux.

— Vous n'allez tout de même pas tomber dans le piège ? Ne pas prévenir la police est la dernière chose à faire.

— Ne me faites pas ça, John. Vous avez lu comme moi. Il ne veut pas que je contacte les flics, et je vais lui obéir. Si vous passez ce coup de fil et qu'il arrive quelque chose à Lisa, je…

— Je n'aurais jamais dû quitter mon cimetière. Ne comptez pas sur moi pour la jouer en solo, ajouta John en se dirigeant vers la porte. Je vous rappelle que j'ai déjà tenté de retrouver une fillette disparue sans l'aide des collègues. Et nous savons tous les deux quel a été le résultat.

— Et si vous aviez eu raison ?

— Quoi ?

— Si, en définitive, vous aviez fait le bon choix il y a huit ans ?

— De quel bon choix parlons-nous ? La petite est morte, Valérie. Morte.

— Malchance. Vous le savez aussi bien que moi. Comment auriez-vous pu deviner que la mère était à l'origine de l'enlèvement ? Vous ne pouviez pas non plus prévoir qu'elle aurait cet accident, et que la gamine mourrait de faim dans cette satanée cabane au fond du jardin !

— Ça suffit. Vous ne m'entraînerez pas sur ce terrain…

— Combien en avez-vous sauvé, avant ?

— J'étais trop sûr de moi, Valérie. Tellement certain de faire mieux que les autres ! C'était grisant, vous savez… « Le superflic John Vargas sauve encore un enfant d'une mort certaine ! » Quel pied c'était, de lire ça dans le journal… J'ai manqué de lucidité. Mes subordonnés m'avaient suggéré d'interroger la mère de façon plus approfondie… Je ne les ai pas écoutés. J'ai suivi mon instinct. Je voulais ajouter un trophée à mon tableau de chasse… et je suis passé à côté de la piste la plus évidente.

— Combien, John ?

— Quinze, murmura-t-il.

— Quinze ! Allons John, réveillez-vous ! Vous avez sauvé quinze gosses. Aidez-moi à sauver ma fille. S'il vous plaît. Vous savez aussi bien que moi que votre neveu ne fera pas mieux que vous…

— Je n'ai plus autant de contacts, et puis…

— Restez avec moi le temps de comprendre ce qu'ils veulent. Après, si vous jugez toujours utile d'appeler la police, je vous suivrai…

— C'est une promesse ?

— Je vous le jure, John. Sur la tête de Lisa.

John Vargas passa une main dans ses cheveux. Il sentait une boule se former au creux de son estomac. ***Arrête ça tout de suite***, lui criait une petite voix, au plus profond de son esprit. ***N'y pense même pas…*** Mais il y pensait. Il ne faisait même que ça. Il passait en revue en vitesse accélérée la liste de tous les gens qui l'avaient assisté, lorsqu'il était sur le terrain, tentant de déterminer qui était encore susceptible de lui fournir l'aide dont il avait besoin…

— Rebranchez ce téléphone, fit-il, une lueur d'excitation au fond des yeux. Il faut que je contacte un ami.

Un brin hésitante, Valérie obtempéra. Moins de trente secondes plus tard, John s'égosillait après une secrétaire :

— Évidemment que je sais qui est Robert Devallon ! Je ne demanderais pas à le joindre, dans le cas contraire. Je me fous qu'il soit en réunion. Dites-lui que John Vargas veut lui parler. Et que c'est urgent.

— Il n'en est pas question, monsieur. Je ne sais où vous avez eu ce numéro, mais si vous souhaitez un entretien avec le vice-président de Bouygues Télécom, vous allez devoir suivre la procédure standard ! Je vous mets en communication avec l'accueil téléphonique de l'entreprise, ils vous expliqueront comment…

— Stop ! cria John. Ne me raccrochez pas au nez. Je vous jure que si vous ne prévenez pas Bob dans la seconde, je vous fais virer !

— Comment osez-vous ? vitupéra la secrétaire.

— Marie, qu'y a-t-il ? tonna une grosse voix dans le combiné. On ne s'entend plus.

— Rien monsieur, un importun, un certain John Vargas, qui manque clairement de courtoisie. Cela ne se reproduira plus…

— Quel nom avez-vous dit ?

— Vargas. John Vargas. Il veut vous parler immédiatement. Je lui ai expliqué que vous…

— Annulez mon rendez-vous de 11 heures, Marie. Et que personne ne me dérange durant cet appel.

— Mais monsieur…

— Ce sera tout, Marie. Passez-moi la communication sur la ligne un.

À l'autre bout du fil, John ne put réprimer un soupir de soulagement. Neuf, dix ans ? John ne se souvenait plus depuis combien de temps il n'avait pas parlé à Bob. Mais certaines choses ne s'oublient pas.

Chapitre 31
Mercredi 27 novembre

— Tu es au courant que ce que tu me demandes est totalement illégal ? s'enquit Robert Devallon.

— Oui.

— Un lien avec ton ancien job ?

— On ne peut rien te cacher…

— Je croyais que tu avais raccroché, après…

— Moi aussi, je le croyais.

— C'est bien. Tu sais que je ne peux rien te refuser, John, surtout si c'est pour retrouver un gamin.

— Une jeune fille. Comment va Anaïs, au fait ?

— Elle est capricieuse, n'accepte aucun de mes conseils, et s'habille avec des trucs à peine assez longs pour confectionner un mouchoir. Pour résumer, je dirais que c'est une ado de seize ans rebelle, insouciante, et irrésistible.

— Je me rappelle ses grands yeux noirs, fit John. Elle doit être magnifique…

— Oui. Et c'est grâce à toi, John. Mais revenons-en à la raison de ton appel. De quoi as-tu besoin ?

— Je ne suis plus trop à la page. Il va falloir que quelqu'un me briefe… Un technicien de chez vous, par exemple. Ma seule piste se résume à un message. Un premier contact, sous forme d'un SMS. Je dois savoir d'où il provient. Le numéro était masqué.

— Tu as celui du portable qui a reçu l'appel ?

— Oui, fit John en énumérant les dix chiffres.

— Tu sais sans doute qu'on ne peut localiser un portable que si la puce est active…

— Avec décodeur, ça donne quoi ?

— Le mobile lance une requête, toutes les deux minutes environ, pour tester les différentes antennes du réseau qui l'entoure. Il se cale sur celle dont le signal est le plus fort. On peut donc localiser le téléphone à chaque fois qu'il effectue cette requête, approximativement dans une zone de cinq kilomètres carrés. Mais tout dépend de la portée de l'antenne. Ce sera plus précis si c'est en ville, car les antennes sont moins puissantes. Évidemment, pour que ça marche, il faut que la carte SIM soit en fonctionnement, ou en veille…

— Si le téléphone est éteint, c'est foutu ?

— Exactement.

— Tu peux faire le test ?

Valérie, qui suivait la conversation assise sur une chaise près de John, frottait ses mains nerveusement. Les secondes s'écoulaient, semblant s'étirer à en devenir des minutes.

— Rien, trancha Devallon. Il est éteint. Je peux par contre te dire qu'il s'agit d'une carte prépayée. Tout comme ton téléphone, d'ailleurs. C'est bon marché, et totalement impossible à tracer. En vente un peu partout : grandes surfaces, Internet. Aucune chance de retrouver l'acheteur. Désolé.

— Pas moi. C'est logique. Notre homme n'est pas stupide. Peux-tu le localiser s'il est de nouveau utilisé ?

— Sans problème. Je viens de rentrer le numéro dans mon terminal. Et je vais mettre quelqu'un sur le coup vingt-quatre heures sur vingt-quatre, une personne de confiance. Je lui expliquerai de quoi il retourne, elle surveillera cette ligne comme le lait sur le feu. Si le téléphone est réactivé, on le saura immédiatement, et on trouvera d'où il envoie ses messages.

— Super. Tu m'as dit qu'on pouvait le loger dans une zone de cinq kilomètres carrés. Impossible de faire plus précis ?

— Avec le réseau standard, non. Il faudrait dépêcher sur place un système de triangulation plus spécifique, prévu à cet effet. Disons que, si le mobile est branché sur une longue durée, je pourrai peut-être tenter quelque chose…

À cet instant précis, le téléphone envoyé par les ravisseurs de Lisa se remit à vibrer.

— Ça y est Bob, c'est reparti, hurla John.

— Je n'ai rien. La carte SIM n'a pas été réactivée ! Tu m'entends ? Je n'ai rien !

Tandis que les paroles de Bob résonnaient dans le haut-parleur du combiné, un nouveau message s'afficha sur l'écran rétro-éclairé.

RAN MOI MA VI
JE TE RAN TA FILLE

— Bob ? Bob, on a quelque chose, ici.

— Ouais, ça y est, j'y suis. Ça provient d'une autre carte SIM. Le temps que je lance la recherche sur le nouveau numéro de série, le type avait déjà éteint. Il sait ce qu'il fait. Je n'ai pas pu le localiser…

— C'est un malin…

— Je peux sûrement faire bricoler un logiciel pour effectuer une recherche automatique dès que votre téléphone reçoit un message. On gagnera quelques secondes. Ça suffira peut-être.

— Ouais, bonne idée. Rappelle-moi dès que tu as quelque chose, conclut John en raccrochant.

Il se leva et vint s'agenouiller en face de Valérie.

— Il faut qu'on parle, Valérie. Qu'est-ce que ça veut dire ?

— Je n'en sais rien ! explosa-t-elle au bord des larmes. Bon sang… rends-moi ma vie ? Quelle vie ? Et pourquoi fait-il toutes ces fautes ? C'est un gosse ou quoi ?

— J'y ai pensé, mais je ne crois pas. En écrivant comme ça, il évite tout risque d'erreur. Le vocabulaire utilisé par les gens, leur façon d'écrire nous renseignent sur eux. Il est malin. Le défilé de cartes SIM, et puis ces messages en phonétique… Il faut que vous trouviez ce qu'il veut, Valérie. Jamais je n'ai reçu une demande de rançon de ce type. Il ne s'agit peut-être pas d'argent. Cela doit avoir un rapport avec vous…

— Mais lequel, bon sang ? Je suis une simple dessinatrice. Je ne suis pas une droguée, je n'ai pas de dettes, pas de vice caché ! Qu'aurais-je pu faire qui mérite qu'on s'en prenne à Lisa ?

— Un amant déçu ?

— Un amant ? Non. Il y en a eu, bien sûr, depuis la mort de mon mari… Mais jamais d'homme marié. Et surtout, pas assez sérieux pour souhaiter voir évoluer notre relation. Je n'y comprends rien.

Chapitre 32
Jeudi 28 novembre

John avait fini par s'endormir sur le canapé, après de longues heures à tenter de comprendre. Que voulait le kidnappeur ? Valérie paraissait sincère, mais il était bien placé pour se méfier de ses intuitions. « Rends-moi ma vie », qu'est-ce que cela pouvait bien signifier ? Il avait beau tourner le problème dans tous les sens, il ne voyait pas ce que cette simple mère de famille avait à gagner en lui cachant quelque chose. Il pensa à Lisa, la jeune fille qu'il n'avait aperçue qu'en photo. Il pensa aussi à la fillette qui était morte par sa faute.

Des images de son passé et du présent se mêlèrent pour alimenter la source intarissable des cauchemars qui le tourmentaient depuis des années, et qui continueraient à le hanter encore longtemps. C'était le prix à payer pour son arrogance.

Il fut réveillé par une odeur de café et de toasts. Valérie s'approcha de lui, magnifique dans son peignoir de satin, et ce, malgré les cernes violets qui entouraient ses yeux turquoise. John chassa les fantasmes qui menaçaient de le submerger.

Un nouveau SMS l'aida à se concentrer sur autre chose. Il dévisagea Valérie, qui se figea en découvrant le contenu du message.

29 AOUT 2001

En déchiffrant à son tour le SMS, John ne put s'empêcher de lâcher :

— C'est tout ? Valérie ?

— Toujours rien, fit-elle. Ça n'a absolument aucun sens !

John la fixa avec intensité. Il n'aurait su dire pourquoi, mais il était persuadé que, cette fois, Valérie mentait. L'intonation de sa voix, peut-être… Cela n'avait duré qu'une fraction de seconde, mais quand elle avait lu la date, son visage s'était décomposé.

Elle ne voulait rien lui dire.

— Je crois que vous aviez raison, concéda-t-elle. Je vais contacter la police. Ces messages n'ont ni queue ni tête. Nous n'arriverons à rien. Il nous faut de l'aide.

John acquiesça, tout en étant surpris par ce brusque revirement. Après le cinéma qu'elle lui avait fait, elle changeait subitement d'avis ? C'était tout simplement impossible.

Le téléphone de l'appartement se mit à sonner. John décrocha.

— Bob ?

— Ouais, cette fois j'ai quelque chose !

— Allez, accouche !

— Le gars a encore changé de puce, mais j'ai réussi à le capter. Il appelle de la ville de Nantes. J'ai un périmètre de deux kilomètres carrés.

— Ça fait combien de personnes, deux kilomètres carrés à Nantes ?

— Environ deux cent mille… Je demande à mes techniciens d'installer un système de triangulation. Si on est en place avant la prochaine activation, je te fixe le type à un pâté de maisons près.

— Génial, déclara John avec enthousiasme avant de raccrocher. Le ravisseur appelle de Nantes, dit-il à Valérie.

— On arrête tout, John. Je vais contacter les flics.

— Vous êtes sûre de vous ?

— Oui, on a assez couru de risques. Je transmettrai les informations que vous venez de récupérer aux policiers. Vous m'aviez dit que vous bossiez dans un service spécialisé dans ce genre d'affaires, c'est ça ?

— Exact. L'OCRVP, l'Office central pour la répression des violences aux personnes. Vous voulez le numéro ?

— Je trouverai, merci. Vous pouvez y aller, John. Merci pour tout. Je ne veux pas vous accaparer plus longtemps.

LISA

6, 3…

Chapitre 33
Vendredi 29 novembre

Lisa consulta sa montre : 9 heures. Voilà qui contrastait avec la rigueur quasi militaire qui avait rythmé leurs journées depuis leur arrivée. La veille, ils s'étaient levés bien plus tôt. *Alors, on fait la grasse matinée, après avoir traîné toute la nuit ?* songea-t-elle en pensant à Mac Cleer et aux jumeaux bodybuildés. Les minutes passèrent, puis se transformèrent en heures. L'estomac de Lisa émit un grommellement caractéristique, témoignant du temps qui filait. Et s'il était arrivé quelque chose aux trois hommes ? Un claquement de porte attira l'attention de la jeune fille. Elle rejoignit le hublot de sa chambre et aperçut le docteur, qui avait la tête des mauvais jours. Elle se surprit à se demander si cette femme était vraiment médecin.

Le son caractéristique des serrures résonna dans le couloir. Yema les libérait. Les adolescents sortirent et se rangèrent, fidèles à leurs habitudes. Ils avancèrent en silence vers le réfectoire. Tous avaient remarqué l'absence du directeur et des deux gardiens.

— Y sont où les deux clowns ? interrogea Sam à voix haute, sans autorisation.

Le docteur Yema se retourna et lui projeta une décharge de gaz paralysant sur la poitrine, sans le moindre avertissement. Sam tomba au sol, secoué de soubresauts. Des gargouillis angoissants sortirent de sa gorge, mais cela ne sembla pas inquiéter outre mesure le médecin du camp.

— D'autres candidats ?

La main de Mathieu se leva doucement.

— Quoi ? aboya Yema.

— Vous allez tous nous gazer, les uns après les autres ?

— Pas si vous respectez les règles. Petit déjeuner. Ensuite, vous irez en salle vidéo, visionner des cassettes.

— Et après ? insista Mathieu.

Le médecin braqua son arme répulsive sous le menton de l'adolescent. Mathieu recula, les bras levés en signe d'apaisement. Il marcha calmement vers le réfectoire et s'installa à sa place. Tous étaient conscients de la modification du rapport de force. La journée allait être longue pour Yema, si les trois hommes ne rentraient pas très vite.

— Où sont-ils, à ton avis ? chuchota Alex, enfreignant les règles.

— Aucune idée, répondit Lisa. Mais tu remarqueras qu'on a échappé à la prière, ce matin…

— Ouais, il va y avoir du changement aujourd'hui, ajouta Mathieu tandis que Sam les rejoignait, grimaçant et toujours secoué de spasmes.

— Salope, murmura-t-il. Elle me le paiera.

Lançant un défi silencieux à leur geôlière, les adolescents s'attardèrent face à leur petit déjeuner frugal… Pas de réaction. Ils se rendirent comme prévu dans la salle vidéo. Le défilé improbable d'épaves et de malheureux alcooliques reprit de plus belle, charriant son lot d'histoires sordides. Yema fit plusieurs rondes, passant au milieu des sièges, les mains crispées sur la bouteille de gaz paralysant. Les hommes ne rentraient pas, et ce n'était pas normal… La tension était presque palpable, personne ne prêtait attention à la vidéo. La carapace de rigueur arborée par la grande femme commençait sérieusement à s'effriter.

Lorsqu'elle eut quitté la pièce depuis quelques minutes, Katya rompit le silence :

— Qu'est-ce qui se passe ? Quelqu'un sait quelque chose ?

— Ouais, fit Alex. Ma piaule est assez proche de leur salle de réunion, mentit-il. Je les ai entendus parler, cette nuit.

Il entreprit de leur raconter toute l'histoire.

— Si seulement ils pouvaient être tombés tous les trois dans une bonne vieille crevasse, ça serait le pied, cracha Sam, l'air mauvais.

— C'est dégueulasse, de dire ça, intervint Saïd.

— Facile, pour toi, le lèche-cul, coupa Mathieu. T'as pas trop morflé, depuis le début…

— J'y peux rien si je respecte les règles, se défendit le jeune homme.

— Va chier. T'es qu'une lopette, répondit Sam. J'te casserais bien la gueule, mais ce serait trop simple.

— Je pense qu'il vaudrait mieux se tenir à carreau durant la journée, ajouta Mathieu.

Tous se tournèrent vers lui, surpris.

— Imaginez que ce soit un piège… Ils attendent de voir comment on réagit, et ils nous tombent dessus.

— Je crois plutôt que c'est calculé, proposa Katya. Ils veulent nous responsabiliser, alors ils nous laissent nous démerder seuls, pour qu'on s'entraide.

— Possible, fit Lisa. Mais dans ce cas, pourquoi Yema resterait-elle avec nous ?

Sam se leva, frottant son torse à l'endroit où le gaz l'avait atteint, et se dirigea vers la fenêtre. D'un mouvement sec, il releva le store, révélant un coucher de soleil auréolé de pourpre.

— Il descend chaque jour de plus en plus, commenta-t-il, pensif. J'ai pas la moindre envie de me balader là-dessus en pleine nuit polaire, ajouta-t-il. Alors je veux bien qu'on patiente jusqu'à ce soir, histoire de voir si c'est un piège… Mais dès demain, je me casse d'ici. Je ne compte pas finir comme les marins de Franklin, à bouffer de la chair humaine pour survivre en attendant que l'hiver prenne fin…

Tous frémirent en imaginant ces scènes de cannibalisme. Lisa regarda Sam avec insistance tandis qu'il quittait la pièce. Ce type lui faisait peur. Pas autant que Mike, mais guère moins. Il semblait capable de tout.

Un temps libre improvisé se mit en place et, à l'exception de Sam, tous se retrouvèrent dans le réfectoire. Yema ne prit même pas la peine d'intervenir. Elle s'était réfugiée dans une des salles réservées à l'encadrement.

— Tu crois qu'il y a un téléphone, là-dedans ? demanda Alex en désignant la pièce interdite.

Mathieu considéra le jeune homme, puis acquiesça.

— C'est pas que je le crois, c'est que j'en suis sûr… Ils ont obligatoirement un moyen de contacter les secours.

— Je me fous que ce soit un piège, intervint Lisa. Je veux me tirer d'ici. Dès qu'elle sort, on lui tombe dessus. Ensuite on appelle n'importe qui, mais on se débrouille pour se faire évacuer au plus vite. Et on fait ça sans Sam. Il me fait peur…

— On fait quoi sans Sam ? demanda le jeune homme au crâne rasé, qui venait d'entrer dans la pièce.

Ses yeux d'un gris métallique semblaient lancer des éclairs.

— J'ai posé une question, trésor…

À ce moment précis, Yema sortit de la salle interdite, les prenant de court. Alex et Mathieu échangèrent un regard, mais se ravisèrent très vite lorsqu'ils aperçurent l'arme dans la main du docteur. Il ne s'agissait plus de gaz paralysant.

— Reculez ! J'ai dit : reculez ! cracha Yema tout en les menaçant de son revolver.

Une dizaine de mètres sur leur gauche, un rayon de lumière tamisée illumina le hall de la base. La porte d'entrée venait de s'ouvrir de l'extérieur. Ils se tournèrent tous, et virent entrer Mike, livide. Il tituba sur deux ou trois mètres, puis s'agenouilla. Au moment où il ouvrit la bouche, un flot de sang jaillit, éclaboussant le sol, avant de s'écouler sur son menton et son cou.

— Vite ! cria Yema. Ma trousse de secours ! (Elle jeta les clés de la salle interdite à Lisa.) Dépêche-toi ! Au fond sur l'étagère rouge.

Yema courut vers Mike, dont l'hémorragie ne semblait pas vouloir se tarir. Lisa demeura un instant médusée, dépassée par ce brusque changement de situation. Après une ou deux secondes d'hésitation, elle suivit les consignes de Yema. Fébrilement, elle introduisit la clé dans la serrure, puis pénétra dans la pièce. Dans un état second, elle passa devant un ordinateur allumé et un poste de téléphone, mais poursuivit son chemin. Elle se dirigea droit sur la trousse de Yema, qu'elle rapporta au plus vite.

Le médecin sortit son matériel, puis écarta les pans du manteau de Mike. Les adolescents les plus proches reculèrent d'un pas. L'abdomen de Mike n'était plus qu'un amas de chairs déchirées. Yema appliqua des compresses un peu partout, mais pour chaque flot de sang qui se tarissait, deux autres au moins prenaient le relais, achevant de répandre le liquide vital de Mike sur le sol. La flaque s'étendait lentement, mais inexorablement, et Yema pataugeait littéralement dans le sang.

Dans un ultime effort, un râle inintelligible franchit les lèvres de Mike. Yema se rapprocha, tentant de comprendre. Le balbutiement se répéta, puis Mike prit une grande inspiration, se cambra violemment tout en pointant un doigt vers la porte. Sa tête s'abattit sur le côté, frappant le sol avec un bruit mat, mais ses yeux restèrent ouverts, exorbités dans une expression de terreur absolue, fixant l'entrée de la base comme s'il s'attendait à voir le diable. Lisa ne pouvait détacher son regard du chiffre 6 gravé grossièrement sur le front du colosse. Les entailles étaient profondes, mais elles ne saignaient plus…

— Qu'a-t-il dit ? articula-t-elle avec peine, sous le choc.

Yema se redressa, les mains couvertes de sang.

— *Tupolak*, ou *Tupilak*… Je ne sais pas ce que ça signifie…

Les yeux de Lisa cherchèrent ceux d'Alex. Ce dernier fit deux pas dans sa direction, puis la prit dans ses bras.

— C'est impossible, murmura-t-il. Ça… ça n'existe pas !

Chapitre 34
Vendredi 29 novembre

Le docteur Yema resta un long moment sans bouger, à fixer le cadavre de Mike. Elle dévisagea les adolescents, désemparée. Puis elle lança son trousseau de clés à Alex.

— Fermez la porte d'entrée, à double tour.

— De quoi est-il mort ? demanda Saïd, qui ne pouvait détacher son regard du corps ensanglanté.

— Fermez cette satanée porte ! répéta Yema.

Lisa frissonna, tandis qu'Alex s'exécutait.

— Docteur, risqua Katya. C'est un ours qui l'a tué ?

Yema se redressa, les traits tendus.

— Un ours ? Tu te fous de notre gueule ? explosa Alex. T'as déjà vu un ours graver un chiffre sur le front d'un mec, toi ?

Yema plongea son regard froid dans les yeux bleu pâle de la jeune fille, mais conserva le silence.

Lisa, sous le choc, avait l'impression qu'on venait de l'immerger dans un bain d'eau glacée. Quel monstre avait pu faire une chose pareille ? Les théories les plus folles se bousculaient dans son crâne quand un détail la sortit de ce tourbillon d'hypothèses terrifiantes. Où était passé Sam ?

Son inquiétude fut de courte durée. Le jeune homme déboucha de la salle interdite, le visage déformé par la colère.

— Qu'est-ce que vous avez fait aux ordis ? s'écria-t-il. Y'a rien qui marche !

Yema ne répondit pas, se contentant de fermer les yeux. En quelques enjambées, Sam fut sur elle, les pieds dans la mare de sang.

— Je vous ai posé une question ! cria-t-il en attrapant le médecin par le col de sa blouse.

— Rien, lâcha-t-elle dans un souffle. Je n'ai rien fait. Lorsque je me suis réveillée ce matin, Internet ne marchait plus. La radio non plus.

— Vous voulez dire qu'on n'a plus de moyen de communication ? demanda Lisa.

— Vous avez bien un téléphone satellite ? ajouta Mathieu.

— Mac Cleer l'avait emporté au cas où... les informa Yema. Mais je crois que le vieil Inuit en a un, lui aussi...

— Alors on y va, décida Mathieu. Qui m'accompagne ?

Sam fit un pas en avant.

Ah, ces mecs, pensa Lisa...

— Avant de vous taper une borne dans la neige, vous ne croyez pas que ce serait une bonne chose d'essayer de comprendre ce qui ne va pas avec l'installation de la base ? fit-elle. Docteur, savez-vous comment ça marche ?

— En gros, oui, fit le médecin. On est reliés par satellite, grâce à une antenne fixée sur le toit... C'est sûrement là que ça coince, parce que rien ne semble être en panne en salle de communications.

— Juste un autre détail, ajouta Saïd, vous avez entendu du bruit avant que Mike ne se pointe ? Parce que moi, nada. On peut donc supposer qu'il était à pied…

— On va vérifier tout ça, trancha Sam. Docteur, où sont les fusils ?

— Ils les ont emmenés.

— Vous rigolez ou quoi ?

Yema secoua la tête.

— Il ne reste que ce revolver. Ce n'est pas une armurerie, ici, c'est un centre d'accueil pour adolescents en difficulté…

— Donnez-le-moi, docteur ! ordonna Sam.

Yema s'empara de l'arme, enduite du sang collant dans lequel elle était tombée, et la braqua sur le jeune homme.

— Reculez ! vociféra-t-elle alors que Sam et Mathieu s'approchaient d'elle, lentement, mais sûrement, tels deux loups encerclant leur proie.

Le coup de feu éclata dans un fracas assourdissant, emplissant la pièce d'un écho qui venait frapper les parois de béton avec force, tandis qu'un petit nuage de poussière descendait du plafond, à l'endroit où la balle s'était fichée. Yema promena son arme de droite à gauche, menaçant les adolescents en les mettant au défi de tester sa détermination. Sam et Mathieu firent un pas en arrière.

— C'est toujours moi qui commande, ici, au cas où certains en douteraient ! siffla-t-elle d'une voix où perçait un désespoir qui tendait vers la folie. Rejoignez vos chambres, en file indienne ! Le premier qui bouge, je lui éclate un genou. Je vais vous rendre en un seul morceau à vos parents, que vous le vouliez ou non, et il est hors de question que vous partiez à l'aventure à l'extérieur.

Saïd et Katya furent les premiers à obtempérer, bientôt suivis des quatre autres adolescents. Un par un, ils regagnèrent leur cellule, entendant les lourdes portes claquer derrière eux.

Quand Sam fut à son tour enfermé, Yema fit quelques pas dans le couloir de façon à quitter le champ de vision des jeunes, puis s'écroula contre la cloison, les mains secouées de tremblements. Des larmes coulèrent lentement sur ses joues, tandis qu'elle faisait de son mieux pour réprimer les sanglots qui montaient de sa gorge.

Il fallait qu'elle sorte.

Rejoindre la cabane de l'Inuit en pleine nuit ne lui semblait pourtant pas une si bonne idée… Pourquoi fallait-il que les apparitions du soleil soient si courtes ?

Chapitre 35
Samedi 30 novembre

Lisa s'enfonçait dans l'inconnu, laissant un sillon dans le désert de glace, que le vent et la poudreuse venaient refermer à une vitesse stupéfiante. Chaque rafale faisait danser des millions de flocons, avant de les projeter avec cruauté sur la frêle silhouette de la jeune fille.

Elle remonta son cache-nez, et seules ses paupières aux cils recouverts d'une fine pellicule de neige cristallisée restaient exposées au froid piquant. Le blizzard était si dense qu'elle avait l'impression d'avancer dans un océan de béton en cours de solidification.

Mais elle ne pouvait pas s'arrêter. Tous ses sens étaient en alerte… On l'avait prise en chasse. Elle se retourna, furtivement, bénissant les vagues de neige qui recouvraient ses traces. Combien de temps pourrait-elle tenir ? Elle accéléra, luttant avec la glu blanche à chaque pas. Soudain, à travers le fracas retentissant du vent, elle crut discerner un cri. Un hurlement lugubre qui semblait se jouer des rigueurs du climat, ondoyant dans le blizzard pour venir lui rappeler qu'elle n'était pas seule.

Elle se mit à courir, sentant son cœur expulser le sang comme jamais, tandis que ses poumons tentaient vainement de capter l'oxygène dans l'air saturé de neige. Au bout d'une vingtaine de mètres, elle s'écroula et roula sur le dos. C'est alors que la bête apparut. Le *Tupilak*, assemblage hétéroclite de tibias, de fémurs et de griffes d'ours acérées. Elle plongea les yeux dans ceux du monstre, mais ne vit qu'un gouffre, aussi noir que la nuit polaire, qui l'aspirait… Elle ouvrit la bouche et se mit à hurler. De toutes ses forces.

— Oh tranquille, poupée ! Ce n'est que moi…

Lisa écarquilla les yeux à plusieurs reprises, tentant de faire le point sur le visage masculin qui était penché au-dessus d'elle. Deux prunelles inquiétantes, un crâne rasé… Pas vraiment un rêve, mais loin du cauchemar dont elle venait de s'extraire avec difficulté. Alors qu'elle s'asseyait sur son lit et reprenait ses esprits, des bribes de son mauvais rêve lui revinrent par flashs, lui arrachant quelques sursauts d'angoisse.

— Ça va ? fit Sam. Je ne voulais pas te faire peur…

— C'est bon, c'est bon, souffla-t-elle. Juste un cauchemar. Qu'est-ce que tu fous là ?

Sam ignora la question :

— Un moche de cauchemar, alors… D'habitude, c'est pas vraiment comme ça que je fais crier les filles, ajouta-t-il en ricanant. D'ailleurs, c'est un peu pour cette raison que je suis venu te libérer en premier. J'ai pensé qu'on pourrait avoir… comment dire, un petit moment d'intimité…

Lisa toisa le jeune homme, partagée entre le dégoût qu'il lui inspirait et la crainte qu'il n'abuse d'elle. Finalement, le *Tupilak* n'était peut-être pas un si mauvais choix…

— Euh, n'y vois rien de personnel. Mais je n'ai pas du tout la tête à ça, en ce moment…

Le visage de Sam se tordit dans une grimace.

— Tu sais où me trouver, en cas de besoin, se vanta-t-il en sortant.

Plutôt crever, pensa Lisa avant de lui emboîter le pas, à une distance respectable. Elle consulta sa montre : 8 heures ! Yema les avait enfermés depuis près d'une demi-journée et ne semblait pas avoir refait surface. Après le départ du médecin, Lisa avait mis de longues heures à s'endormir ; elle avait fini par sombrer, submergée par ses craintes, qui avaient emprunté les voies de son subconscient pour se matérialiser.

— Pas de trace du docteur ? demanda-t-elle.

Sam agita la tête de droite à gauche.

— Volatilisée, dit-il en ouvrant la cellule de Mathieu.

— T'as fait comment pour sortir ? continua-t-elle, sans commenter la disparition probable du dernier responsable du camp.

Sam se retourna et secoua les mains dans le vide, à la manière d'un pianiste.

— Des doigts de fée, ma petite. T'aurais pu en avoir un aperçu il y a quelques secondes…

Super, il remet ça ! songea la jeune fille.

Lorsque les six pensionnaires du camp Franklin furent réunis dans le réfectoire autour d'un peu de nourriture, un silence pesant s'installa.

— Bon, on reste là à se regarder dans le blanc des yeux, ou on se bouge le cul ? demanda Mathieu.

— Ah ouais, et on fait quoi ? rétorqua Saïd. On va se balader dehors avec un cure-dents pour repousser un ours de huit cents kilos ? Moi, je suis pour qu'on attende que Yema revienne.

— Et si elle ne revient pas ? proposa Alex, l'air soucieux.

— Alors on avisera, reprit Saïd.

— On avisera… le singea Sam dont les yeux lançaient des éclairs. Y'a rien à aviser ! Je ne vais pas attendre comme un con que cette cinglée se ramène pour me foutre son flingue sous le nez. J'ai mis une bonne partie de la nuit à ouvrir ma putain de porte, c'est pas pour retourner dans ma chambre.

— Je suis d'accord avec Sam, coupa Mathieu.

— Moi aussi, renchérit Lisa. Première chose à faire, il faut vérifier l'antenne sur le toit. Ça m'étonnerait que les ours nous suivent là-haut.

— On y va, firent Sam et Alex.

Les deux garçons enfilèrent leur combinaison et leurs gants, et déverrouillèrent la lourde porte d'entrée sous le regard de leurs camarades. Ils disparurent à l'extérieur.

Le temps était clément. Un soleil rougeoyant embrasait l'horizon, seule une petite brise soufflait sur la base.

Lisa frissonna en repensant à son cauchemar. Elle observa le paysage lunaire, d'un blanc éblouissant, et constata à son tour que le soleil était chaque jour un peu plus rasant. On ne distinguait plus le bas du cercle étincelant, pourtant le jour venait de se lever. Mac Cleer n'avait pas menti. Bientôt, les ténèbres s'installeraient au-dessus de la base. Elle s'en voulut de ne pas avoir mieux écouté les explications données par le directeur.

Les adolescents attendirent un long quart d'heure, sans bouger, les yeux rivés sur la porte d'entrée, pendant que l'air glacé se glissait dans la base. Quand leurs compagnons réapparurent, ils furent accueillis avec soulagement. Première victoire : une sortie effectuée sans encombre.

Mais l'expression sombre affichée par les deux explorateurs fit fondre les sourires en un rictus mêlant inquiétude et curiosité.

— Tout est explosé, lâcha Alex.

— Tu veux dire que l'antenne est abîmée ? demanda Saïd.

— Je n'ai pas dit « abîmée », comme abîmée par le gel, ou par le vent. J'ai dit « explosée », comme sabotée, défoncée, HS.

— Attends, fit Katya. Alors, ça veut dire que…

— Ça veut dire que quelqu'un a délibérément détruit notre seul moyen de communication…

Chapitre 36
Dimanche 1er décembre

— Il ne faut pas se précipiter ! objecta Saïd. Nous devons réfléchir, et…

— Toi, ta gueule, riposta Sam. Je trouve que tu l'ouvres un peu trop, et pour tout dire, je préférais quand tu restais dans ton coin. Hier, après avoir découvert le système de communication détruit, on a suivi tes conseils, et on a laissé filer des heures précieuses à discuter… Je suis pour tenter une expédition chez le vieil Inuit. Dès que le soleil pointera son nez. Vous l'avez fait, vous deux, ajouta-t-il à l'intention d'Alex et Lisa, alors ça prend combien de temps ?

— Une bonne trentaine de minutes en marchant vite, répondit Lisa, tandis qu'Alex hochait la tête en signe d'approbation.

— Ça me paraît jouable, reprit Sam.

— Sauf que tu oublies qu'on n'a pas de fusil.

Sans un mot, Sam se dirigea vers le bureau où le directeur faisait ses exposés et saisit un gros rouleau de Scotch. Ensuite, il attrapa un balai, dont il dévissa l'extrémité, avant de revenir vers la table où étaient installés les adolescents. Il prit un couteau, qu'il attacha solidement au bout du balai, formant une lance rudimentaire.

Saïd pouffa :

— Tu crois vraiment pouvoir arrêter un ours avec ça ?

— Un ours, j'sais pas, fit Sam en pointant la lance en direction du jeune homme, mais un connard comme toi, sans aucun doute…

— On se calme les gars, intervint Lisa. Je viens avec toi, Sam.

— Pas question, répondit l'intéressé. C'est pas un truc de nana.

— Tu sais ce qu'elle te dit la nana ? rétorqua Lisa, en se confectionnant à son tour une pique de fortune.

— Je viens aussi, dit Alex. Après tout, on connaît le chemin…

Aucune autre voix ne s'éleva dans la pièce. Le petit groupe d'adolescents s'installa devant les hublots donnant sur l'extérieur. Après une attente interminable, les frémissements lumineux commencèrent à percer l'obscurité. Le jour se levait.

Quelques minutes plus tard, la porte de la base se refermait sur le commando armé de manches à balai prolongés de couteaux de cuisine. Lisa aurait presque pu en rire, si la situation n'avait pas été aussi dramatique. S'ils avaient le malheur de croiser un ours, elle ne donnait pas cher de leur peau.

— Je passe devant, dit Alex. Lisa va me suivre, et toi Sam, tu fermes la marche. Et surtout, n'oublie pas de te retourner fréquemment pour vérifier qu'on n'est pas suivis…

Sam opina, et la colonne se mit en route. À mi-chemin, les trois adolescents commencèrent à distinguer plus clairement la maison de l'Inuit.

— Pas de feu de cheminée, nota Lisa.

— Pas d'ours non plus, fit Sam. Et tu vois, je crois que c'est ça le plus important.

— Allez, on ne mollit pas, conclut Alex en repartant de plus belle.

Une quinzaine de minutes plus tard, ils atteignirent enfin le seuil de la cahute en bois. Alex frappa à plusieurs reprises, sans succès. En cette journée sans vent, le silence était surréaliste, presque inquiétant. Lisa aurait de loin préféré entendre de nouveau la voix du vieil Inuit divaguant sur les légendes locales. Alex poussa la porte dans un grincement lugubre.

— Ohé ? Il y a quelqu'un ? demanda-t-il tout en pénétrant dans l'habitation, la lance pointée devant lui.

Lisa tentait de distinguer quelque chose, au-dessus de l'épaule du jeune homme. Elle se rapprocha, se collant presque à lui, quand il recula soudain, la percutant de plein fouet. Les deux adolescents roulèrent sur le sol. Alex en avait lâché son arme. Lisa, qui était tombée lourdement sur le flanc, se frotta le coude en maugréant, et s'apprêtait à dire sa façon de penser à Alex lorsqu'elle comprit la cause de ce brusque mouvement en arrière.

À quelques mètres d'eux, au fond de la cabane, se tenait le docteur Yema. Elle les fixait de ses grands yeux, plus ternes que jamais, une expression de terreur figée pour toujours sur ses traits rugueux. Elle avait été empalée sur une porte avec une longue tige torsadée, dont la blancheur contrastait avec la mare de sang rouge vif qui s'était formée à ses pieds. Comme pour Mike, l'assassin avait laissé un chiffre sur son front. Un 3 irrégulier, si profondément gravé que le blanc de l'os était visible en plusieurs endroits.

— On sait maintenant pourquoi le doc n'est pas venu nous ouvrir ce matin, déclara Sam d'un ton atrocement dénué d'émotion.

Lisa le dévisagea, et frissonna en constatant qu'il se mettait déjà à fouiller la maison en quête d'un moyen de communication. La mort de Yema ne lui faisait ni chaud ni froid…

— C'est quoi, ce truc ? demanda Alex en désignant la tige, longue de deux mètres, que l'assassin avait enfoncée à travers le corps du médecin. On dirait de l'ivoire…

— Je pencherais pour une défense de narval, chuchota Lisa. J'ai vu ça une fois dans un reportage animalier. C'est une sorte de grand dauphin avec un long appendice nasal en ivoire. On l'appelle la « licorne des mers »…

— Licorne des mers ou pas, fit Sam, le meurtrier n'a pas oublié de niquer la radio. Tout est mort… Et aucune trace de la motoneige du vieux…

— Et ces chiffres, ça veut dire quoi selon vous ? demanda Lisa.

— Aucune idée, répondit Alex. Mais ça ne présage rien de bon.

Sam acquiesça. Il ne semblait pas plus inspiré…

Chapitre 37
Dimanche 1er décembre

L'annonce de la mort de Yema avait jeté un froid dans le réfectoire de la base. Froid qui ne fit que s'accentuer lorsque les trois adolescents restés sur place apprirent que la radio du vieil Inuit avait été détruite et que sa motoneige avait disparu.

Les yeux de Katya s'emplirent de larmes, avant qu'elle ne formule ses craintes à voix haute :

— Mais qu'est-ce qu'on va devenir ? sanglota-t-elle. Je n'ai pas envie de crever ici…

— La ferme, fit Mathieu d'un ton cinglant. Qu'est-ce qu'on fait ?

— Il reste une autre possibilité, indiqua Lisa.

— Tu penses à Dunham ? intervint Katya, tentant de reprendre une contenance.

— Dunham ? demanda Mathieu.

Lisa éclaira la lanterne du jeune homme :

— C'est un scientifique que nous avons croisé lors d'une phase de recherches, il y a quelques jours. Si j'ai bien compris, il avait son camp de base dans les environs.

— Vous ne l'avez pas vu ?

— Quoi ? Son camp ?

Mathieu acquiesça.

— Non, Dunham était en motoneige…

— Il va pourtant falloir qu'on le trouve.

Tous se tournèrent vers Saïd, qui avait focalisé l'attention par le ton grave de sa voix.

— Pendant que vous étiez partis, continua-t-il, j'ai fouiné un peu dans la salle interdite, sur l'ordinateur du centre, entre autres… Et j'aime autant vous dire qu'on est dans une belle panade. Par quoi commencer…

— Le début, peut-être, fit Sam toujours aussi agressif.

Saïd le fusilla du regard, puis poursuivit :

— Première mauvaise nouvelle : personne ne viendra nous chercher avant deux mois. Un hélico doit nous ramener à Gjoa Haven, la ville la plus proche, le 1er février.

— On ne peut pas s'y rendre à pied ? risqua Katya.

— Même si on mettait de côté le fait que nous ne disposons pas d'armes, Gjoa Haven est située à la pointe sud-est de l'île. Je précise que c'est la seule ville de l'île. Si je vous dis qu'il y a mille cent habitants, je crois que vous pouvez comprendre que ce n'est pas Paris…

— Au sud-est, tu dis ? demanda Mathieu. Et nous sommes au nord-ouest, c'est ça ?

Saïd hocha la tête doucement.

— Les derniers à avoir tenté l'aventure d'une traversée de l'île à pied sont les hommes de l'expédition Franklin. Et nous savons tous comment ça a fini. Il faut compter environ cent trente kilomètres de marche dans la neige.

Cette déclaration fut suivie d'un long silence, que Lisa se résolut à briser.

— Tu as dit « première » mauvaise nouvelle, tout à l'heure. Il y en a d'autres ?

Saïd se leva et rapporta un petit cahier, qu'il posa sur la table.

— J'ai passé toutes mes vacances en Bretagne, dit-il. On avait toujours sous la main un calendrier des marées, pour savoir quand la mer était haute, et…

— Je crois qu'on sait tous ce que c'est, coupa Alex. C'est quoi le rapport ?

— Ici, ils ont un autre calendrier. Je ne sais pas si vous avez remarqué, mais chaque jour le temps de présence du soleil diminue. J'avais la sensation que ça s'accélérait ces derniers jours…

— Et ? demanda Sam.

— C'est pire que ce que je pensais. Quand on s'approche du seuil de la nuit polaire, la durée du jour diminue de plus en plus vite. Aujourd'hui, on n'a eu qu'une heure vingt de jour. Demain, ce sera une heure, quarante minutes pour mardi, et mercredi…

— Plus rien… termina Lisa.

— Pendant combien de temps ? s'enquit Alex, la voix chevrotante.

— À peu près un mois.

— Quelle merde ! souffla Katya, qui résumait en un mot ce que tous pensaient.

Alex se leva et se mit à faire le tour de la pièce, attirant à son tour les regards de ses camarades.

— Puisqu'on en est aux mauvaises nouvelles, annonça-t-il, il va falloir qu'on aborde un autre point. Je crois qu'il est évident que quelqu'un a assassiné Mike et le docteur Yema. Il serait bon que nous pensions aux mesures à prendre…

— Aux mesures à prendre ? fit Sam. Il faut se tirer d'ici, c'est tout.

— Se tirer ? Je ne sais pas si c'est le froid qui t'a grillé des neurones, mais au cas où tu n'aurais pas intégré ce qu'a dit Saïd, on n'est pas près de quitter cet endroit. Alors peut-être que tu te fous de rester en un seul morceau, mais pas moi.

Sam s'enfonça un peu plus dans son siège, visiblement calmé par l'argument d'Alex.

— Quand j'étais petit, reprit Alex, mon père me racontait des histoires. Sauf que ce n'est pas un type très drôle, et qu'il manque un peu d'imagination. Alors je n'ai jamais eu droit aux châteaux, aux chevaliers, genre Walt Disney… Non, avec mon père, c'était plus direct. Il se contentait de me décrire en détail ses journées de travail.

— Et si je peux me permettre, c'est quoi son taf ? demanda Katya.

— Flic. À Nantes. Spécialisé dans les affaires criminelles.

Tous se regardèrent, un peu décontenancés.

— Je pige mieux pourquoi t'es taré ! lâcha Mathieu, sur le ton de la plaisanterie.

Sa tentative pour détendre l'atmosphère se heurta au mur glacé que les événements récents avaient érigé entre les adolescents. Tous attendaient qu'Alex poursuive…

— À force de me décrire ses enquêtes, j'ai fini par comprendre comment ça fonctionnait. À l'exception des cas de tueurs en série, très rares, tout crime tourne autour de deux choses : mobile et opportunité… Pourquoi avoir tué Mike et Yema ?

— Qu'est-ce que ça peut foutre ? On n'est pas flics, grogna Sam.

— Je crois que je vois où tu veux en venir, fit Lisa. Qu'est-ce qui peut pousser à tuer, c'est ça ?

Alex acquiesça.

— L'argent, dit Saïd, pragmatique. Le directeur, ou David, ou les deux ont découvert le trésor dont parlait le livre de bord de l'*Erebus* et ont décidé de tout garder pour eux.

— Possible, fit Alex. Première hypothèse.

— L'amour, tenta Katya. Une histoire de jalousie entre Yema, Mike et…

— Je n'y crois pas une seconde, coupa Mathieu.

— Moi non plus, dit Lisa. La peur, on tue pour se défendre…

— Pour Mike, admettons, concéda Alex. Mais tu conviendras que Yema ne semblait pas constituer une menace…

— La vengeance, ajouta Saïd.

— Bingo, dit Alex. Un grand classique. Qui aurait eu des raisons d'éliminer les membres de l'encadrement du camp Franklin ?

— Le vieil Inuit ? proposa Katya.

— Peut-être, dit Alex. Ou alors l'un d'entre nous.

— Quoi ? Mais tu es cinglé ! vociféra Katya. Pourquoi on aurait fait une chose pareille ? Moi, en tout cas, je n'avais aucune raison de…

— Ah oui ? intervint Mathieu. C'est marrant, j'aurais juré que tu avais reçu la visite de Mike dans ta chambre, le soir où Lisa et Alex ont dérouillé. Je te rappelle que je crèche juste à côté de toi.

Katya tenta de soutenir le regard de Mathieu, avant de fondre en larmes. Lisa, surprise, s'approcha et la prit doucement dans ses bras.

— Super, Mathieu ! fit-elle. Quelle délicatesse !

— Désolé. Mais il faut que tout soit bien clair.

— Ce qui est clair, reprit Alex, c'est que chacun d'entre nous, peut-être à l'exception de Saïd, avait une bonne raison de s'en prendre à nos geôliers.

— Reste l'opportunité, ajouta Saïd. Je te rappelle qu'on était tous enfermés dans nos chambres, pendant que Yema se faisait empaler dans la cabane de l'Inuit…

Alex émit un petit rire sec.

— Et on voit bien à quel point il était difficile de sortir, du moins pour certains d'entre nous, poursuivit le jeune homme.

— Je t'emmerde, p'tit con ! éclata Sam, sentant tous les yeux rivés sur lui. Je t'interdis de m'accuser de quoi que ce soit…

Alex leva les mains en guise d'apaisement :

— Holà, tout doux, le rasé. Je ne t'accuse pas. Je dis simplement que ce que nous savons les uns des autres nous le tenons des discours de chacun. Je ne traite personne de menteur. Mais qui sait réellement pourquoi vous ou moi avons été envoyés dans ce camp ? À bien y réfléchir, il se pourrait que se cache parmi nous un vrai cinglé…

Lisa ne put s'empêcher de plonger ses yeux dans ceux d'Alex, tentant de sonder l'âme du garçon. Lui aussi savait parfaitement comment quitter sa chambre… Il avait le mobile, et l'opportunité. Au moins autant que Sam. Les poils de ses bras se hérissèrent les uns après les autres. Elle frissonna.

JOHN VARGAS

Chapitre 38
Jeudi 28 novembre

John Vargas se cala le plus confortablement possible sur les marches donnant sur le parc. Il lui suffisait de se redresser pour avoir une vue dégagée sur l'appartement de Valérie. Par chance, elle n'était pas partie durant sa brève absence. Il ne lui avait fallu qu'une dizaine de minutes pour dégoter une petite boutique de vente de portables. Ce genre de commerce fleurissait un peu partout depuis quelques années, et il n'en avait toujours pas bien compris la cause. Un téléphone, c'est un téléphone, non ? se disait-il souvent. Exceptionnellement, il s'était réjoui de ce foisonnement, achetant un mobicarte en moins de temps qu'il ne fallait pour le dire. Il disposait maintenant d'un moyen de communication pour joindre Robert Devallon. À peine avait-il franchi, une heure auparavant, le seuil de l'immeuble de Valérie qu'il s'était mis en quête d'une cabine téléphonique pour appeler le vice-président de Bouygues Télécom. Puis il s'était ravisé : lui, l'anti-portable par excellence, venait de percevoir l'utilité d'un tel gadget.

— Bob ? Tu as du nouveau ?

— Non. Son mobile est resté muet, tout comme les puces du mystérieux ravisseur...

— Très bien, continue de surveiller... Je te laisse. Je crois que ça bouge par ici, déclara-t-il en voyant la lumière s'éteindre dans l'appartement de Valérie.

Rapidement, il se mit à la recherche d'un taxi, qu'il trouva en moins de deux minutes. Décidément, la chance était avec lui...

— On va où ? demanda le chauffeur, impatient.

— Pour le moment, on attend, se contenta de dire John.

— Euh vieux, j'suis pas mère Teresa, alors, qu'on roule ou qu'on roule pas, le compteur tourne...

— Pas de problème, répondit John, concentré sur le garage de l'immeuble.

Un petit 4 x 4 noir sortit en trombe et John aperçut la chevelure ondulée de Valérie par la vitre entrouverte.

— Suivez cette voiture ! intima-t-il au chauffeur.

Ce dernier, surpris, se retourna, puis haussa les épaules avant d'enclencher la première.

— Essayez de ne pas trop la coller, s'il vous plaît.

Le chauffeur maugréa, mais s'en sortit plutôt bien. Jusqu'à ce qu'un feu passe à l'orange. Le taxi pila brusquement.

— Mais qu'est-ce que vous foutez ? se plaignit John. Le feu était orange !

— Vous voyez le petit bidule circulaire, au-dessus du feu ?

— Oui, et alors ?

— Alors c'est tout nouveau, c'est un radar qui flashe les gens qui grillent le feu. Vous jouez à James Bond si ça vous amuse, mais moi, je tiens à mon permis. Si vous n'êtes pas content, c'est pareil.

John tendit un billet au chauffeur et sortit précipitamment, tentant de voir dans quelle direction Valérie était partie. Arrivé à l'angle du carrefour, il scruta le flot de voitures ininterrompu, puis soupira bruyamment. Le 4 x 4 avait disparu.

— C'est pas possible ! pesta-t-il.

Au même moment, son tout nouveau portable se mit à vibrer dans sa poche. Il sursauta, surpris par la sensation plutôt désagréable, puis décrocha.

— John ?

— Oui.

— Tu veux savoir où elle est ?

John fronça les sourcils. Bob serait-il devenu médium ?

— Comment tu sais que je la suis ?

— Parce que je capte en direct vos deux téléphones. J'ai vu que le tien suivait le sien, de borne en borne, et puis tout à coup tu t'arrêtes… J'en déduis que tu l'as perdue.

— Je comprends mieux. J'ai craint un instant que tu ne sois doté de pouvoirs paranormaux, ou d'un truc comme ça. Elle est où ?

— Elle s'est immobilisée à environ cinq cents mètres de là où tu te trouves. Dans le quartier du Palais de justice. Mais je ne peux pas être plus précis…

— Super. Autant chercher une aiguille dans une meule de foin… Merci quand même pour l'info.

John se mit à courir sur le trottoir en direction du nord.

Chapitre 39
Jeudi 28 novembre

John se tenait devant la porte, intrigué. La plaque ne laissait aucun doute : Laetitia Meltier, procureur de la République.

Lorsqu'il était arrivé sur la place, quelques minutes auparavant, il avait remercié le ciel d'avoir fourni aux humains un estomac. Valérie s'était arrêtée acheter un sandwich, qu'elle enfournait de façon mécanique, perdue dans ses pensées…

Il avait ensuite été facile de la suivre jusqu'à ce bureau. Pourquoi était-elle venue frapper à la porte d'un procureur ? Il fallait absolument qu'il en sache plus. Il aurait été beaucoup plus logique de faire appel à l'OCRVP.

— Monsieur ? Monsieur ?

John se retourna.

— Puis-je vous demander ce que vous faites là, planté devant le bureau du procureur ?

John détailla son interlocutrice : uniforme de gardien de la paix, plutôt jolie, quoique son nez eût gagné à subir une petite opération de chirurgie esthé…

— Ça vous arrive souvent de dévisager les fonctionnaires de police ? demanda la jeune femme d'un ton sec.

— Uniquement lorsqu'ils sont aussi charmants que vous, rétorqua John en affichant son plus beau sourire. Je passe mon chemin, ne vous inquiétez pas… J'étais simplement en train de réfléchir.

La jeune policière le regarda s'éloigner avec un air suspicieux, loin de se douter qu'il prenait la direction d'un commissariat du 15e arrondissement.

***

— Salut gamin, lâcha John en embrassant Thomas Vargas.

— Oncle John ! Ça fait plaisir de te voir. Tu as réussi à sortir de ton cimetière…

— La faute à qui ?

— Ah, alors ça a marché ? Tu remarqueras que je t'ai envoyé un beau petit lot…

— Le bon goût, c'est génétique, tu sais.

— Laisse-moi deviner… Tu as retrouvé la fugueuse, et tu as mis la maman dans ton lit ?

— Tout faux. Mais ça ne m'aurait pas déplu. J'ai besoin de ton aide. En tant que neveu, pas en tant que flic…

— Mais si possible en profitant des avantages qu'octroie mon poste de lieutenant ?

— C'est un peu ça, oui.

— Tu ne changeras jamais…

— C'est important.

— Je m'en doute. Ça fait six mois que tu ne m'as pas appelé.

— Excuse-moi…

— C'est bon, oncle John. C'est bon. Je veux bien t'aider, mais je te préviens, je reste dans la légalité. C'est au sujet de cette femme ? Sa fille n'est toujours pas rentrée ?

— C'est ça, fit John.

— Ça devient carrément inquiétant là. Il faut que je la contacte.

— Non. Tu ne peux pas.

— Attends ! Ne me dis pas que…

— Je ne te le dis pas.

— Ne déconne pas, John. Tu sais comment ça s'est terminé, la fois précédente…

— Vas-y, rappelle-moi bien pourquoi je me suis fait plaquer par ta tante et comment je suis tombé plus bas que terre…

— Désolé. Mais je ne veux pas te revoir dans cet état, alors…

— J'ai compris le message. Fais-moi confiance.

— Pourquoi ai-je l'impression que je suis en train de faire une grosse connerie ? Qu'est-ce qu'il te faut ?

— J'aimerais savoir quels liens existent entre Valérie Eynac et Laetitia Meltier.

— Euh… Meltier… La Laetitia Meltier, procureur de la République ?

John acquiesça.

— Tu plaisantes, là ? s'enquit Thomas Vargas d'un ton inquiet.

— J'en ai l'air ?

Thomas le dévisagea. Non, il n'en avait pas l'air.

— Dans quoi t'es-tu encore fourré ?

— Si je le savais… Alors, que disent tes fichiers ?

Thomas étouffa un petit rire.

— Je sais que tu n'as jamais bossé avec l'informatique, mais ça n'a rien de magique. Ce n'est pas la Gestapo ici. On n'a pas de fichiers sur les gens clean, John.

— Essaie quand même…

Thomas Vargas pianota sur l'ordinateur.

— Que dalle. Normal.

— Tu veux dire que tu ne peux pas m'aider ?

— Je n'ai pas dit ça… Je dis simplement que leurs casiers sont vierges. En même temps, des procs au casier bourré, ça ne doit pas courir les rues… Je vois que tu as finalement ouvert les bras à l'univers du téléphone portable, s'amusa Thomas, en désignant l'appareil accroché à la ceinture de son oncle. Première étape vers le monde merveilleux des télécommunications ! Deuxième étape : Internet ! Tu tapes le nom de ta petite protégée… Voilà, elle est inscrite sur *Copains d'avant.*

— *Copains d'avant* ?

— Un site qui répertorie le parcours scolaire et professionnel des gens, pour qu'ils puissent retrouver de vieilles connaissances. Alors… voici celui de Valérie Eynac. On tape « print », et ça sort… Ensuite, on croise les doigts. Avec un peu de bol… Bingo ! Même notre cher procureur a cédé à la tentation.

— Tu veux dire que les gens mettent ces informations eux-mêmes sur Internet ? Et que c'est accessible à tout le monde ?

Thomas hocha la tête.

— C'est ça l'idée, fit-il, amusé par l'expression ahurie de son oncle.

— Ça me dépasse, c'est de la folie, fit John.

— Folie ou pas, j'ai ton lien entre Valérie Eynac et Meltier : elles étaient dans le même lycée. C'est tout ce dont tu avais besoin ?

John fixait l'écran, mais ses pensées étaient dirigées bien au-delà. Copines de lycée… Valérie lui demandait de l'aide. Elle n'avait pas menti. Elle voulait juste s'assurer que sa plainte serait prise au sérieux…

— C'est tout ce qu'il te fallait.

— Oui, merci, Thomas…

John se rendit compte que ce n'était pas ce qu'il avait espéré. Malgré ses réticences, il devait reconnaître qu'il avait adoré se remettre en chasse. Et voilà qu'après l'avoir supplié Valérie le laissait tomber comme une vieille chaussette. Mais il devait respecter sa décision. Dorénavant, c'était à la police de retrouver Lisa.

— Tu as mangé ? demanda Thomas.

— Euh, non. Pas encore.

— Allez viens, je t'invite. Tu me raconteras comment tu as fait pour ne pas mettre cette Valérie dans ton lit…

Chapitre 40
Jeudi 28 novembre

Assis devant sa cheminée, John avait ouvert un roman policier. Depuis près de dix minutes, il lisait et relisait les mêmes lignes sans en comprendre un traître mot. Il referma le polar, puis le posa sur la pile branlante qui trônait à côté du canapé. Il n'avait pas la tête à lire. Il s'en voulait de ne pouvoir se détacher de cette histoire d'enlèvement. Il se sentait comme un toxicomane en manque.

La semaine précédente, il aurait pourtant juré sans la moindre hésitation qu'on ne l'y reprendrait plus, qu'il avait pris suffisamment de recul pour gérer ses émotions. Cela ne provenait pas d'une pulsion de sainteté, le forçant à sauver des vies coûte que coûte… Ni d'une aspiration incontrôlable à devenir un héros couvert de gloire… Non. La raison était plus profonde, et tenait à sa personnalité. Il avait toujours eu en lui l'instinct du chasseur, associé à un besoin quasi maladif d'excitation et d'aventure. C'était ce trait de caractère qui l'avait poussé à s'engager dans la police. Il avait réussi à intégrer le GIPN, seule structure qui lui permettait de rester au cœur de l'action, tout près des balles qui sifflaient et des explosions.

Puis il avait rencontré Marie, la mère de ses enfants. Il n'avait fallu à celle-ci que quelques semaines pour cerner la personnalité de John. Et à peine une année de plus pour lui fixer un ultimatum : soit il abandonnait les missions dangereuses et était prêt à passer plus de temps auprès de sa famille, soit elle partait. Il était fou amoureux. Il avait accepté. Durant des mois, il avait erré telle une ombre dans les couloirs des bureaux de la police, sans vraiment trouver sa place. Puis il était tombé par hasard sur cette affaire d'enlèvement, dont personne ne voulait... Il s'était senti revivre, côtoyant des familles confrontées au pire, et sachant que chaque information arrachée sur le terrain pouvait être vitale.

Petit à petit, il avait commencé à se faire un nom : on murmurait qu'il résolvait les dossiers plus vite que ses collègues... L'OCRVP l'avait recruté, et il était rapidement devenu une légende : John Vargas, le sauveur d'enfants !

Jusqu'au jour funeste où il avait commis sa plus grande erreur, causant la mort de cette fillette et portant le coup de grâce à son couple, qu'il n'avait jamais pu se résoudre à faire passer avant son travail. Comment sa femme aurait-elle pu lui reprocher de sauver des enfants ? Après le décès de la fillette, tout avait été différent. Marie avait déversé des années de rancunes accumulées, et la dépression qui s'était emparée de John avait fait le reste. Marie était partie. Partie parce qu'il n'avait pas respecté sa promesse. Il ne quittait jamais vraiment son job, même lorsqu'il était à la maison...

John tenta de chasser cette vague de souvenirs qui venaient l'assaillir. Il aurait juré qu'avec le temps il était devenu plus sage. Mais il n'en était rien. À moins que la sagesse ne consiste à se poser les bonnes questions, sans être capable d'y apporter de réponses. Dans ce cas, peut-être était-il effectivement plus sage... Conscient de ses faiblesses. *Faiblesses ou forces ?* lui murmurait son orgueil, insidieusement.

— Ça suffit, s'exclama-t-il à haute voix en se levant pour aller prendre l'air.

Rien de tel qu'une balade au clair de lune entre des rangées de tombes pour retrouver un peu de quiétude…

Pour la seconde fois de la journée, alors qu'il déambulait entre les monuments de marbre poli, John sursauta à cause de son téléphone. *Voilà pourquoi il ne me faut pas de cochonnerie comme ça*, pensa-t-il, tout en essayant de trouver la touche pour décrocher.

— John, j'ai du nouveau ! fanfaronna Devallon à l'autre bout du fil.

— J'écoute…

— La puce du ravisseur vient d'être à nouveau activée.

— Tu veux dire une qui avait déjà servi ?

— Oui. Celle utilisée la première fois. Mais tu ne devineras jamais.

— Allez, accouche…

— Ton gus a envoyé un SMS à quelqu'un d'autre.

— Logique, après tout, il doit bien avoir une vie lui aussi.

— Sauf que je n'envoie pas souvent de SMS de ce genre à ma femme…

IL VOU REST 1 SEMAINE
FFTE 1 DCLARATION DAN LA PRESSE

— En effet…

— Ta copine vient de recevoir exactement le même avec une carte SIM toute neuve… Si tu veux mon avis, la jeune fille que tu recherches n'est certainement pas la seule à avoir disparu…

— Tu as le nom de la personne qui a reçu ce SMS ?

— Meltier, Laetitia Meltier.

— Merde.

— J'aurais préféré un merci. Au fait, au cas où ça t'intéresse, j'ai logé ton type dans le quartier du Bouffay, à Nantes. C'est dans le centre-ville, une zone dédiée à la restauration, ce genre de choses…

— Ce qui nous renvoie à quelques milliers d'individus potentiels…

— À peu près, oui.

— Merci pour ton aide. Bob ? Reste branché, tu veux ?

— Pour toi, c'est sans problème.

John continua à déambuler doucement dans le cimetière, puis s'immobilisa devant une tombe. Pour une raison qui lui échappait, c'était sa préférée, bien qu'il n'ait jamais connu la femme qui reposait sous la lourde dalle de marbre.

— Qu'est-ce que tu en penses ? demanda-t-il, d'un air sérieux. Tu laisserais tomber, toi ?

Chapitre 41
Vendredi 29 novembre

— Et merde, jura John, dérangeant les autres clients de l'Internet Café.

Il leva les mains, en signe d'excuse, puis se remit à pianoter péniblement sur les touches du clavier. Découvrir le téléphone portable et Internet en moins d'une semaine, cela faisait vraiment trop pour lui. Il songea à appeler son neveu, mais il connaissait bien Thomas : il ne lui faudrait pas longtemps pour deviner de quoi il retournait. Dans la minute qui suivrait, la machine policière s'enclencherait…

Quand Devallon l'avait recontacté, John avait mis un moment à assembler les morceaux. Valérie n'était pas allée voir Meltier pour lui demander de l'aide. Le SMS changeait la donne. Il comprenait mieux pourquoi elle l'avait si brusquement évincé de l'enquête : elle savait qui avait enlevé sa fille !

Valérie partageait vraisemblablement avec le procureur un lourd secret, et elles payaient aujourd'hui au prix fort leurs erreurs passées… Il fallait absolument qu'il découvre ce qu'elles cachaient. Il était retourné sur le site *Copains d'avant*, grâce à l'adresse Internet que lui avait recopiée son neveu. Il avait constaté avec un brin de déception, mais aussi avec un certain soulagement, que les gens n'allaient pas jusqu'à étaler leurs mauvaises actions au vu et au su de tout le monde. Ce qui ne l'arrangeait pas vraiment.

Avant l'Internet Café, il avait épluché les archives des principaux journaux, en quête d'informations sur la date contenue dans le SMS qui avait provoqué l'affolement de Valérie : 29 août 2001. Mais il n'avait rien trouvé.

Une jeune fille s'approcha de lui. Jean moulant, tee-shirt qui ne cachait que ce qu'il pouvait, du fait d'une quantité de tissu qui eût été jugée indécente en son temps, le tout surmonté d'une jolie frimousse éclairée par de grands yeux noisette. À cela s'ajoutait un petit béret – laissant apparaître quelques boucles rebelles – et la sacoche qu'affectionnaient les jeunes pour aller en cours. Une étudiante. Exactement son genre, une trentaine d'années plus tôt.

— Un coup de main ? demanda-t-elle gentiment.

John lui offrit son plus beau sourire, espérant qu'elle ne s'enfuirait pas en voyant les rides strier son visage. Elle s'installa à côté de lui. Pour une raison qui lui échappait, il avait toujours inspiré confiance aux jeunes. Il n'avait pourtant guère de choses à partager avec eux…

— Alors, que cherchez-vous ?

— C'est un peu compliqué… Je vais essayer d'être synthétique. J'ai deux noms et une date. Il faut que je découvre le lien entre ces trois éléments.

— Chouette ! Un mystère… J'ai bien fait de venir vous voir. Je dois vous avouer que si vous m'aviez demandé de vous connecter à un site coquin, je me serais enfuie avant même que vous n'ayez le temps de vous lever, dit-elle en riant doucement. Vous êtes détective, ou un truc comme ça ?

— Seulement flic, mentit-il à demi.

John avait répondu machinalement. Il savoura à sa juste valeur le plaisir associé à cette déclaration. « Seulement flic. » Il y avait des lustres qu'il n'avait pas prononcé cette phrase. Que ça faisait du bien !

— Un flic qui ne sait pas utiliser Internet, ça, c'est une première ! fit la jeune fille, perplexe.

— Un vieux flic, précisa-t-il.

— Ça me va... Alors ces noms ?

John lui tendit un morceau de papier, sur lequel il avait dessiné un triangle, positionnant sur chaque sommet un de ses indices. Au centre trônait un gros point d'interrogation.

— Commençons par Google, fit-elle, concentrée.

— Google ?

— Ouh la ! Votre cas est désespéré ! Il va falloir faire quelque chose... Google est un moteur de recherche. On tape ce qu'on veut et il nous sort des informations...

— Ah. Et ça donne quoi ?

— Les trois ensemble, ça ne donne rien. Par contre, j'ai un truc sur Laetitia Meltier. Apparemment, elle est procureur, c'est ça ?

John acquiesça, tentant de suivre les déplacements erratiques de la souris.

— Alors... Y'a pas grand-chose... L'autre est dessinatrice, on a des liens vers ses publications : des livres pour enfant... Pour la date, rien... mais les deux sont sur *Copains d'avant*.

— Pas la peine d'aller voir, je l'ai déjà fait...

— C'est que vous n'êtes pas si nul, alors.

— Je vais prendre ça pour un compliment. En résumé, vous êtes en train de me dire qu'il n'y a rien.

— Ce n'est pas si simple. Ce n'est pas parce qu'on ne trouve pas qu'il n'y a rien…

John fronça les sourcils.

— Comment vous expliquer ? s'interrogea la jeune fille avec une mimique qui la rendait plus charmante encore. Internet, c'est une masse de données gigantesque. Un réseau énorme, avec des infos dans tous les coins. Seulement, quand on veut un truc très précis, c'est un peu comme chercher une aiguille dans une meule de foin. Le moteur de recherche déblaye le terrain : il trouve les informations les plus accessibles. Mais parfois il faut sauter d'un site à l'autre, suivre un lien, qui vous mènera au suivant, et ainsi de suite, jusqu'à tomber sur le bon.

John se frotta les tempes, essayant d'intégrer cette formation accélérée de la façon la plus constructive possible.

— En quelque sorte, hasarda-t-il, il faut poser les bonnes questions à cet ordinateur ?

— Ouais. C'est exactement ça. Si vous cherchez un site pirate, par exemple, il est évident que ses concepteurs vont tenter de le rendre inaccessible. Vous ne trouverez jamais ce site sur un moteur de recherche. Mais si vous rentrez la bonne association de mots, il se peut que vous tombiez sur un forum, où quelqu'un aura l'info que vous désirez, et vous l'enverra par mail, en privé. Vous voyez ?

— Ça va un peu vite pour moi… Mais c'est un peu comme une enquête, en fait…

— Sauf que vous n'avez pas besoin de courir partout. Il vous faut juste votre cerveau, et l'ordi relié à la toile…

L'esprit de John était en ébullition. *Une jeune dessinatrice. Un procureur. Un événement suffisamment marquant pour déclencher une vengeance, près de dix ans plus tard… Des enfants enlevés… Réfléchis !*

— Essayez « décès, enfant, 29 août 2001 ».

— C'est gai, votre truc, commenta l'étudiante en faisant voleter ses doigts sur les touches dans un ballet frénétique.

Ça aussi, il aurait fallu qu'il s'y mette. Cette génération qu'on décrivait comme dépravée et irrécupérable lui paraissait plutôt bien adaptée à son époque. Il se demanda si, en son temps, il aurait pu aider un type de cinquante-cinq ans à mener une enquête...

— Ça ne donne rien, dit la jeune fille. Une autre idée ?

— Peut-être... Va pour « procès, Meltier, 29 août 2001 »...

— Ah, j'ai quelque chose... Dans la base de données du ministère de la Justice. Par contre, ce n'est pas accessible sur le Net. Il faudra vous déplacer... Procès de Legrand Marc, condamné à dix ans de prison ferme, le 29 août 2001, pour le meurtre de Pascal Parnette. Avocat commis d'office : Meltier Laetitia...

— Nom de Dieu ! fit-il en dévisageant la jeune fille.

S'il n'avait eu peur que son geste soit mal interprété, il aurait embrassé son professeur d'un jour.

— Merci, merci beaucoup, dit-il en songeant qu'il adorerait que son petit-fils, âgé de quelques années, devienne un jeune homme aussi débrouillard et aimable que cette étudiante. Il faudrait qu'il pense à aller le voir, de temps en temps...

— Pour consulter le détail du procès, il ne reste qu'...

— Ça ira, merci. C'est dans mes cordes.

La jeune fille le regarda s'éloigner en souriant.

— Bonne chance ! cria-t-elle.

Chapitre 42
Vendredi 29 novembre

Le feu crépitait doucement dans la vieille cheminée, projetant ses ombres fluctuantes sur les murs de pierre brute. Pour la quatrième fois, John relut les minutes du procès, tout en sirotant un thé bien chaud. L'odeur épicée et agréablement fruitée du breuvage l'aidait à réfléchir.

Marc Legrand était tombé pour le meurtre de son voisin. Condamné à dix ans de prison le 29 août 2001. Il n'y avait aucune preuve matérielle concluante, et il avait toujours crié son innocence. La stratégie de Meltier, à l'époque avocate commise d'office, avait été de jouer sur cette absence de preuve, ce qui aurait dû éviter la prison à Legrand. À ce que pouvait en juger John, la jeune avocate avait fait son travail correctement, mais elle ne serait pas la première à susciter le mépris d'un client condamné.

Quant à Valérie Eynac, son témoignage avait pesé lourd dans la décision du jury. Legrand avait déclaré avoir croisé Valérie dans un parc, approximativement à l'heure où son voisin était assassiné. Elle constituait son seul alibi. John relut les quelques phrases qui avaient scellé l'avenir du prévenu :

— Madame Eynac, vous êtes bien une collègue de travail de Marc Legrand, ici présent ?

— Oui, monsieur…

— Pouvez-vous nous dire où vous avez passé la journée du 25 septembre 2000 ?

— C'est-à-dire que cela fait longtemps… Presque un an.

— Je vais préciser le sens de ma question. M. Legrand, ici présent, déclare vous avoir croisée, ce jour-là, vers 16 heures. Selon lui, vous étiez sur un banc public, dans le parc de la Gournerie, à Nantes.

— Je crains que ce ne soit pas possible…

— Ne venez-vous pas de déclarer que cela faisait longtemps ? Que vous ne vous souveniez plus ?

— Ce n'est pas ça, monsieur le procureur… Je n'ai jamais mis les pieds dans ce parc. De toute ma vie…

En quelques mots, la stratégie de Meltier venait de voler en éclats…

John fronça les sourcils. Valérie avait-elle menti ? Pourquoi ? Il éluda ces questions pour se concentrer à nouveau sur le document qui se trouvait devant lui.

Toute la défense de Legrand reposait sur la bonne foi de cet homme, au casier judiciaire absolument vierge.

Aucun juré sensé n'aurait envoyé un bon père de famille en prison sur un simple faisceau de présomptions… Jusqu'à ce que Valérie vienne témoigner et lui ôte toute crédibilité. Le gentil papa enfilait le costume du menteur… S'il avait menti concernant son alibi, il était raisonnable pour les jurés de considérer son innocence avec plus de circonspection. En quelques secondes, Legrand était devenu à leurs yeux le suspect idéal…

Meltier n'avait toutefois pas changé de stratégie, espérant visiblement que le manque de preuves suffirait à sauver la tête de son client. Avait-elle prévu ce renversement de situation ? Et pourquoi Legrand avait-il couru le risque d'un tel mensonge ?

John avait beau retourner le problème dans tous les sens, il ne voyait pas l'intérêt de cette manœuvre, sachant que l'accusation n'avait rien pour l'incriminer.

Une seule réponse logique s'imposait : Valérie était bien dans le parc ce jour-là… Legrand avait simplement dit la vérité…

En refermant la lourde chemise, retranscription scrupuleuse du procès, John avait la certitude que Legrand avait été victime d'une erreur judiciaire…

L'homme était sorti pour bonne conduite huit mois auparavant.

Huit mois.

Largement assez pour préparer sa vengeance contre ceux qu'il estimait être à l'origine de sa condamnation…

Chapitre 43
Samedi 30 novembre

— Eh ! John ! Ça fait combien de temps que tu n'as pas passé la porte de ce bureau ?

John compta lentement sur ses doigts en fronçant les sourcils :

— Euh… Neuf ans, à peu près.

— Laisse-moi te regarder, fit le capitaine Beneix en se levant. Tu n'as pas changé ! Toujours aussi svelte ! Je suis sûr que les femmes te courent encore après.

John se contenta de sourire, tout en observant le policier. La décennie avait offert à Beinex une bonne dizaine de kilos superflus, qui s'étaient glissés un peu partout autour de sa silhouette de lutteur. Son cou de taureau était maintenant entouré d'un double-menton disgracieux et on distinguait nettement les poignées d'amour sous son costume, mais les yeux du capitaine avaient gardé l'éclat batailleur de ses débuts.

— Je te retournerais bien le compliment…

Beinex émit un rire gras :

— Sacré John, ça fait plaisir de te voir. Je suppose que tu ne viens pas pour prendre de mes nouvelles ?

— C'est un peu cavalier de ma part, mais en effet, je ne suis pas là par hasard.

Beinex posa ses prunelles aiguisées sur son ancien collègue, plongeant dans son esprit tel un aigle sur sa proie. Après une demi-seconde, il referma ses serres sur son vieil ami :

— Juste une petite question, fit-il. Pourrais-tu m'expliquer pourquoi un homme dont le neveu est lieutenant dans un commissariat en vue viendrait à la pêche aux infos chez un vieux policier de seconde zone ?

— Touché, fit John. Je te la fais à l'ancienne, sans fioriture : parce que l'homme ne souhaite pas que son neveu mette le nez dans l'affaire qui l'intéresse…

— Bien. Un point pour toi. Tu ne mens pas. Seconde question : la raison poussant l'homme à ne pas solliciter son neveu devrait-elle inquiéter le vieux policier ?

— D'un point de vue légal ?

Beinex confirma.

— Pas une seconde, fit John. Je souhaite juste consulter les rapports concernant une affaire classée.

— Fais une demande officielle.

— Pas le temps. Et je préfère rester discret.

Beinex soupira.

— Tu sais ce qui m'ennuie, John ? Je vois dans tes yeux la lueur. Pas *une* lueur. *La* lueur ! Celle que tu avais quand une flopée d'emmerdes allait tomber sur le malheureux flic qui avait bâclé une enquête, à l'époque où tu reprenais une affaire de disparition d'enfant.

— Et ?

— Et je ne suis pas sûr de vouloir t'aider…

— En souvenir du bon vieux temps… Et puis, tu sais comme moi que j'ai toujours fait ça pour la bonne cause…

— Ouais. Enfin…

Beinex se mordit les lèvres, conscient d'en avoir trop dit.

— Merci de me rappeler comment j'ai mis fin à ma carrière…

— Excuse-moi, John. Je ne voulais pas être désagréable. Mais tu as raccroché, et c'est peut-être mieux ainsi. Pour tout le monde. Dis-moi que tu ne t'es pas remis en chasse…

— Écoute, si tu ne veux pas m'aider… déclara John en se levant.

— Mais si, mais si. Ne t'énerve pas. Tu sais parfaitement que je te dois bien ça. Je veux juste être certain que tu ne fais pas une connerie. On sait tous les deux combien cela a été difficile…

— Marc Legrand, épela John, d'une voix assurée. Condamné à dix ans le 29 août 2001 pour le meurtre d'un mec dans son immeuble…

— Innocent ? demanda Beinex.

— Plus maintenant, fit John, en dévisageant le capitaine d'un air énigmatique.

Chapitre 44
Dimanche 1er décembre

Des milliers de mètres cubes de béton, un assemblage complexe de filins métalliques, et pas la moindre trace de peinture pour égayer cet immense blockhaus posé dans une zone isolée. Le ton était donné. John Vargas n'avait pas franchi le seuil d'une prison depuis de longues années et, comme les fois précédentes, il ressentit une émotion étrange en entendant le système de verrouillage s'enclencher dans son dos.

Il suivit le gardien jusqu'au parloir et s'installa tranquillement, attendant l'arrivée de Cyril Deniaud. Cela lui permit d'observer les visages des visiteurs. En quelques secondes, il distingua trois catégories : les femmes, les parents, et les avocats. Ces derniers détonnaient dans le parloir, avec leurs costumes sombres, tandis qu'une foule cosmopolite se pressait pour apporter aux détenus une petite bouffée de liberté. John songea que, pour rien au monde, il n'aurait voulu se trouver de l'autre côté.

Un homme à la carrure impressionnante, couvert de tatouages, se présenta au bout de la pièce. Contrairement aux autres détenus, il scrutait les visages des visiteurs avec insistance. L'attitude d'un type se demandant qui venait lui rendre visite, ce qui ne devait pas arriver si souvent. Cyril Deniaud, à coup sûr. Le regard dur du prisonnier se posa enfin sur John, qu'il dévisagea sans la moindre once de sympathie. Seule la curiosité semblait l'empêcher de faire demi-tour.

— Qu'est-ce que vous me voulez ?

— Je suis journaliste, mentit l'ex-policier. Je m'appelle John Vargas.

— Ça me fait une belle jambe. D'autant que j'aime pas trop ça, les scribouillards…

John fit mine de ne pas avoir entendu.

— Si je vous dis Marc Legrand ?

— Connais pas, maugréa le détenu.

— Allez monsieur Deniaud, nous savons tous les deux que vous avez partagé sa cellule pendant ses cinq premières années d'incarcération, et que vous avez même été réintégré à sa demande auprès de lui pour son dernier mois en taule…

— C'est que je dois pas m'en souvenir… Vous savez, la prison a des effets secondaires…

— Je veux juste lui filer un coup de main. Je crois qu'il était innocent…

Deniaud leva un sourcil, puis son visage se ferma à nouveau.

— Adressez-vous à lui.

— J'aimerais bien… Mais j'ai un peu de mal à le joindre.

— Peut-être qu'il est occupé.

— À se venger des gens qui l'ont jeté en prison alors qu'il n'avait rien fait ?

Cette fois, le masque impassible de Deniaud se fissura.

— Et si c'était vrai ? gronda-t-il. Vous croyez pas que ces fumiers l'auraient bien mérité ?

John sourit intérieurement. Il avait fait mouche...

— Je le pense, en effet. Mais Legrand sera bientôt de retour auprès de vous, dans ce cas. Pourquoi n'a-t-il pas essayé de faire rouvrir l'enquête ?

— Il l'a fait, un bon paquet de fois... Mais ses requêtes ont été refusées... Faut croire que quelqu'un avait le bras long, dans cette histoire.

Le visage du procureur Meltier se matérialisa immédiatement dans l'esprit de John.

— Alors il a décidé de s'y prendre autrement...

Deniaud opina.

— Il est en train de faire une connerie, fit John. Laissez-moi l'aider.

— Legrand, besoin d'aide ? Ça m'étonnerait. Jamais vu un type aussi malin. Et je peux vous dire qu'il était déterminé. Il veut récupérer ce qu'on lui a pris.

— Quoi, sa liberté ?

— Non. Ses gosses.

John intégra l'information, commençant à cerner avec plus de précision la personnalité de Marc Legrand. Cet homme voulait simplement faire réparer une injustice, quitte à s'éloigner de la légalité.

— Je ne vais pas vous mentir, reprit John. Je crois que Legrand ne s'est pas attaqué aux bonnes personnes, et que ça risque de lui coûter très cher... Je vous jure que si vous me filez un coup de main, je ferai tout ce qui est en mon pouvoir pour que la vérité éclate.

— Pourquoi je vous croirais ?

— En un mot ? Parce que aider Legrand pourrait me faire gagner pas mal de pognon. Je ne suis pas un bon Samaritain. J'ai pas mal bourlingué. Ce qui est arrivé à Legrand, c'est lamentable. Et si je dénonce ce scandale à la une des journaux, ce sera le jackpot, pour moi. Du même coup, Legrand aura ce qu'il voulait, sans retourner en zonzon pour quinze ans.

John pria pour que son énorme mensonge fasse plier Deniaud. Le taulard tatoué fit jouer les muscles saillants de ses avant-bras, signe d'une intense réflexion chez lui, et finit par répondre :

— Le pôle Nord…

— Quoi ? fit John, interloqué.

— Legrand a monté un coup. Il a fait des tonnes de recherches sur le pôle Nord, les esquimaux, tous ces trucs. Je crois que c'était au Canada.

— Dans quel but ?

— Il a fait venir des prospectus, sur des camps pour adolescents, et je crois qu'il y en avait un là-bas. Me demandez pas pourquoi il s'intéressait à ça. S'il avait voulu m'en parler, je l'aurais écouté. Mais en taule, on n'emmerde pas un gars qui monte un coup.

— Je crois deviner ce qu'il cherchait, déclara John, pensif. Merci de votre aide… ajouta-t-il en se levant.

— Eh ? fit Deniaud, avant que John ne soit hors de portée.

— Oui ?

— J'espère que vous avez dit la vérité. Parce que je le saurai. Et si vous enculez Legrand, je vous le ferai payer. Même d'ici.

John soutint le regard intense du détenu, puis hocha la tête en signe d'assentiment. Quelques frissons lui parcoururent l'échine. Ce type ne plaisantait pas. Mais John en avait vu d'autres. Il n'avait qu'un seul objectif : sauver la vie de Lisa Eynac, quelles qu'en soient les conséquences. Malgré tout, il ne pouvait s'empêcher d'éprouver une certaine sympathie pour Legrand. Ce pauvre bougre n'avait pas mérité ce qui lui était arrivé.

Sur le seuil de la prison, il alluma son portable et composa le numéro de Robert Devallon. Les échanges téléphoniques entre la France et le pôle Nord ne devaient pas être si fréquents…

LISA

5, 4…

Chapitre 45
Dimanche 1er décembre

— Hors de question que je dorme tout seul, sachant que le tueur est peut-être parmi nous, et qu'on peut entrer dans ma chambre comme dans un moulin ! fit Saïd.

Très vite, trop vite, une nuit à rallonge avait jeté son voile noir sur les doutes et les incertitudes des adolescents, repoussant pour d'interminables heures toute possibilité d'action hors de la base. Après avoir longuement débattu sur les récents événements, chacun avait tenté de s'occuper l'esprit, feuilletant sans grande conviction les ouvrages mis à leur disposition dans la bibliothèque. Doucement, mais sûrement, la fatigue avait fini par s'installer, profitant du contrecoup des émotions du début de journée. Saïd venait d'énoncer à haute voix des inquiétudes partagées par tous.

— Entièrement d'accord, approuva Lisa. Je propose qu'on mette en place un tour de garde. On dort tous dans cette pièce. Deux d'entre nous surveillent. Toutes les deux heures, on change d'équipe, et ainsi de suite…

— Ça me va, fit Sam.

— Moi aussi, dit Mathieu.

— OK pour moi, ajouta Alex. Mais avant, j'aimerais qu'on définisse le planning pour demain. Si j'ai bien compris, on n'aura qu'une heure pour explorer l'extérieur. Autant l'exploiter à bon escient.

— Moi je ne mets pas les pieds dehors, lâcha Katya d'un ton sans équivoque. S'il faut attendre deux mois, j'attendrai. Il y a à bouffer, il ne fait pas froid...

— Pauvre idiote, cracha Sam. Moi je dis qu'on doit essayer de retrouver Mac Cleer et David. Je vous rappelle qu'ils ont des fusils et un téléphone satellite. Avec un peu de chance, même s'ils sont morts, tout le matos est encore près d'eux... ou de ce qu'il en reste.

— Et tu vas les chercher où ? demanda Lisa, choquée par tant de froideur.

— Le bronzé a trouvé des coordonnées GPS, avec inscrit à côté « TUMULUS », fit Sam. J'ai pas fait d'études, mais ça ressemble fichtrement à l'endroit où doit être le fameux trésor découvert par les hommes de Franklin, non ? Et il se trouve que le seul appareil en état de marche dans cette foutue base semble être le GPS qu'on a dégoté sur Yema...

— Très bien, dit Mathieu. J'irai avec toi.

— Moi je pense qu'il faut essayer de retrouver la trace de Dunham, le scientifique, dit Lisa.

— Ce qui nous fait un second groupe, affirma Alex. Je suis partant.

— Katya ne peut pas rester seule, j'attendrai ici avec elle, proposa Saïd.

Sam frotta son crâne rasé, avant de ricaner :

— Ça ne m'étonne pas de toi, le bronzé...

— Si tu pouvais éviter les insultes racistes, intervint Lisa. Deux fois en trente secondes, ça commence à être lourd...

— Excusez-moi de vous avoir choqués ! gloussa-t-il. Ce type, c'est une vraie fiotte. Vous savez pourquoi il n'a jamais eu de problèmes avec les gens du camp ? Parce que c'est un lâche ! Une pauvre merde ! Ne pas se révolter contre des règles débiles et injustes, ce n'est pas être respectueux ou être bien élevé comme il a l'air de le croire, c'est être lâche !

— Je crois qu'on a compris, fit Alex.

— Je suis pas sûr, non, renchérit Sam. Ce genre de mec, en d'autres temps, ça a donné les collabos. Du style « c'est pas ma faute, ils ont dit qu'il fallait le faire, alors pourquoi ne pas obéir ». Ce qui est certain, c'est que je ne veux pas aller dehors avec ce PD pour me couvrir ! explosa-t-il en quittant la pièce.

Un silence gêné suivit la tirade du jeune homme.

Lisa observa Saïd, qui se leva de table et partit s'allonger dans un coin, face au mur. *Le pauvre*, se dit-elle. D'un autre côté, même si Sam était un sauvage, dépourvu de la moindre parcelle de diplomatie, elle ne pouvait s'empêcher de songer à ce qu'il venait de déclarer. En un sens, il n'avait pas tout à fait tort…

Lisa s'installa à son tour une couchette improvisée avec quelques couvertures.

Le temps s'écoulait lentement, les secondes semblant être restées emprisonnées dans la banquise, immense ogre de glace qui ne les laissait s'échapper qu'au compte-gouttes. À ce rythme, les jours allaient leur paraître aussi longs que des semaines !

Tant bien que mal, les tours de garde se mirent en place. Les premiers veilleurs n'eurent guère de travail, car aucun des adolescents ne trouva le sommeil facilement. Dans la pénombre qui régnait dans le réfectoire de la base, six paires d'yeux scrutaient les ténèbres, dans l'attente d'une réponse à la question que tous se posaient : qui avait tué Yema et Mike ?

Chapitre 46
Lundi 2 décembre

Étrangement, Lisa avait plutôt bien dormi. À son réveil, elle avait constaté avec soulagement qu'aucun nouvel incident n'était à signaler. Tous avaient pris leur petit déjeuner en silence, chacun semblant englué dans de sombres pensées. L'heure du lever de soleil approchait, et les quatre volontaires pour les recherches sentaient croître une peur légitime.

Ils s'équipèrent le mieux possible, emportant couvertures de survie et vêtements plus chauds que le temps ne l'imposait. Les incontournables lances artisanales et quelques précieuses lampes de poche, au cas où, vinrent compléter la panoplie. Sans un mot, mais les visages chargés d'émotion, Sam et Mathieu sortirent les premiers, rapidement suivis de Lisa et Alex.

Après avoir inspecté les environs aux jumelles pour constater l'absence d'ours, les deux petits groupes prirent des directions opposées, chacun de leurs pas les éloignant de toute trace de civilisation.

— Tu crois qu'on a une chance de tomber sur le campement de ce Dunham ? demanda Alex.

Lisa haussa les épaules, un instant découragée par l'immense plaine désertique qui s'ouvrait devant eux.

— J'en sais rien Alex. Peut-être qu'on ne le trouvera jamais… Mais il est seul. Ça m'étonnerait qu'il se soit mis hors de portée d'un endroit sûr comme la base… Tout ce que je sais, c'est qu'il étudie les glaces le long de la côte.

Alex consulta sa montre, qu'il avait réglée sur la fonction compte à rebours. Elle indiquait cinquante-six minutes.

— Dès qu'on passe la barre des trente minutes, on fait demi-tour, réaffirma-t-il avec force.

— Évidemment, fit Lisa, qui n'avait pas la moindre envie de voir la nuit fondre sur eux, avec son lot d'incertitudes et de dangers.

Ils se mirent en route, côte à côte.

— Tu habites où exactement ? demanda Alex.

— Hein ? Pardon ?

— J'ai dit : tu…

— Oui, j'ai compris. C'est juste que ta question m'a surprise… À Paris. Dans le 15e, avec ma mère.

— Ah. Moi je suis de Nantes. Le monde est petit, non ? On se retrouve au pôle Nord et on habite à seulement quatre cents bornes l'un de l'autre. Tu fais quoi comme études ?

— Terminale.

— Laisse-moi deviner… Terminale L. Tu aimes la littérature…

— Raté. S option maths.

— Quelle horreur! fit Alex.

— Je ne te le fais pas dire. Il paraît que c'est la voie royale. Et toi, tu fais quoi ?

— Fac de droit. J'ai un an d'avance, précisa-t-il…

En lui jetant de nombreux regards, Lisa écouta avec attention Alex lui dépeindre tous les détails de la vie étudiante. Deux jours auparavant, elle aurait accueilli cette petite discussion avec le plus grand plaisir. Alex était à tomber, et il s'intéressait à elle. Un super plan ! Mais depuis la découverte des deux cadavres, une phrase résonnait dans sa tête : « Ça pourrait être n'importe lequel d'entre nous… »

Et si Alex n'était pas le mec charmant qu'il semblait être ? Et si…

Arrête ! se dit-elle. Ce n'est pas le moment de faire une crise.

— Lisa ?

— Ouais.

— Je voulais juste te dire que ça aurait été cool de te rencontrer à Paris, en d'autres circonstances.

— Pfff ! Tu ne m'aurais même pas regardée. Une petite lycéenne de plus…

— Ah, tu crois ? fit-il. Je sais que les combis que nous portons ne sont pas super sexy, mais je te rappelle que je t'ai vue moins vêtue, et que j'en garde un bon souvenir. Tu es très jolie, tu sais…

Lisa secoua la tête, mais ne put empêcher ses joues de s'empourprer. Un grognement rauque eut vite fait d'en faire refluer le sang. Les deux jeunes gens s'immobilisèrent, se tournant dans la direction d'où provenait le bruit. Lisa aurait voulu fuir à toutes jambes, mais elle était paralysée par la peur. Les yeux des adolescents balayaient la glace à la recherche de l'ours, lorsqu'un museau gris sortit d'un trou d'eau, à une quinzaine de mètres d'eux.

Un phoque ! Un simple phoque !

Alex éclata de rire, tant pour le côté dérisoire de leur frayeur que pour évacuer une tension nerveuse trop forte.

— Pas la peine de raconter ça aux autres, dit-il en se remettant en route.

Lisa acquiesça, avant de lui emboîter le pas. Cette rencontre surprenante, bien que totalement dénuée de danger, lui rappelait à quel point ils étaient vulnérables, sur cette étendue sauvage et inhospitalière.

— Juste un petit détail, dit-elle. S'il y a un trou d'eau à quinze mètres, c'est qu'on ne doit plus être sur l'île… On est en train de marcher sur la banquise…

Alex s'arrêta.

— Merde, tu as raison. Je n'y avais pas pensé. On a pourtant suivi cette trace, laissée par une motoneige…

— Regarde les rochers, là-bas, sur la droite. On va se diriger vers eux. Qui dit rochers dit terre ferme…

— OK. C'est parti.

Ils progressèrent lentement, sans que l'immensité d'une blancheur éclatante ne révèle d'autre indice de présence humaine. La trace de la motoneige se poursuivait à perte de vue, en direction du soleil qui, bien qu'à son zénith, dépassait à peine l'horizon.

— Trente minutes, dit Alex. Tu peux me passer les jumelles ?

Lisa lui tendit, tout en scrutant le paysage. Après quelques secondes, le verdict tomba.

— Rien. Pas l'ombre d'une habitation. Le sillon continue son parcours sur la glace, mais jusqu'où ? On n'arrivera à rien de cette manière. Il faut qu'on trouve une motoneige, ou on est foutus…

— Allez, viens, dit Lisa. On rentre.

Chapitre 47
Lundi 2 décembre

À plusieurs kilomètres au sud, Sam consultait également son chronomètre.

— On est à trente-cinq minutes écoulées, déclara-t-il. C'est encore loin ?

— On a fait à peu près la moitié, répondit Mathieu.

— Ça craint.

— J'te le fais pas dire.

— C'est maintenant ou jamais. Sans moyen de communication, dans le meilleur des cas on va rester coincés pendant plusieurs mois, et dans le pire…

— On continue ?

Sam se contenta d'acquiescer, et ils repartirent. Leur trace s'éloignait toujours plus de la base, qui n'était plus qu'un point sombre, à peine perceptible par-delà leurs épaules.

Leurs silhouettes se détachaient sur l'étendue de glace, minuscules taches sombres perdues dans un désert de gris et de blanc. Lancés dans leur périple contre la nuit, les deux garçons redoublèrent d'efforts, conscients de n'être que de fragiles fourmis livrées aux caprices de Dame Nature, qui d'un souffle pouvait les anéantir ou lâcher ses prédateurs féroces à leurs trousses.

Malgré le froid, des gouttes de transpiration perlaient sur le front de Mathieu, qui jetait sans cesse des regards anxieux autour de lui. Mètre après mètre, seconde après seconde, ils approchèrent de leur objectif à mesure que le soleil déclinait. Il n'était plus qu'une infime ligne de clarté, diffusant ses rayons épars en une sorte de couronne très large. Bientôt, les aiguillons de la couronne se firent moins nets, pour disparaître petit à petit en laissant un horizon rougeoyant, ultime vestige des flammes brûlantes que l'étoile dardait dans un dernier effort sur cette partie du globe terrestre qui le fuyait irrémédiablement.

— C'est flippant, souffla Mathieu.

— Un peu ouais.

— Encore huit cents mètres, d'après le GPS. Ce serait au niveau du monticule rocheux, légèrement sur la gauche.

— Je le vois. Enfin, pour le moment.

L'astre solaire avait emporté avec lui la chaleur de ses rayons, et Mathieu eut l'impression que chaque coup de vent lui glaçait les os. Il n'aurait su dire si c'était réel ou si son inquiétude grandissante lui faisait ressentir les choses différemment. L'horizon, qui s'étendait depuis le début de leur expédition au-delà de ce qu'un œil humain pouvait percevoir, s'était considérablement réduit, et chaque rocher, chaque monticule de neige ne se matérialisait plus que par une ombre aux contours flous. Mathieu plissait les yeux, tentant de distinguer avec le plus de précision possible ces formes changeantes, auxquelles son imagination menaçait de donner vie à tout moment.

— On n'y voit plus rien, dit-il.

— On allume.

Mathieu s'exécuta, à la fois rassuré et déçu par le mince filet de clarté qui sortait des lampes. Il reprit sa marche, priant pour ne pas faire de mauvaise rencontre.

— On y est, fit-il en prenant place sur le monticule rocheux.

— Regarde ! Les motoneiges…

En quelques enjambées, les deux garçons furent auprès des machines.

— Saloperie ! cracha Sam après avoir examiné les engins.

— Quoi ?

— Elles ont été sabotées.

— Un point de moins pour la théorie du directeur assassinant Mike et David. Ça m'étonnerait qu'il soit reparti à pied…

Sans rien dire, Sam serra les mains autour de sa lance et inspecta les environs à l'aide de sa lampe frontale.

— Où sont-ils passés, bordel ? maugréa-t-il.

— Ç'aurait été plus facile s'il avait fait jour…

— C'est quoi, ça ?

Le faisceau de la lampe de Sam venait de révéler un mouvement, à une quinzaine de mètres. Le jeune homme retint sa respiration, et lâcha un long soupir lorsqu'il comprit que cela provenait d'un objet, accroché au bout d'une pique par une corde. Le vent le soulevait et le faisait tourner de façon irrégulière. Lentement, Sam s'approcha, chaque pas permettant à la lampe de révéler plus de détails sur l'étrange installation. *Une sorte de station météo ?* s'interrogea-t-il, perplexe.

— Oh, sainte mère de Dieu ! s'exclama Mathieu.

Sam resta bouche bée, les yeux exorbités.

Mathieu fit quelques pas sur le côté et vomit bruyamment.

Quelques instants plus tard, il parvint à reprendre son calme et pointa de nouveau sa lampe en direction de la pique. C'était une longue tige de métal de près de trois mètres, finement sculptée, fermement coincée dans les rochers. Des traînées d'un rouge sombre, presque noir, maculaient la neige sur plusieurs mètres carrés. Au bout de la pique, une corde d'escalade était nouée, et au bout de cette corde, des restes humains étaient attachés. Seule une jambe, dont dépassaient quelques muscles et tendons, se balançait au gré des bourrasques. Sur le sol, les vestiges d'un torse révélaient plusieurs côtes fracturées et des lambeaux de vêtements lacérés. La tête et les autres membres avaient disparu. Mathieu, sans vraiment comprendre pourquoi, ne pouvait détacher son regard de la chaussure de randonnée, toujours lacée fermement autour du pied de la victime. Il déglutit, manquant de vomir une seconde fois, puis se rappela où il avait déjà vu une telle chaussure.

— Mac Cleer, chuchota-t-il, d'une voix à peine audible que le vent emporta au loin.

— La vache, fit Sam, retrouvant soudainement la parole.

— Quelqu'un l'a attaché là, et…

— Et a laissé les ours finir le travail, termina Sam en illuminant une myriade d'empreintes autour de ce qui restait du directeur.

Inconsciemment, il ne put s'empêcher d'effectuer un tour sur lui-même, balayant les environs à la recherche des tueurs à fourrure. Repérer des trucs blancs sur du blanc, avec une foutue lampe de poche qui n'éclairait pas à plus de vingt mètres… Leur vie ne tenait vraiment qu'à un fil…

— Regarde ça, fit-il en montrant le sol à quelques mètres.

Quelqu'un avait tracé sur la neige un 5, d'approximativement un mètre sur deux. Avec du sang…

— C'était pour les attirer… balbutia Mathieu. Il faut pas qu'on reste là.

— T'es un vrai génie, toi, ironisa Sam d'une voix dénuée d'humour. Et on va où ? Tu te sens de rentrer à la base à pinces dans le noir ?

— Non, il faut qu'on trouve un abri, loin de… de ça.

— Ça roule. Mais avant…

— Qu'est-ce que tu fous ? bredouilla Mathieu en voyant Sam mettre les mains sur le tronc déchiqueté de Mac Cleer.

— T'affole pas. Je te rappelle qu'on est là pour récupérer le téléphone satellite… Oh putain, c'est dégueulasse.

— Alors ?

— Alors, rien. T'as vu ce qui reste ? Si ça se trouve, il est dans le bide d'un ours, dit Sam en s'éloignant du corps.

— Tu crois qu'il était vivant ? Je veux dire, quand…

— Je vois très bien ce que tu veux dire. Et la réponse est oui. Étant donné la mare de sang qu'il y a en dessous, je pense que le directeur a dû passer un sale quart d'heure. Allez, amène-toi…

— Mais qui peut faire une chose pareille ?

Sam ouvrit la bouche pour répondre, mais avant qu'un son ne franchisse ses lèvres, il bascula vers l'avant dans un fracas inquiétant.

— Sam ? Ça va ?

— Ouais, grogna le garçon. J'me suis niqué le poignet…

Après de multiples mouvements désorganisés, la lampe de Mathieu finit par se focaliser sur son camarade. Sam était tombé dans une sorte d'escalier grossièrement taillé, qui se prolongeait à l'intérieur de la roche et s'enfonçait dans les ténèbres.

— Au moins, on sait où on va pouvoir se reposer en attendant le retour du soleil, déclara Sam d'un ton enjoué.

Mathieu se pencha, tentant de voir où débouchait le tunnel. Il n'était pas très rassuré à l'idée de se plonger dans ce trou glacé.

— Ce doit être l'entrée du tumulus qu'ont découvert les hommes de Franklin, dit-il. Mac Cleer l'avait trouvée !

— Tout ce que j'espère, fit Sam d'une voix sombre, c'est qu'on ne va pas rencontrer la même chose que lui…

Chapitre 48
Lundi 2 décembre

À moins de cent mètres de la base, Alex tira Lisa par la manche de son anorak :

— Regarde ! dit-il en désignant le ciel, dans leur dos.

Un scintillement presque surnaturel illuminait le ciel bleu nuit. Une farandole de verts s'élevait vers les étoiles, halo délicat se détachant au-dessus des irrégularités du relief. On aurait dit qu'un géant crachait des volutes de fumée pour réveiller un horizon trop sombre.

— Une aurore boréale… chuchota Alex.

— Et rien que pour nous ! ajouta Lisa.

Pendant un long moment, ils restèrent figés devant ce spectacle presque irréel, oubliant qu'ils étaient perdus dans un désert de glace, loin de tous ceux qu'ils aimaient. Alex prit la main de la jeune fille, qui se laissa aller contre lui, la tête posée sur son épaule. La sonnerie de la montre d'Alex les ramena à la réalité. À regret, ils tournèrent le dos au feu d'artifice offert par la nature, pour rejoindre la base. En moins de cinq minutes, ils étaient devant le sas d'entrée, constatant avec étonnement qu'il était grand ouvert.

— Eh oh ! C'est nous. Y'a quelqu'un ? cria Lisa.

Elle se retourna vers Alex, qui haussa les épaules. Ils ne s'attendaient pas à un accueil de ce type. Devant le silence de cathédrale qui régnait dans le bâtiment, leur surprise initiale se mua doucement en une crainte diffuse.

Concentrée dans un premier temps sur le risque de croiser un ours, puis absorbée par la beauté de l'aurore boréale, Lisa n'avait pas envisagé une seconde que Saïd et Katya puissent être en danger. C'était une erreur.

Alex assura sa prise sur sa lance et précéda Lisa dans le dédale de couloirs en béton. À chaque intersection, Lisa retenait son souffle, s'attendant à tout moment à voir surgir un fou furieux, une arme à la main. Côte à côte, ils entreprirent une fouille en règle du bâtiment. Les pièces se succédaient, sans le moindre résultat. Seule l'aile du réfectoire et des dortoirs restait à visiter… La salle interdite, dans laquelle les ordinateurs ronronnaient doucement comme d'habitude… Alors qu'il s'apprêtait à en sortir, Alex remarqua une tache sombre sur le sol. Du sang.

— Ça ne va pas recommencer, murmura-t-il en se mordant la lèvre.

Quelques gouttes semblaient indiquer une direction. Tel le Petit Poucet, le jeune homme se mit à suivre les éclaboussures pourpres, puis s'immobilisa. La silhouette râblée de Saïd gisait à ses pieds, dissimulée derrière un canapé élimé.

— Oh, non ! fit Alex. Saïd ? Saïd ?

Joignant le geste à la parole, le jeune homme secoua le corps inanimé. Saïd gémit et finit par entrouvrir péniblement les paupières.

— Ah… qu'est-ce que j'ai mal, grommela le blessé en portant la main à sa tête.

— Qu'est-ce qui s'est passé ? Où est Katya ? demanda Lisa d'un ton affolé.

— Holà… doucement, répondit-il. J'ai senti une ombre, derrière moi. Le temps que je me retourne, j'ai pris un choc énorme. Après, c'est le trou noir… La dernière fois que j'ai vu Katya, elle se reposait dans sa chambre…

Alex se précipita en direction des dortoirs. L'air déplacé par son passage fit s'envoler une feuille de papier qui traînait près de l'imprimante. Sans se retourner, il fila vers la chambre de Katya. Tandis que Saïd reprenait ses esprits, le cerveau de Lisa tournait à plein régime. Elle se mit à arpenter la pièce, anxieuse à l'idée de ce qu'allait trouver Alex, et ramassa machinalement la feuille qui venait de tomber au sol.

— C'est bon ! cria Alex. Katya est ici, elle va bien ! Elle était simplement enfermée dans sa cellule !

Pourquoi le tueur les a-t-il épargnés ? se demanda Lisa, les yeux dans le vide. Alex et Katya firent irruption dans la pièce.

— Saïd ? Ça va ? demanda Katya.

— Ouais, ouais. Sauf que ça ne me dit pas ce qui s'est passé !

— Je me reposais tranquillement dans ma chambre, expliqua la jeune fille, quand ma porte a claqué. J'ai cru que tu me faisais une blague… Et puis j'ai compris que la silhouette que j'avais entraperçue n'était pas la tienne… Tu ne peux pas savoir la trouille que j'ai eue ! Je me suis recroquevillée dans un coin, priant pour qu'il ne nous arrive rien… Quand j'ai vu la tête d'Alex par le hublot, j'ai cru que j'allais pleurer de joie.

— Cette silhouette que tu as vue, ça ressemblait à quelqu'un qu'on connaît ? Mac Cleer ? Le vieil Inuit ? demanda Alex.

Le visage de Katya se décomposa :

— Je… je ne sais pas, articula-t-elle péniblement. J'avais peur, et ça n'a duré qu'un instant…

Alors que des larmes roulaient sur le visage de la jeune fille, Lisa lui décocha un regard dénué d'empathie. Elle détestait ces filles qui pleurnichaient à tout bout de champ !

— Je ne sais pas qui est le mystérieux visiteur, dit-elle, mais je sais ce qu'il est venu faire là…

Ses trois camarades la dévisagèrent avec curiosité.

— Regardez ça ! poursuivit-elle en montrant aux garçons la feuille qu'elle avait ramassée. On vient de l'imprimer, l'encre est à peine sèche…

— Qu'est-ce que c'est ? demanda Alex en se saisissant du morceau de papier.

— Une conversation. Un échange de mails, ou de textos, entre Mac Cleer et…

— Et l'un d'entre nous, termina Alex, les traits déformés par la surprise. C'est daté d'avant-hier…

— Pardon ? fit Saïd.

— Tu as bien compris, dit Lisa. Il y a un traître parmi nous…

Le temps que tous intègrent l'information, l'ambiance déjà glaciale de la base descendit encore de quelques degrés. Personne n'articula un mot, mais la question qui obnubilait leurs pensées était si évidente qu'il n'y avait nul besoin de l'exprimer.

Qui ?

Lequel d'entre eux avait-il joué la comédie depuis le début de leur séjour, servant de relais à Mac Cleer pour mieux les contrôler et les terroriser ?

Lisa était abasourdie. Les visages de ses cinq compagnons d'infortune se matérialisèrent successivement dans son crâne. Elle était bien incapable de se prononcer… Katya, avec ses mimiques de blonde un peu attardée ? Saïd, cachant sous sa timidité apparente un esprit retors ? Mathieu pouvait aussi faire l'affaire : en se rebellant dès le premier jour, qui aurait pu le soupçonner ? Quant à Sam, ce taré, Lisa était persuadée qu'il n'éprouverait pas le moindre scrupule à les voir se faire torturer.

Et puis… Il restait Alex. Comme Lisa aurait aimé avoir la certitude qu'il n'était pas le traître ! Alex lui plaisait de plus en plus, mais elle ne pouvait ouvrir totalement son cœur à un garçon qui n'était peut-être pas du tout celui qu'il prétendait être… Seule certitude, il n'était pas l'agresseur de Saïd, puisqu'il était avec elle hors de la base…

Accablée par le poids de tous les soupçons qui tourbillonnaient tel un blizzard dans les méandres de son cerveau, Lisa ne parvenait plus à regarder les autres en face. Il fallait absolument tirer cette histoire au clair dans les plus brefs délais, et dès que Sam et Mathieu arriveraient…

Lisa sursauta, prenant subitement conscience d'un élément qui lui avait échappé dans le tumulte d'événements qui les avait emportés depuis leur retour :

— Sam et Mathieu ne sont pas là ! dit-elle.

— Bien vu, Sherlock Holmes, se moqua Katya.

Lisa la fusilla du regard.

— La nuit est tombée depuis plus de vingt minutes, déclara-t-elle d'une voix grave.

Tous se tournèrent vers les fenêtres à triple vitrage, qui les protégeaient du froid et de tous les dangers auxquels Sam et Mathieu étaient maintenant confrontés.

Chapitre 49
Lundi 2 décembre

Mathieu suivait Sam avec difficulté dans le boyau taillé à même la roche. Sa lampe frontale éclairait avec peine à quelques dizaines de centimètres, et c'est avec une certaine appréhension que le jeune homme progressait vers l'inconnu. Il se faufilait à quatre pattes, attentif au moindre son. Sam s'enfonçait de plus en plus profondément dans les entrailles de l'île, comme si cela ne lui posait pas de problème. Soudain, la lumière qui dansait quelques mètres plus bas disparut, et Mathieu entendit un choc sourd. Il se saisit de sa lance, qui racla bruyamment les parois du conduit, et la plaça devant lui, piètre rempart contre une éventuelle agression.

— Sam ? fit-il. Sam, ça va ?

Pas de réponse. Mathieu se mit à trembler, imaginant son camarade couvert de sang, comme Mike ou Mac Cleer. Son cœur tambourinait dans sa poitrine, si fort qu'il craignit de révéler sa position par les chocs répétés qui insufflaient son flux vital jusqu'au bout de ses orteils glacés. Tous ses sens étaient aux aguets. Il se demanda s'il devait ou non éteindre sa lampe frontale, qui faisait de lui une cible parfaitement visible, totalement à la merci d'un ennemi armé tapi dans l'ombre. D'une main hésitante, il coupa le faisceau lumineux, plongeant dans les ténèbres humides. Il essaya de contrôler sa respiration et avança prudemment, le ventre collé à la paroi. Un léger bruit, presque imperceptible, attira son attention. Cela recommença, un peu plus fort. Avait-il bien entendu ? Ce n'était qu'un souffle…

— Mathieu ?

— Ouais, répondit-il, soulagé. Qu'est-ce qui s'est passé ? Ça va ?

— Fais gaffe ! Y'a un trou. Je suis tombé, j'ai cassé ma lampe, et je crois que je me suis à moitié assommé.

Mathieu ralluma en hâte, puis progressa plus rapidement en direction de Sam. Il atteignit le bout du conduit, et sentit le vide sous ses mains. Sa lampe révéla une silhouette, deux mètres en contrebas. Doucement, il se laissa descendre auprès de Sam, qui ne s'était toujours pas relevé.

— La vache, j'ai pris cher ! Un truc de malade ! s'écria le garçon au crâne rasé.

— T'as pas vu que ça plongeait d'un coup ?

— Non, j'étais concentré sur un objet que j'avais ramassé sur le côté, et j'ai continué à avancer comme un con…

— C'était quoi, cet objet ?

Dans la faible clarté offerte par la lampe frontale, Mathieu parvint à distinguer les dents de Sam, qui s'étalaient dans un large sourire tandis que le jeune homme montrait sa découverte.

— Une torche ? dit Mathieu.

— Ça va pas faire de mal, rétorqua Sam en sortant un briquet de sa poche.

Il se félicita de l'avoir pris dans la salle interdite.

Avec son bruit caractéristique de friction, le briquet donna naissance à une flamme ténue, avant d'embraser la torche. Une lumière changeante envahit la pièce, révélant une surface d'une quarantaine de mètres carrés, sculptée à coups de pioche dans la roche dure. Des stalagmites montaient çà et là, indiquant que la petite cavité avait dû être creusée à partir d'une grotte préexistante. À la lueur de la torche, l'endroit semblait presque irréel.

— On se croirait dans un film, lâcha Mathieu…

— Ouais, y'a plus qu'à découvrir le trésor, plaisanta Sam, qui s'était redressé et examinait les lieux avec application. Au moins, y'a pas d'ours !

— Tu l'as dit. Regarde là-bas, une deuxième torche.

— Bien vu. Va la prendre. Je ne sais pas combien de temps ça va durer, ce machin, fit-il en désignant son flambeau. Tu te rends compte que ça doit avoir plus de cinq cents ans et que ça marche encore ?

Mathieu acquiesça et s'exécuta.

— Eh, par là, déclara-t-il. Il y a une sorte d'escalier qui descend…

Sam s'approcha, et les deux garçons s'enfoncèrent plus profondément dans le cœur de la grotte.

— Incroyable, il fait presque bon ici, dit Mathieu en enlevant ses gants.

— Si on avait dû passer la nuit dehors, je sais pas si on aurait survécu au froid, confirma Sam. Quand le soleil a disparu, j'ai commencé à me les cailler grave.

— On a eu du bol, conclut Mathieu en pénétrant dans une seconde salle, plus petite.

Les méandres de son cerveau ne parvenaient pas à imprimer tout ce que ses yeux emmagasinaient. Une montagne d'objets précieux s'étalait devant eux. Il y avait là des richesses provenant de nombreuses cultures : des crucifix ornés de pierres précieuses, des centaines de pièces d'or, des statuettes en bronze, et même des objets qui ne pouvaient être issus que de pillages dans des pays orientaux. Mathieu était subjugué. Filant de pièces d'or en parures de rubis, son regard finit par se poser sur un trône, qui siégeait au fond de la caverne, juste en face de lui. Son sang se figea, comme pris dans la glace, et sa respiration se bloqua.

Il s'était préparé à découvrir des cadavres. Ils étaient apparemment dans un tumulus viking, donc une sépulture, et tomber sur un squelette eût été logique. Mais le corps qui lui faisait face était loin d'être décomposé. Il frappa sur l'épaule de Sam, qui était agenouillé auprès d'un coffre rempli de pièces, et lui indiqua sa macabre trouvaille. Sam releva la tête, et focalisa son attention sur ce qui restait de David, le dernier membre de l'encadrement du camp Franklin. Il s'approcha doucement et plaça la torche à hauteur du visage du colosse. En découvrant la grimace de terreur qui figeait les traits du malheureux, Sam recula inconsciemment.

— La vache, commenta-t-il. Il a dû dérouiller.

Le corps de David était attaché au trône de bronze par des sangles en plastique qui le maintenaient en position assise, tel un roi fièrement dressé attendant la visite de ses sujets.

— Cochonnerie, fit Sam en désignant les colliers en plastique. Avec ça, impossible de bouger. C'est léger, solide, et rapide à installer. Bien mieux que des menottes.

Mathieu le dévisagea.

— T'as l'air de t'y connaître...

Sans relever l'allusion de Mathieu, Sam poursuivit son inspection.

— Mate son front : un 4. C'est pas le même chiffre que pour Mike... C'est le même type qui les a eus. Et ces traces de brûlures, un peu partout. J'ai l'impression que ça ressemble aux marques laissées par les gaz paralysants qu'ils utilisent sur nous…

— Mais il y en a des dizaines ! nota un Mathieu abasourdi.

— Ouais. À vue de nez, je dirais que c'est ça qui l'a tué. On lui en a trop fait, et le cœur a lâché… On dirait même que le type lui en a collé à l'intérieur de la bouche.

— Très peu pour moi, fit Mathieu. J'me casse d'ici. J'ai pas envie que le tueur revienne…

— Attends ! fit Sam en le retenant par la manche. T'es cinglé ou quoi ?

— Lâche-moi.

— Tu ne vas quand même pas retourner dans le froid ? Avec les ours qui rôdent sûrement dans le coin ? Le tueur n'est plus là ! Comment veux-tu qu'il nous surprenne ici ? Il n'y a que le boyau comme accès… Il suffit qu'on mette un truc pour bloquer l'entrée, et on l'entendra arriver à quinze bornes…

— Et comment on fera pour se défendre contre ce malade ?

— T'as pas vu ? Les fusils de Mac Cleer et de David sont juste là, avec leurs sacs à dos… Visiblement, le tueur ne s'attendait pas à ce qu'on débarque ici…

Mathieu observa avec attention l'ouverture par laquelle ils avaient pénétré dans le tombeau. Sam n'avait pas menti. Les armes étaient bien là, appuyées au mur, comme si elles attendaient patiemment la venue des deux adolescents. Il soupira, soulagé de cette découverte. Cela changerait nettement la donne en cas de rencontre avec un ours. En quelques pas, Mathieu fut à côté des sacs, qu'il entreprit de vider consciencieusement. Couverture de survie, nourriture, eau, quelques vêtements, une mini pelle télescopique, une lampe torche puissante…

— Pas de téléphone ? s'enquit Sam.

Mathieu secoua la tête.

— Non. Mais on a à manger.

Les deux garçons s'installèrent dans la pièce du haut, peu désireux de partager leur repas avec les restes de David, et dégustèrent en silence les denrées dont Mac Cleer et son sous-fifre n'auraient plus jamais besoin.

Tout en avalant une gorgée d'eau pour faire passer les gâteaux secs trouvés dans un des sacs, Mathieu se demanda pourquoi Sam n'avait pas immédiatement ouvert ces derniers lorsqu'il les avait vus en entrant. Ils étaient là pour ramener un moyen de communication, non ? Pourquoi s'intéresser à un coffre rempli de bijoux alors que le but de leur expédition leur tendait les mains ? À travers les lueurs dansantes de la torche, Mathieu observa avec attention son compagnon, tentant de percer le mystère de sa personnalité.

Il voyait bien une raison de ne pas se précipiter pour inspecter le contenu des sacs… Si Sam savait ce qu'ils contenaient, autant laisser à Mathieu le soin de découvrir que leur recherche se soldait par un échec… Mais pour posséder une telle information, encore fallait-il que Sam soit déjà venu dans le tumulus…

Mathieu frissonna, sans pouvoir détacher son regard des yeux glacials de Sam, auxquels la torche donnait des reflets inquiétants.

— À quoi tu penses ? l'interrogea le garçon au crâne rasé, surprenant l'expression perplexe de Mathieu.

— Oh ? Je me demandais juste si les autres avaient eu plus de chance que nous, mentit-il.

— Espérons, déclara Sam, laconique.

Mathieu réprima un soupir de soulagement, se maudissant d'avoir cru un instant que Sam l'avait percé à jour. Il reprit une poignée de gâteaux, qu'il dévora jusqu'au dernier. Il n'avait aucune confiance en Sam, et n'avait pas l'intention de fermer l'œil de la nuit. Mieux valait faire le plein d'énergie…

Chapitre 50
Lundi 2 décembre

À chaque passage devant les hublots donnant sur l'extérieur, Lisa ne pouvait s'empêcher de s'arrêter quelques secondes, cherchant à percer la chape d'obscurité qui recouvrait l'épaisse couche de glace. Qu'étaient devenus Sam et Mathieu ? L'un d'eux était-il le traître ? L'assassin ? Ou les deux ? Ne trouvant pas le sommeil, elle avait préféré parcourir les couloirs de la base, une main fermée en permanence sur le couteau qui ne la quittait plus. Elle regarda sa montre, déboussolée par cette nuit interminable qui lui faisait perdre tous ses repères. La découverte de l'existence de ce judas avait créé une brèche au fond de son cœur.

Tant que le groupe des six adolescents était resté solidaire face aux brimades et aux manipulations psychologiques de Mac Cleer et de ses troupes, Lisa s'était presque sentie de taille à endurer toutes ces atrocités. Elle s'était mise à la place de ses arrière-grands-parents, qui avaient dû vivre bien pire, en des périodes de l'histoire plus troublées. Il fallait survivre, tenir coûte que coûte. Le plus dur avait été d'admettre que sa mère ait pu l'envoyer dans un endroit aussi horrible, mais même ça, elle s'était crue assez forte pour le supporter. Mac Cleer était un salaud. Elle connaissait l'existence de ce genre de cinglé… Les choses étaient claires : les bons d'un côté, les mauvais de l'autre.

Or depuis leur retour à la base, tout avait changé : l'un d'entre eux faisait partie de l'autre camp. Ne pouvoir deviner lequel la mettait dans une colère noire. Était-elle si naïve ? Elle se sentait gagnée par un sentiment d'insécurité croissant, qui lui serrait le ventre un peu plus à chaque seconde. Comment pouvait-on être aussi perfide ?

Une main se posa sur son épaule, et elle sursauta vivement. Elle se retourna, le couteau pointé vers le nouvel arrivant.

— Eh ! Mais qu'est-ce que tu fous ? demanda Alex, visiblement surpris.

— Je préférerais que tu ne me touches pas.

— Tu pètes un câble, Lisa !

— Peut-être, mais au point où nous en sommes, je ne vois pas ce que je pourrais faire d'autre.

— Alors tu crois vraiment que je serais capable de te faire du mal ? fit le jeune homme. Bon sang, je pensais qu'il y avait quelque chose entre nous…

Alex avait les yeux brillants et semblait réellement blessé par l'attitude de Lisa. Pendant un instant, la carapace de l'adolescente se fissura. Elle faillit lâcher son couteau et se jeter dans les bras rassurants du grand brun, mais son instinct reprit le dessus. Elle recula d'un pas.

Alex se résigna et repartit en direction du réfectoire, sans desserrer les dents. Avant de disparaître de son champ de vision, il lui lança un dernier regard :

— Tu sais… à un moment ou un autre, il faudra bien qu'on dorme. Et si tu n'es pas là pour veiller sur moi pendant la nuit, je te promets que moi, je te protégerai.

Lisa accueillit cette déclaration avec prudence, tout en étant consciente de la pertinence des propos d'Alex. Lorsque le sommeil s'emparerait d'elle, elle aurait un choix à faire. Un choix qui s'avérerait peut-être vital. Pouvait-elle lui faire confiance ? Elle en mourait d'envie, mais elle n'avait pas le droit à l'erreur.

Un bourdonnement sourd la ramena brusquement à la réalité. Elle se concentra sur le bruit, cherchant à identifier de quel endroit de la base il pouvait provenir. Son esprit fit le tri entre tous les sons qu'elle avait entendus ces derniers temps, pour aboutir à la conclusion qui s'imposait : ce ne pouvait être autre chose que le ronronnement d'une motoneige. Elle se précipita vers une fenêtre. Bientôt, deux phares puissants percèrent la nuit. L'engin venait droit sur eux.

— Ohé ! Amenez-vous, tous ! On a de la visite ! cria-t-elle.

Alex et Saïd arrivèrent les premiers et se saisirent des lances qui étaient posées dans l'entrée. Katya les suivit, préférant rester en retrait. La motoneige se rapprocha, puis s'arrêta devant la base. Une personne en descendit, sa silhouette se détachant sur le ciel bleu marine de la nuit, à peine éclairée par un croissant de lune. L'ombre frappa, puis entra, pour se trouver nez à nez avec deux adolescents qui pointaient leurs lances dans sa direction.

— Eh ! Qu'est-ce qui se passe ici ? fit la voix grave du visiteur, tandis qu'il enlevait sa cagoule. On se calme, s'il vous plaît. Serait-il possible de parler au directeur ?

— Il est absent, déclara Alex d'un ton sec. Vous êtes qui ?

— C'est Dunham. Tu sais, le scientifique dont je vous ai parlé, intervint Lisa.

— Ah, c'est vous, fit Dunham en regardant Lisa. Pouvez-vous demander à ces jeunes gens de pointer leurs armes dans une autre direction ?

— Posez votre fusil d'abord, fit Saïd.

— Très bien, dit Dunham, conciliant. Voilà, le fusil est posé. Est-ce que quelqu'un pourrait m'expliquer pourquoi on m'accueille de la sorte ?

Lisa ouvrit la bouche, mais Alex la précéda.

— Non. Vous d'abord, dit-il. Que faites-vous ici ?

Dunham haussa les épaules, perplexe :

— Je suis rentré d'une excursion de quelques heures, et j'ai trouvé mon campement dévasté. Mon antenne satellite était en pièces et mon téléphone avait disparu. J'ai pensé qu'un ours était passé par là. La zone n'étant pas des plus hospitalières en cette période, il ne me semblait pas très prudent de continuer mes travaux de recherches sans filet, comme on dit. Et pour ne rien arranger, le blizzard se lève, déjouant toutes les prévisions météo. Il faut que je prévienne ma base au plus vite, avant la nuit polaire. J'ai besoin de votre téléphone satellite. Voilà, c'est aussi simple que ça. Maintenant, j'aimerais savoir où sont les responsables du camp.

— Mike et le docteur sont morts, fit Saïd.

— Pardon ?

— Vous avez bien entendu, poursuivit Lisa. Le directeur, Mike et David sont partis à la recherche d'un tumulus, dans les terres. Seul Mike est revenu, mais il était mourant.

— Un ours ?

— Non. Il a été assassiné. Quant à Yema, elle a été empalée sur la porte de la cabane de l'Inuit, un peu plus au sud. Nous n'avons trouvé aucune trace du vieil homme. En ce qui concerne Mac Cleer et David, nous n'avons plus de nouvelles depuis deux jours.

— Bande de… commença Dunham. Voilà ce qui se passe quand on essaie d'éduquer des cinglés ! Laissez-moi téléphoner, et je repars immédiatement. Je ne resterai pas une seconde de plus avec vous, fit le scientifique en se dirigeant vers son arme.

Alex le cueillit à la gorge avec la pointe de sa lance, l'obligeant à reculer.

— Ce n'est pas si simple, dit-il. Il se trouve que nous n'avons plus le moindre moyen de communication. Nous sommes coincés ici. Vous êtes le seul adulte vivant que nous ayons vu depuis un bon moment. Et vous avez une arme et une motoneige. Alors je ne sais pas ce qu'en pensent les autres, mais je ne suis vraiment pas partant pour vous laisser vous tirer sans nous. Saïd ?

— Je suis d'accord.

— Katya ?

— Moi aussi.

— Lisa ?

— Je ne sais pas, Alex… Il a raison. On se comporte comme des sauvages…

— Je suis désolé, mais ça fait tout de même trois voix contre une. M. Dunham est notre invité. Je propose que le fusil reste ici et que nous allions dans le réfectoire, où nous passerons la nuit…

Ils s'installèrent tous les cinq autour de la table et partagèrent une tasse de thé brûlant. Dunham s'était réfugié dans un mutisme reflétant son mécontentement, et la tension était palpable.

— Ne vous méprenez pas, Dunham, fit Alex. Je n'ai rien contre vous. Mais si on ne trouve pas un moyen de prendre contact avec l'extérieur, on va devoir attendre deux mois, en sachant qu'un tueur rôde dans les parages. Et je dois dire que ça ne m'enchante pas. Est-ce que votre motoneige peut faire le voyage jusqu'à votre base principale ?

Dunham pouffa :

— Vous êtes sérieux ? demanda-t-il en dévisageant successivement les quatre adolescents, qui semblaient suspendus à ses lèvres. C'est ça votre plan ?

— Vous avez mieux à proposer ? rétorqua Lisa.

— Cinquante bornes en motoneige au milieu de nulle part par un temps pareil ! Rien que ça. Oui, c'est possible. Tout est possible. Surtout si vous voulez mourir. Si le temps ne se calme pas, on ne peut rien faire. Sauf qu'après-demain c'est la nuit polaire. Ce qui veut dire : plus une minute de soleil. Le noir total pendant plus d'un mois, à peine atténué par la lune et les aurores boréales. Se lancer dans une telle traversée de jour, c'est déjà dangereux. Mais de nuit, c'est juste du suicide. Non, c'est de la folie. Il nous faudrait des projecteurs beaucoup plus puissants que ceux de la motoneige, pour assurer un minimum de visibilité…

— Vous préférez qu'on glande ici pendant deux mois ? demanda Alex.

— Je préfère rester en vie, si ça répond à votre question, déclara Dunham. Mais si j'ai bien compris, me trouver parmi vous n'est pas l'option la plus sûre pour atteindre cet objectif.

MARC LEGRAND

Chapitre 51
Samedi 30 novembre

VOU M'AVE VOLE MA VI
MES ENFANTS
MON JOB
MA FEM
RENDE MOI MON ONEUR !

Valérie Eynac contempla l'écran rétro-éclairé du téléphone portable avec colère. Pourquoi ce salaud continuait-il à écrire de cette manière ? Il savait forcément que plus aucun doute ne subsistait quant à son identité ! À moins que ça ne l'amuse ?

29 août 2001. Lorsqu'elle avait vu s'afficher la date fatidique, elle avait immédiatement fait le rapprochement. Ce jour était resté gravé dans sa mémoire, bien enfoui, le plus loin possible du lieu où résidait sa conscience. Elle avait menti. Menti pour sauver son couple, sa famille. Comment aurait réagi son défunt mari s'il avait appris qu'au lieu d'être au travail Valérie se promenait tranquillement avec son amant ? Par chance, Legrand l'avait aperçue seule, car

Jean s'était absenté quelques minutes pour téléphoner, et les jurés l'avaient crue sur parole…

Elle revoyait les yeux de Marc Legrand, lorsqu'elle avait déclaré n'avoir jamais mis les pieds dans le parc. Il s'était liquéfié, jetant des regards affolés vers Laetitia Meltier. L'avocate n'avait même pas cillé. Et pour cause ! Valérie était venue la trouver moins de deux jours auparavant pour lui demander conseil. Laetitia semblait sûre d'elle. Valérie l'entendait encore pérorer, comme la stupide petite avocate prétentieuse qu'elle était à l'époque : « Ils n'ont aucune preuve, je ne m'en fais pas. On ne va quand même pas détruire ta famille sans raison… Tu n'as qu'à mentir. De toute façon, Legrand s'en sortira. Le doute profite toujours à l'accusé… »

Sauf que les choses ne s'étaient pas passées ainsi. Legrand en avait pris pour dix ans, pour un meurtre qu'il n'avait pas commis, puisque, à l'heure où son voisin se faisait poignarder, il se baladait innocemment dans un parc. À la sortie du tribunal, les deux anciennes amies de lycée s'étaient contentées d'échanger un regard, partageant en une fraction de seconde le poids de leur erreur, qui pèserait sur leurs épaules pendant toute leur vie.

Mais le mal était fait, et il était trop tard pour y changer quoi que ce soit… Valérie était donc rentrée chez elle, emplie de culpabilité, mais soulagée d'avoir préservé son couple. Dans la foulée, elle avait plaqué son amant et n'avait plus jamais goûté au fruit défendu de l'adultère. Cet épisode peu glorieux lui avait au moins servi de leçon. Près d'une dizaine d'années plus tard, elle devait reconnaître que le temps avait doucement enseveli ses remords, à tel point qu'elle n'avait plus repensé à Legrand depuis des mois.

Mais son ancien collègue de travail venait de se rappeler à son bon souvenir de la pire des manières. Il voulait se venger, et avait les meilleures raisons de le faire. En franchissant les portes du bureau de Laetitia Meltier, qu'elle n'avait pas revue depuis le procès, Valérie avait immédiatement perçu dans les yeux du magistrat une détresse similaire à celle qui lui broyait les intestins depuis plusieurs jours.

Elle aussi ! Elle aussi avait vu son trésor le plus précieux disparaître dans la nuit !

Son fils, Saïd, avait été enlevé, dans des conditions strictement identiques à celles qui l'avaient privée de sa Lisa. Valérie était tombée des nues lorsque Laetitia lui avait appris qu'un troisième enfant avait disparu. Il s'agissait du fils du commandant de police chargé du dossier concernant le meurtre du voisin de Legrand. Un certain Gendry. Lui aussi avait bâclé son enquête. C'était évident, puisque Legrand était innocent…

De par sa position, Meltier avait les moyens de débusquer Legrand, et Valérie avait laissé avec soulagement la responsabilité des recherches à la femme de loi. Après tout, aidée du commandant Gendry, elle serait forcément plus efficace que ce John Vargas, ancien flic désabusé… Valérie s'en voulait un peu de l'avoir congédié de la sorte, mais elle n'avait pas eu le choix. Il fallait régler ça le plus discrètement possible.

En un sens, elle était presque apaisée de savoir que Legrand était le kidnappeur. Durant les longues heures d'attente qui avaient suivi le premier SMS, elle avait imaginé toutes sortes d'horreurs, allant du pédophile au tueur en série, en passant par les réseaux de prostitution. Lisa était si jolie… Certes, Legrand avait des raisons de leur en vouloir, mais le souvenir qu'elle avait de cet homme la rassurait. Elle ne le pensait pas une seconde capable de faire du mal aux enfants. *Et après neuf ans de prison, qu'il a purgés grâce à toi, tu es sûre qu'il est toujours aussi doux ?* l'interrogea sa conscience…

Elle secoua la tête, chassant ces idées noires, et posa les yeux sur son téléphone. Laetitia avait promis de la rappeler dès le moindre progrès. Cela faisait maintenant deux jours, et le combiné était resté muet. Encore une fois, Valérie songea à Vargas.

Peut-être avait-elle commis une erreur…

Chapitre 52
Dimanche 1er décembre

Marc Legrand arpentait nerveusement les douze mètres carrés de sa chambre d'hôtel miteuse. Il frôla un rideau élimé, détaillant au passage les morceaux de tapisserie qui se délitaient, larges bandes démodées, vestiges d'un temps où l'établissement avait peut-être d'autres fonctions que d'accueillir les prostituées, les paumés, et les familles de sans-papiers qui payaient en liquide.

Il se posta devant la fenêtre qui donnait sur la rue et tenta de se changer les idées en observant les gens qui passaient dans ce quartier animé de Nantes. Il porta plus particulièrement attention à un homme d'une quarantaine d'années, l'air pressé, serré dans un costume bien taillé, qui affichait une sérénité presque insolente.

C'est à ça que je devais ressembler il y a dix ans, se dit-il, amer. Un bref regard dans le miroir jauni de sa chambre d'hôtel lui confirma que la situation avait nettement évolué. Sa barbe de plusieurs jours mangeait son visage amaigri, et son crâne rasé mettait en évidence deux yeux d'un bleu glacial. Non, il n'avait plus rien à voir avec l'homme qui venait de passer dans la rue. On lui avait volé jusqu'à son apparence. Sa sortie de prison avait sonné l'heure de la vengeance, qu'il avait préparée minutieusement. Il fallait que ses enfants sachent que leur père n'était pas un assassin.

Et ce, à n'importe quel prix !

En quelques mois, les fruits de vingt ans de travail – qui l'avaient attendu patiemment à la banque durant son séjour à Fleury-Mérogis – avaient été massivement réinvestis dans son projet. Tout s'était déroulé sans la moindre fausse note… Les trois jeunes avaient été cueillis chez eux sans problème majeur, et sa prise de contact par SMS fonctionnait à merveille…

Meltier, Eynac et le flic n'allaient pas tarder à craquer. Ce n'était qu'une question de temps. Et en toute logique, le temps ne devrait pas être une contrainte…

Legrand se tourna vers l'écran de son ordinateur portable. En quelques pas, il rejoignit la machine flambant neuve. Pour la centième fois peut-être, il vérifia le branchement de la prise téléphonique. C'était stupide, mais il ne pouvait s'en empêcher. La boîte de réception de sa messagerie était désespérément vide. Depuis deux jours… Deux longs jours… Un simple oubli. Rien d'important, tentait-il de se convaincre. Mais à chaque fois que son esprit se focalisait sur ce grain de sable qui venait perturber son plan si parfait, son inquiétude grandissait. Il se revoyait sans cesse signer le chèque à cinq chiffres, dont une des contreparties était que le directeur prenne le temps de lui envoyer deux messages par jour. Mac Cleer ne pouvait pas avoir oublié. Restait l'hypothèse d'une panne passagère, d'un souci technique…

En concevant son plan, il n'avait pas envisagé que les jeunes puissent courir un risque quelconque. Mais des images furtives venaient maintenant le frapper avec force.

Le Grand Nord… Le froid intense, les ours… C'était l'endroit rêvé pour faire disparaître temporairement quelques adolescents sans que personne ne puisse les retrouver, mais surtout un environnement hostile et dangereux. Il avait totalement omis de prendre en compte cette évidence.

Tu n'as pas voulu en tenir compte, plutôt, pensa-t-il.

Un horrible pressentiment commençait à poindre, de plus en plus vif. Ce type de pulsion irrationnelle pouvait paraître risible, dans une conversation mondaine, mais il aurait parié que son grand-père aurait vu la chose différemment, du haut de ses dix années de guerre en tant que soldat dans l'armée française. En prison, Legrand avait appris à ne pas ignorer ces sensations qui lui étaient jusqu'alors étrangères. Le danger décuplait vos sens, redonnant à l'instinct une place que la vie stéréotypée occidentale tendait à gommer un peu plus chaque jour. Et aujourd'hui, son instinct hurlait à pleins poumons, comme lors des pires périodes vécues en cellule. La terrible intuition s'insufflait chaque seconde un peu plus profondément le long de ses terminaisons nerveuses.

Quelque chose dans la parfaite mécanique de sa vengeance venait de s'enrayer… Loin, très loin au nord-ouest, à plusieurs milliers de kilomètres de la France, un malheur était en train d'arriver.

Chapitre 53
Dimanche 1er décembre

— Alors concrètement, on fait quoi ? demanda Valérie, au bord de la crise de nerfs.

Laetitia Meltier l'ignora et vint se poster devant la fenêtre de son bureau. Elle se réfugia dans l'observation du paysage chaotique qu'elle connaissait si bien. Le gigantesque squelette de béton et de métal de la capitale s'étendait à perte de vue, jetant ses tentacules toujours plus loin en direction des banlieues. Meltier aimait ce foisonnement ininterrompu. Même le flot incessant de voitures qui se succédaient sur le périphérique lui apportait une certaine sérénité. Quand d'autres y voyaient le symbole de la folie citadine, qui poussait des milliers d'humains à perdre chaque jour plusieurs heures dans ce défilé de tôles et de gaz d'échappement, elle préférait considérer cette farandole multicolore comme une artère irriguant le cœur de Paris. La nuit, l'immense organisme de la ville se mettait au repos, pour renaître de plus belle aux heures de pointe. Laetitia avait grandi ici, avant de partir faire ses études à Nantes, et le ronronnement de la circulation était un peu son chant des oiseaux…

— On attend, dit-elle. On attend qu'il commette une erreur.

— Et c'est tout ? explosa Valérie. Mais bon sang, tu ne vas pas me dire qu'avec les moyens dont tu disposes tu ne peux pas faire mieux ?

— Quels moyens ? riposta le procureur. Tu crois peut-être que je peux lancer toutes les polices de la capitale sur les traces de Legrand ? Et je vais leur dire quoi ? Messieurs, il faut absolument que vous retrouviez cet homme. Il y a dix ans, mon amie de lycée et moi l'avons fait condamner pour meurtre alors qu'il était innocent, et bizarrement, il nous en veut un peu…

— Mais ce sont nos enfants, Laetitia…

— Tu crois que je ne le sais pas ? Je te rappelle que mon fils a disparu, lui aussi.

Valérie se laissa tomber sur une chaise et se cacha le visage dans les mains. Par moments sa poitrine se soulevait, lorsqu'elle ne pouvait contenir ses sanglots.

— On va l'avoir, Valérie, fit Laetitia Meltier, plus doucement. Le commandant Gendry est sur ses traces, et je peux te garantir qu'il ne reculera devant rien pour le retrouver. Seulement, cela peut prendre du temps. En attendant, je crois qu'il faut qu'on donne à Legrand ce qu'il désire… dit-elle en tendant un papier à la mère de Lisa.

— Qu'est-ce que c'est ?

— Une demande de réouverture de dossier concernant son affaire…

— Mais tu ne comptes tout de même pas faire une chose pareille ? Que va-t-il nous arriver, si on découvre la vérité ?

— Legrand veut qu'on lave son honneur. S'il pense que nous sommes prêts à l'aider, il se détendra. Tu te doutes que je n'ai pas l'intention de foutre en l'air ma carrière et de t'envoyer en prison. Ça n'empêche qu'il faut qu'on gagne du temps...

— Mais comment vas-tu lui transmettre ce message ?

— Je vais le faire déposer chez ses parents par une personne de confiance. D'une façon ou d'une autre, il ne doit pas avoir coupé les ponts avec tout le monde... Ils lui feront parvenir la nouvelle.

Valérie resta muette pendant de longues secondes, réfléchissant à la proposition de Laetitia. Oui, ça pouvait marcher... Pourquoi n'y avait-elle pas pensé ?

— Et après ?

Le regard de Meltier se fit plus dur. L'amie avait fait place au magistrat, autrement plus redoutable.

— J'ai mis toute sa famille et ses anciens amis sur écoute. S'ils prennent contact avec lui, il est foutu. Legrand n'a rien d'un professionnel du crime. Il ne pensera pas à tout. Et quand il se plantera, je serai là. Mais en attendant que le piège se referme, nous avons un autre problème à résoudre.

Valérie ouvrit de grands yeux, se demandant quelle catastrophe avait pu alourdir une liste qu'elle trouvait déjà bien remplie.

— John Vargas, ça te dit quelque chose ? questionna-t-elle.

Valérie se décomposa.

— Oui, j'ai fait appel à lui quand Lisa a disparu. C'est un ancien flic...

— Un fouille-merde, tu veux dire.

— Il m'a aidée, avant que...

— Avant que tu ne comprennes pourquoi on l'avait enlevée ?

Valérie hocha doucement la tête.

— Je lui ai demandé de laisser tomber, souffla Valérie.

— Visiblement, il n'a pas imprimé. Il vient de consulter le dossier du procès de Legrand.

— Quoi, mais c'est impossible !

— J'ai le document officiel sous les yeux, Valérie, explosa Laetitia Meltier. Alors ne viens pas me dire que c'est impossible !

— Je… Je vais l'appeler.

— Inutile. Gendry va lui faire passer l'envie de fouiner.

Chapitre 54
Dimanche 1er décembre

John Vargas faisait tourner le liquide sirupeux dans son verre et humait les délicats effluves qui s'en dégageaient. Avec un bon cru, et un odorat aiguisé, on pouvait presque déguster un vin rien qu'à ses arômes subtils. Il prit une gorgée, qu'il laissa quelques instants naviguer au gré des contours de son palais, pour profiter le plus longtemps possible du nectar qu'il s'était offert. À vingt euros les vingt centilitres, mieux valait le savourer.

Le patron du bar à vins lui jeta un regard complice.

— Un délice, n'est-ce pas ?

John acquiesça.

— Excusez ma curiosité, fit le commerçant, mais vous fêtez quelque chose ? Je n'ouvre pas si souvent ce genre de bouteille.

— Une vieille habitude, dit John. Quand j'effectue une avancée significative dans une enquête, je célèbre ça à ma manière.

— Ah, vous êtes flic ? fit l'homme d'un ton désapprobateur.

— À la retraite…

Le patron plissa les yeux, à tel point que ses deux énormes sourcils ne formèrent plus qu'une ligne continue, qui lui donnait l'air d'un simple d'esprit. La grimace se transforma petit à petit en sourire. John en déduisit qu'un flic à la retraite devait être moins néfaste qu'un représentant de l'ordre en activité. Tout à coup, le barman capta une source d'intérêt supérieure à ce client qui se payait un verre de grand vin. John se retourna, suivi assez rapidement par tous les clients attablés dans le bar.

— Celui-là, je sais pas ce qu'il fait, mais il y est pas encore, à la retraite… susurra le barman.

Un grand type baraqué, serré dans un blouson de motard, venait d'entrer dans le « Temple du vin », ainsi que l'avait appelé pompeusement le patron. L'homme dévisageait tout le monde, forçant les gens à détourner le regard.

John observa d'un œil mi-amusé mi-inquiet cet homme qui semblait vouloir en découdre avec la terre entière. Il se retourna doucement, et reporta son attention sur son verre.

— Excusez-moi monsieur, commença le patron. On ne veut pas d'embrouilles, ici…

Le motard vint prendre place juste à côté de John, sans tenir compte de la remarque.

— Bonjour, fit-il.

— Bonsoir, répondit John. Ou plutôt au revoir, si j'en crois le désir du patron…

— Ouais, mais j'ai l'impression que monsieur est sourd, asséna le propriétaire des lieux.

Le motard prit le verre de John et huma le breuvage.

— Vous me mettrez la même chose s'il vous plaît ? fit-il au patron. Monsieur m'invite.

Un brin agacé, John affronta le regard de l'inconnu :

— Qu'est-ce qui vous fait croire que je vais vous payer un verre ?

L'homme éclata de rire. Un rire froid, menaçant.

— Vous avez dû vous tromper de table, ajouta John. Je suis juste un gardien de cimetière, pas très riche. Rien de bien intéressant…

— Vous vous sous-estimez… Je m'appelle Simon, dit l'homme en lui tendant la main.

— C'est amusant. Vous n'allez pas le croire, mais c'est le prénom de mon petit-fils.

— Mais je vous crois, John. Par contre, ça n'a rien de drôle.

L'ex-flic, qui s'apprêtait à porter son verre à ses lèvres, stoppa son geste à mi-chemin. L'homme venait de l'appeler par son prénom… Il était pourtant persuadé de ne pas s'être présenté.

— C'est très mignon comme prénom, Simon. Surtout pour un petit de six ans, continua le motard. Mais qu'est-ce que c'est fragile, à cet âge… La moindre chute, le moindre accident, et le minuscule crâne se disloque. Pas beau à voir…

Les yeux de l'homme, aussi froids que ceux d'un reptile, étaient rivés sur l'ancien flic. John serra si fort son verre de vin que celui-ci éclata.

— Oh, doucement mon vieux, fit le barman. Regardez-moi ça, vous vous êtes entaillé la main !

Il entreprit de tamponner la paume de John, mais ce dernier la retira, concentrant son attention sur son interlocuteur.

— Si vous touchez ne serait-ce qu'à un cheveu de…

— Tout doux, John… Ne vous emballez pas. J'ai juste un message pour vous… Vous aviez pris votre retraite, et puis hop, vous repartez sur les chapeaux de roues ! Vous avez commis quelques erreurs, voilà tout, et votre enquête est partie dans une mauvaise direction. Et maintenant, grâce à moi, vous venez enfin de réaliser à quel point vous vous êtes égaré… Ce n'est plus pour vous, ces conneries…

— Égaré ? Mon cul ! Qui vous envoie ? Eynac ? Non, elle ne ferait pas ça. C'est Meltier, c'est ça ?

— Peu importe, John. Arrêtez de remuer le passé, il n'en sort jamais rien de bon. Laissez-nous régler cette affaire… Je suis là amicalement. Pensez à votre petit-fils…

John se redressa brusquement et saisit fermement le motard par le col de sa veste.

— Écoute-moi bien, connard. Je ne sais pas d'où tu sors, et je n'en ai rien à foutre. Si tu touches à mon petit-fils, je te jure qu'il n'y aura pas d'endroit sur cette terre où tu seras en sécurité.

— Lâchez-moi, John. Vous me faites mal.

— Monsieur ! Monsieur ! s'écria le patron du bar. Calmez-vous ou j'appelle la police !

— Ça ne sera pas nécessaire, ajouta le motard en braquant un revolver dans les côtes de John et en déposant une carte tricolore sur le comptoir. Je *suis* la police. Et monsieur va me lâcher. De toute façon, je m'en vais.

— Ça ne change rien à ce que je vous ai dit, grogna John.

— Réfléchissez bien, John. Qu'avez-vous à y gagner ?

Chapitre 55
Dimanche 1er décembre

Marc Legrand observait le papier avec perplexité :

UTILISER EN CAS D'URGENCE.

Fébrilement, ses doigts déchirèrent le film protecteur, révélant le numéro où joindre Mac Cleer. Cela faisait maintenant trois jours qu'il n'avait plus reçu aucun mail, et il considérait cette interruption soudaine de leurs communications quotidiennes comme un cas d'urgence absolue. Si tout allait bien, s'il ne s'agissait que d'une panne d'ordinateur, Mac Cleer comprendrait.

Il pianota sur le clavier de son téléphone satellite. À plusieurs milliers de kilomètres de là, une sonnerie retentit. Legrand attendit près d'une minute, mais personne ne décrocha. Il se leva, inquiet, et se remit à faire les cent pas. Il réessaya tous les quarts d'heure. Chaque tentative se résuma à de longues sonneries dans le vide, qui résonnaient dans la tête de l'ancien détenu comme autant d'indices de son échec. Il avait voulu être plus malin que tout le monde, et son plan était en train de tourner au vinaigre.

De colère, il projeta le cendrier noirci de sa chambre contre le mur. L'ultime souvenir d'un temps où l'on pouvait encore fumer dans les hôtels se brisa en mille morceaux et retomba en une pluie de particules translucides sur le linoléum usagé.

— Oh, qu'est-ce qui se passe, là-dedans ? grogna une voix éraillée de l'autre côté de la cloison.

— Rien. Tout va bien, mentit Legrand en se laissant choir sur le lit poussiéreux.

Il resta ainsi pendant de longues minutes, plongé dans ses pensées, revoyant les heures, ou plutôt les journées en prison, consacrées à échafauder son projet. *Tout ça pour en arriver là*, songea-t-il, amer.

Il leva sa grande carcasse du lit et se connecta à Internet. Il consulta pendant près d'une heure des sites de vente de billets d'avion, et finit par trouver ce qu'il cherchait.

Ensuite, il sortit un petit sac de sport, d'où il tira un téléphone portable. Dans un sachet, rempli de cartes SIM neuves, il préleva une des petites plaquettes de circuits imprimés, qu'il logea dans le téléphone. Puis il envoya le message le plus improbable qu'il n'eût jamais composé. Il ne s'embêta pas à le rédiger en langage SMS, ce qui lui prenait de toute façon plus de temps que d'écrire normalement. Meltier, Gendry et Eynac savaient maintenant parfaitement qu'il était à l'origine des enlèvements.

ON NE JOUE PLUS. IL Y A UN PROBLÈME AVEC VOS ENFANTS.

BESOIN URGENT DE SE RENCONTRER.

AÉROPORT CHARLES DE GAULLE.

CE SOIR 20 H.

VENEZ SEULS. APPORTEZ VÊTEMENTS CHAUDS ET BAGAGES.

SI LA POLICE INTERVIENT, JE NE RÉPONDS PLUS DE RIEN.

MARC LEGRAND

Il composa ensuite trois numéros de téléphone qu'il connaissait maintenant par cœur et posa son doigt sur la touche d'envoi. Il hésita, conscient que ce simple geste annihilerait cinq années de préparation minutieuse. Il ne serait pas innocenté. Il pensa à ses enfants, qui ne lui avaient pas adressé la parole depuis le jour du procès. Ils ne reviendraient pas vers lui. Tout serait perdu.

Mais il ne se sentait pas le droit de priver définitivement d'autres parents de ce bonheur, et ce, quel que soit le tort qu'ils lui avaient fait.

Son index enfonça la touche.

Désormais, il n'avait plus toutes les cartes en main…

Chapitre 56
Dimanche 1er décembre

Valérie Eynac, Laetitia Meltier et le commandant Gendry n'avaient pas échangé un mot depuis leur arrivée à Roissy. Le taxi bifurqua à de nombreuses reprises, suivant les indications qui les mèneraient au terminal 6, à travers le labyrinthe de béton à plusieurs étages que constituait le plus grand aéroport français. Valérie fut impressionnée, comme à chaque fois qu'elle venait ici, par la masse énorme des avions qui attendaient sur le tarmac. On aurait dit d'immenses cétacés échoués sur une plage de goudron. Et dire que ces tonnes d'acier parvenaient à s'extraire du sol et à se prendre pour des oiseaux… à grand renfort de kérosène !

— Ça y est m'sieurs-dames. On est arrivé. Ça fera cinquante euros, s'il vous plaît.

Gendry tendit les billets au chauffeur, pendant que les femmes déchargeaient les valises. Ils se dirigèrent vers le terminal tout en scrutant avec attention les environs, à la recherche du kidnappeur de leurs enfants. Lorsqu'elle avait reçu le dernier SMS, Valérie avait dû s'asseoir, submergée par l'émotion. « Il y a un problème avec vos enfants. » La phrase était restée gravée devant ses yeux durant de longues minutes, l'empêchant de produire le moindre mouvement. Un problème ? Qu'est-ce que Legrand entendait par « problème » ? Étaient-ils blessés, malades ? Était-ce plus grave ? Où étaient-ils ? Autant de questions qui allaient bientôt trouver des réponses.

Gendry était convaincu qu'il s'agissait d'un piège, et que Legrand essayait de les attirer jusqu'à lui pour s'en prendre à eux. Valérie refusait de croire une telle chose : Legrand n'avait jamais été un homme violent... Et s'il avait voulu les éliminer, pourquoi leur donner rendez-vous dans un aéroport bondé ?

— C'est par là, fit Laetitia Meltier, sortant Valérie de ses réflexions.

Le procureur avait le teint très pâle et les mâchoires serrées. On était loin de la femme pleine d'assurance qui dirigeait chaque jour une petite armée de magistrats et de policiers. Ses yeux rouges indiquaient qu'elle avait pleuré récemment, ce qui avait rassuré Valérie. Elle n'était pas la seule à avoir craqué en imaginant le sort réservé à sa Lisa. Le magistrat confiant avait cédé la place à la mère, et à la petite avocate qui s'était trompée, plus de dix ans auparavant.

Gendry semblait plus sûr de lui, comme si cette rencontre lui redonnait un peu de contrôle sur Legrand. Valérie espéra qu'il saurait se contenir, car elle était convaincue qu'il se fourvoyait lourdement. Soit Legrand leur tendait un piège, soit il était arrivé quelque chose à leurs enfants. Dans les deux cas, Valérie ne voyait pas franchement en quoi cette entrevue allait améliorer la situation...

Soudain, les trois téléphones se mirent à sonner. Valérie regarda les autres. Un nouveau SMS :

C'EST BIEN. VOUS ÊTES SEULS. RDV DEVANT LE KIOSQUE À JOURNAUX.

Les trois parents se rendirent à l'endroit indiqué, et Legrand sortit de nulle part. Il devait être caché là depuis le début, à les épier avec méfiance. Il avait changé. Ces cheveux courts, presque rasés, et cette barbe naissante lui donnaient un air inquiétant. Valérie se mordit la lèvre. *Et dire que j'ai transformé Marc Legrand en cette chose, ce monstre capable d'enlever nos enfants…* se dit-elle.

— Installons-nous à cette table, déclara-t-il en les regardant longuement.

Lorsque les yeux de son ancien collègue se posèrent sur elle, Valérie reçut aussitôt tout le poids de la culpabilité qu'elle avait enfouie au fond de son esprit depuis des années. Elle se força à contenir ses larmes, et à ne pas se confondre en excuses. C'eût été à la fois ridicule et dérisoire, face à ce qu'elle avait fait.

— Rendez-nous nos gosses ! aboya Gendry à peine assis.

Legrand le toisa d'un air dégoûté, avant de pouffer, le visage déformé par l'amertume.

— Je pourrais vous renvoyer cette belle requête, commandant Gendry…

— Allez vous faire foutre. Je vous ai envoyé en taule, c'est vrai. Et je ne le regrette pas. Vous prouvez à chaque seconde que vous auriez dû y rester.

— Y rester ? fit Legrand. Je n'aurais jamais dû y mettre les pieds ! Mais vous, tous les trois, en avez décidé autrement.

— Ouvrez bien vos oreilles, reprit Gendry en attrapant Legrand par le col. Je me fous de la névrose que vous avez développée en prison. Je ne suis pour rien dans votre incarcération. Je n'ai fait que mon métier, alors rendez-moi mon fils ou je vous étrangle, ici, et tout de suite.

— Mais allez-y, rétorqua Legrand, tandis que tous les voyageurs attablés aux alentours observaient la scène avec attention. Tuez-moi. Et plus jamais vous ne reverrez Alex !

Gendry, dont le visage était rougi par la colère, lâcha doucement son interlocuteur et se rassit sur sa chaise.

— Elles ne vous ont rien dit, n'est-ce pas ? lui demanda Legrand.

— Dire quoi, bon Dieu ? cracha le policier, à bout de nerfs.

— Valérie a menti au procès. Elle m'a bel et bien croisé, dans un parc de Nantes, à l'heure où mon voisin se faisait trucider…

Gendry se tourna vers Valérie, qui resta muette.

— Et notre cher procureur, poursuivit Legrand, le bras de la justice. Quel beau métier ! ironisa-t-il. Dommage qu'il soit effectué par une femme malhonnête ! Saviez-vous que Valérie et Laetitia étaient copines de lycée ? Vous permettez que je vous appelle Laetitia, comme au bon vieux temps ?

— Allez au fait ! souffla Meltier sèchement.

— Je n'ai pas eu de chance, affirma Legrand. On m'a collé une avocate commise d'office qui débutait. Elle a accumulé les erreurs. La stratégie aurait pu être payante : aucune preuve que je sois l'assassin, il n'y avait pas à s'en faire… La seule chose qui avait orienté l'enquête vers moi, c'était les dernières paroles du défunt. Ce con avait soufflé « Legrand Marc » dans l'oreille des médecins du SAMU ! Mais selon ma superbe avocate, c'était du vent… La présomption d'innocence résisterait à cela. Jusqu'à ce que Valérie me fasse passer pour le pire des menteurs, avec la bénédiction de sa vieille copine de lycée, tellement sûre d'elle qu'elle se permettait de protéger une femme infidèle plutôt que son client… Jusqu'ici, je ne me trompe pas, mesdames ?

— C'est vrai ? s'enquit Gendry, abasourdi.

Meltier soupira, puis hocha la tête. Des larmes coulaient doucement sur les joues de Valérie.

— Et là, tout s'est enchaîné très vite… Le verdict est tombé, et hop ! En moins de dix secondes, j'avais échangé le statut de pauvre homme accusé sans preuve contre celui de menteur, et donc, de condamné. J'ai tout perdu par votre faute : ma femme, mon travail, mes gosses…

— Je comprends votre colère, déclara Gendry, radouci, mais pourquoi avez-vous enlevé mon fils ? Qu'ai-je…

— Je suis désolée, balbutia Valérie, coupant la parole au policier. Mon couple n'était pas stable, et si mon mari avait su…

— Ton couple n'était pas stable ? s'emporta Legrand. Mais tu te rends compte de ce que tu dis ? Neuf ans ! J'ai passé neuf ans de ma vie derrière les barreaux, tout ça pour que ton mari n'apprenne pas que tu le trompais !

— Qu'est-ce que vous voulez ? demanda Meltier.

— J'y viens. Mais je n'ai pas terminé. Je vais répondre au commandant, si vous le permettez… À votre niveau, chacun d'entre vous a ajouté une pierre au sac lesté qui m'entraînait vers le fond. Finalement, Gendry, vous êtes peut-être le moins fautif : vous avez simplement été mauvais. Incompétent. Je ne sais comment trouver le mot juste. C'était une affaire en or, non ? Un mourant qui donne le nom de son assassin, qui par bonheur est son voisin. Quelle aubaine ! Pourquoi chercher un mobile ? Pourquoi se poser trop de questions, dans un dossier résolu avec si peu de travail ? Un gros bonus pour les stats du commissariat…

— Nous avons fait des recherches, se défendit le policier.

— Quel était le mobile ? explosa Legrand. Le putain de mobile qui justifierait que je bute ce type que je croisais de temps en temps dans les couloirs de mon immeuble, et avec qui je n'avais jamais échangé plus qu'un simple bonjour ? Parce que si vous en avez trouvé un, je serais curieux de le connaître…

— On ne trouve pas toujours. Les meurtriers n'ont pas forcément envie de révéler la cause de leur forfait.

— « Le Grand Marc », en trois mots, ça vous dit quelque chose ?

Gendry haussa les épaules en signe de dénégation.

— Figurez-vous que moi non plus, je ne le connaissais pas. Il s'est fait dessouder il y a cinq ans, par un autre type pas très fréquentable. Sa mort a fait grand bruit à Fleury-Mérogis, parce que tout le monde savait qui il était. Le Grand Marc, dit « le Véto ». Commode, d'avoir fait des études de vétérinaire, pour soigner les mecs qui ne veulent pas aller à l'hôpital. En plus de ses petits trafics, il ne rechignait pas à rafistoler les truands, contre rémunération évidemment. Alors une sorte de toubib des méchants, quand ça crève, tous les voyous sont tristes. Et c'est là que j'ai réalisé… Vous, le superflic, vous n'aviez pas fait le rapprochement avec un truand que tout Paris connaissait !

— Je vous rappelle que je suis policier à Nantes, pas à Paris !

— Pas de bol pour moi… Vous savez où ce fameux Marc a fait ses études ? Je vous le donne en mille : à l'école vétérinaire de Nantes… Oh, allez, vous vous souvenez sûrement de la profession du type que je suis censé avoir tué…

Gendry soupira.

— Il était vétérinaire, murmura-t-il.

— Ouais. Vétérinaire. Sacrée coïncidence ! Mais vous vous êtes contenté du pauvre voisin, qui avait la malchance de porter le nom de Marc Legrand. Avez-vous au moins pris la peine de taper mon nom dans l'annuaire, commandant ?

Gendry baissa la tête :

— Vous habitiez juste en face…

— Magnifique ! Il y a exactement six Marc Legrand, rien qu'à Nantes, sans compter la banlieue… J'ai commis la grossière erreur d'habiter dans le même immeuble qu'un type qui s'est fait descendre. Vous savez ce qui est drôle ? Au début, j'étais anéanti. Ça a duré longtemps. Plusieurs années. Puis je me suis habitué à la prison. Je me suis endurci. Et le jour où j'ai pris la décision de me venger de vous tous, je me suis mis à revivre. J'avais de nouveau l'espoir de croiser le regard de mes gosses sans qu'ils voient en moi un assassin. Mais pour cela, il fallait vous convaincre d'avouer vos mensonges, ou votre incompétence…

— Alors vous avez eu l'idée d'enlever nos enfants… fit Meltier.

Legrand hocha la tête.

— Le mal est fait, Legrand, reprit le procureur. Je n'étais qu'une jeune avocate prétentieuse, et j'ai merdé. Je suis désolée, moi aussi. Mais comment voulez-vous qu'on répare notre erreur ?

— Tout ce que je voulais, c'était retrouver mon honneur. Il aurait suffi d'une simple déclaration. Que la justice reconnaisse qu'elle s'était trompée ! Mais il a fallu que vous fassiez traîner les choses ! Ce n'était pourtant pas compliqué, non ? pesta Legrand, submergé par l'émotion.

— Tu me fais peur, Marc, fit Valérie. Tu sembles sous-entendre qu'il est trop tard ?

— Oui, non… Enfin je n'en sais rien. Comme je vous l'ai dit, il y a un problème avec vos enfants. À aucun moment, je n'ai songé à leur faire le moindre mal. Il faut que vous le sachiez.

— Où sont-ils ?

— Au Canada, près du pôle Nord…

— Au pôle Nord ? Mais vous êtes complètement cinglé ! lança Meltier.

— Il fallait que je les mette hors de votre portée d'investigation, procureur… Comment aurais-je pu garantir leur sécurité, et la mienne, s'il avait suffi que vous claquiez des doigts pour les retrouver ? Et puis, comme je vous l'ai dit, je ne souhaitais pas leur faire de mal. Il était donc exclu de les enfermer dans une cave et de les traiter comme des otages. Je les ai envoyés dans une sorte de colonie de vacances pour enfants rebelles…

— Comment avez-vous fait ? demanda Valérie.

— Ce type de camp propose des enlèvements aux clients qui craignent la réaction de leurs chers petits. Pour les enfants de Meltier et de Gendry, c'était facile, ils étaient seuls à la maison. Il m'a suffi de fournir au camp les fausses autorisations parentales, de régler la note, et le tour était joué. Pour vous, Valérie, cela s'est avéré plus compliqué. Je me suis introduit chez vous et j'ai injecté du GHB dans vos bouteilles de vin. Deux petits verres chaque soir… Ce rituel m'a facilité la tâche. Une fois la gentille maman endormie, deux hommes du camp sont venus enlever Lisa.

— Vous m'avez espionnée ? Et vous vous êtes introduit chez moi ? fit Valérie Eynac, incrédule.

— On apprend des tas de choses, en prison.

— Et vous avez dit qu'il y avait un problème ? coupa Gendry.

— Oui, et c'est pour cette raison que j'ai préféré vous rencontrer, même si cela compromet mes chances de revoir un jour mes propres enfants. Depuis maintenant deux jours, je n'ai plus aucun contact avec le camp. Il était convenu que je reçoive des nouvelles deux fois par jour, à heure fixe, ce qui n'est plus le cas.

L'inquiétude de Valérie se lisait sur son visage :
— Comment cela se fait-il ?
— Si je le savais… J'ai d'abord pensé à une simple panne informatique. J'ai alors tenté de joindre le directeur, un certain Mac Cleer, par téléphone satellite. Mais personne ne répond.
— Quelle folie ! fit Gendry. Mais à qui avez-vous confié nos enfants ? Dites-moi que vous connaissez bien ce Mac Cleer.
— Bien sûr, rétorqua Legrand sur un ton ironique. Ces cinq dernières années, je lui ai régulièrement rendu visite au pôle Nord, entre deux balades dans la cour de la prison…
— Vous voulez dire que vous ne savez pas s'il est fiable ? s'enquit Meltier.
— Tout ce que j'ai, c'est ce prospectus publicitaire, et la facture faramineuse qui va avec. À ce prix-là, ça m'étonnerait que l'encadrement soit médiocre.
— C'est un véritable cauchemar, murmura Valérie.
— Je suis désolé, s'excusa Legrand. Ça n'aurait pas dû se passer comme ça.
— Il faut les sortir de là, s'exclama Gendry. Le plus vite possible.
Legrand déposa sur la table quatre billets d'avion, à destination de Gjoa Haven.
— Gjoa Haven ? demanda Valérie.
— C'est la seule ville de l'île où se trouve le camp. Ensuite, il faudra prendre un hélicoptère, précisa Legrand.
Les trois parents se regardèrent, comme pour vérifier qu'ils avaient bien tous intégré les mêmes informations incroyables. Leurs mines respectives ne pouvaient laisser planer le moindre doute.
— J'espère pour vous qu'ils sont en bonne santé, fit Gendry d'une voix où perçait un mélange de peur et de

colère, son visage à quelques centimètres de celui de Legrand.

NUNAVUT

2…

Chapitre 57
Lundi 2 décembre

À la descente de l'avion, Valérie fut saisie par le froid, mais huma l'air avec un certain soulagement, jetant un regard au ciel sombre à peine troublé par une lune terne. Le voyage avait été un véritable calvaire. Il leur avait fallu faire escale à Toronto, puis dans la capitale du Nunavut, la province du Canada où vivaient les Inuits, avant d'embarquer enfin pour Gjoa Haven. Quinze heures au total !

Un vent glacial balayait le petit aérodrome et crachait une neige poudreuse sur les arrivants. Valérie eut l'impression d'être au centre de toutes les attentions, avec ses trois compatriotes. Ces gens n'avaient-ils jamais vu d'étrangers ? Elle regarda les visages autour d'elle et constata que, à l'exception d'une jolie jeune femme blonde, ils étaient les seuls Occidentaux. Tous les voyageurs qui débarquaient semblaient être des descendants des premiers habitants de ces étendues hostiles.

Ils avaient atterri sur une sorte de plateau rocheux qui surplombait la ville. En se retournant, Valérie eut une vision globale de la plus grande ville de l'île du

Roi-Guillaume. Il ne s'agissait en fait que d'un village ! Elle comprit pourquoi l'avion qui les avait transportés ici était si petit. Elle suivit les habitués, vers ce qui devait être le terminal, et s'arrêta face à un grand panneau qui se dressait devant elle :

WELCOME TO GJOA HAVEN – Population : 1 064

1 064 habitants ! Même le patelin où résidaient ses parents, un trou paumé au fin fond de la Sarthe, devait en compter au moins le double ! Les lumières des habitations et des éclairages publics se concentraient sur une coulée d'environ cinq cents mètres, donnant à la bourgade l'allure d'un îlot perdu au milieu du néant. Valérie plissa les yeux : hormis cette zone éclairée, l'horizon était vierge de toute trace de vie. Pas un seul point lumineux qui vienne égayer l'obscurité inquiétante dans laquelle ils étaient plongés. Elle ne se rappela pas avoir connu en France une sensation similaire. La nuit n'était jamais aussi sombre. Même en se concentrant, elle ne parvenait pas à discerner à quel moment le ciel et le sol se séparaient. C'était comme si on les avait lâchés dans une immense chambre noire, munis d'un simple briquet.

— Hello, Mrs… Eynac, fit l'employé de la compagnie en contrôlant son passeport.

— Euh, hello, répondit-elle en souriant légèrement.

C'était un petit homme, assez rond, au visage buriné dans lequel étaient enfoncés deux yeux bruns, aussi vifs que ceux d'un renard.

— Ah, mais vous êtes française ! déclara-t-il avec un fort accent et en découvrant largement ses dents noircies.

— Vous parlez notre langue ? fit-elle, surprise.

— Oui, j'ai fait mes études au Québec. Ce n'est pas très loin d'ici, vous savez. Qu'est-ce qui vous amène dans notre belle contrée ? Je suppose que vous n'êtes pas des touristes… C'est pour le travail ?

Valérie acquiesça, tandis que ses trois compagnons la rejoignaient. Mieux valait ne pas révéler à ces gens pourquoi ils étaient là. Elle consulta ensuite sa montre et fronça les sourcils. Cinq heures de décalage horaire avec la France… Elle avait dû l'appliquer à l'envers.

— Vous avez l'heure ? demanda-t-elle, perplexe.

— Oui madame, répondit l'employé. Il est exactement 15 h 30.

Valérie afficha une expression dubitative.

— Mais, il fait nuit… Et vous me dites qu'il n'est que 15 h 30 ?

L'homme la dévisagea comme s'il avait affaire à une demeurée.

— C'est une blague ?

Devant le silence de Valérie, il s'empressa d'ajouter :

— Veuillez m'excuser, madame, je pensais que vous me taquiniez, mais à l'évidence, non. Le soleil s'est couché vers 14 heures. Demain, il se lèvera autour de 13 heures, durant quarante minutes environ, pour la dernière fois de l'année.

— Quarante minutes ? balbutia Valérie, qui n'arrivait pas à croire qu'une telle chose fût possible.

L'employé haussa les épaules :

— Si vous comptiez bronzer, vous n'êtes pas venus à la bonne période, expliqua-t-il, dubitatif.

Comment peut-on débarquer à Gjoa Haven à cette époque en ignorant de telles évidences ? semblait signifier son regard. Néanmoins, un sourire professionnel réapparut, et il ajouta :

— La nuit polaire débute demain et elle ne s'achèvera que dans un bon mois…

— Quelle poisse ! chuchota la jeune femme.

— Je ne sais pas qui vous a vendu vos billets d'avion, mais j'ai l'impression que vous n'êtes pas vraiment préparés à ce qui vous attend... précisa l'homme en rendant à Valérie son passeport et en prenant celui que lui tendait Laetitia Meltier.

Valérie comprit tout à coup pourquoi tout le monde les dévisageait. Quel touriste serait assez fou pour venir se plonger dans une nuit d'un mois ? C'était peut-être la première fois que des étrangers arrivaient à Gjoa Haven à cette période de l'année.

— À qui doit-on s'adresser pour louer un hélicoptère ? demanda alors Legrand.

L'employé de la compagnie aérienne se tourna vers lui, puis répondit :

— Vous, vous n'êtes vraiment pas communs. Vous pouvez aller voir Iyukak, au comptoir, mais ça m'étonnerait qu'il vole par un temps aussi incertain... D'autant que la journée touche à sa fin et que les festivités vont bientôt commencer. Il faudra attendre demain.

— Les festivités ? demanda Laetitia Meltier.

— Oui. Chaque saison, durant trois jours, on fête la fin du cycle solaire. C'est pour ça que tant de monde est arrivé aujourd'hui. Demain, ce sera l'apothéose. Le dernier jour de soleil... Toute l'île sera réunie dès ce soir chez Sally. C'est le bar de la ville. À partir de demain, la plupart des gens reprendront l'avion vers le sud. La nuit polaire est une période un peu déprimante, et certains préfèrent quitter l'île...

— Super... Il y a un hôtel, en ville ? enchaîna Gendry.

L'homme opina du bonnet.

— Vous ne pouvez pas le rater, dit-il. C'est le truc tout illuminé, en bas de la route. Juste au-dessus du bar.

— Quelle route ?

— Il n'y en a qu'une… Celle qui part d'ici et qui traverse la ville.

La ville ? Valérie aurait pu éclater de rire, si elle n'avait été ici pour se porter au secours de sa fille. Legrand avait envoyé leurs enfants au bout du monde !

Le petit groupe de Français se dirigea vers le dénommé Iyukak. La quarantaine, le visage typé des gens du coin, et un embonpoint qui le faisait ressembler à une barrique trop pleine. Voilà en quelques mots comment Valérie aurait pu décrire le pilote d'hélicoptère.

— Monsieur Iyukak ? demanda Legrand.

L'homme acquiesça.

— Nous aurions besoin de vos services.

— *What do you want ?*

— *We want to fly to the camp Franklin, at the top of the isle…*

Le pilote les regarda comme s'ils étaient fous.

— *It's not possible.*

— *Why ?*

— *The weather is not good. Too much wind.*

Legrand soupira, et Gendry lui tapa sur l'épaule :

— Vous pouvez traduire ? Je n'ai jamais été très fort en anglais…

— Il ne veut pas nous emmener. Il dit que la météo n'est pas bonne. Trop de vent. *When could it be possible ?* demanda Legrand.

Iyukak haussa les épaules :

— *Four, may be five days…*

— Il a dit…

— C'est bon, fit Gendry. Je suis une bille, mais je suis quand même allé au collège. Hors de question qu'on attende quatre jours.

— Tout à fait d'accord, dit Laetitia Meltier.

— Il doit forcément y avoir un autre moyen de traverser l'île, remarqua Valérie.

Legrand approuva.

— Allons à l'hôtel, suggéra-t-il. Si toute la ville est réunie là-bas, nous trouverons bien quelqu'un qui acceptera de nous conduire au camp.

Chapitre 58
Mardi 3 décembre

Lisa ouvrit péniblement les yeux, jetant un œil sur sa montre.

— Mince, murmura-t-elle.

Il n'était pas encore 7 heures, elle s'était assoupie durant son tour de garde. Elle observa les autres : tous dormaient paisiblement, inconfortablement installés aux quatre coins du réfectoire.

Après de longues discussions assez houleuses, Dunham avait finalement accepté de tenter de rejoindre sa base en motoneige avec Alex. Le départ était prévu vers 13 heures, dès le dernier lever de soleil avant un mois. Certes, ils n'auraient que quarante minutes de visibilité, mais c'était déjà ça.

La jeune fille se redressa et regarda par la fenêtre de la pièce. La lumière blafarde des projecteurs extérieurs, qu'ils laissaient maintenant allumés en permanence, révélait des milliers de flocons de neige qui dansaient autour de la base dans un ballet silencieux et grandiose. Lisa se leva doucement, ne voulant pas réveiller les autres, et alla se poster devant le rectangle de verre trempé qui donnait sur le désert de glace. Depuis toute petite, elle avait toujours adoré regarder la neige tomber. Cela lui rappelait les moments passés au coin du feu avec ses parents lors de leurs vacances aux sports d'hiver. De nuit, c'était encore plus beau. La blancheur des flocons se détachait sur le noir profond du ciel, en un spectacle apaisant.

Arrachant à regret son regard de la farandole désordonnée, elle se dirigea vers la cafetière, dont le ronronnement discret indiquait que le breuvage était encore chaud. Après quelques pas, elle s'arrêta. Un signal d'alarme venait de s'allumer au plus profond du réseau de neurones et d'axones qui constituaient son cerveau. Un détail, quelque chose en périphérie du rideau majestueux d'eau cristallisée avait attiré son attention. Elle fit volte-face et reprit son poste d'observation. Elle plissa les paupières, se concentrant, comme si elle pouvait voir à travers le mur d'obscurité constellé de taches blanches. Il n'y avait rien. Pourtant la sensation de malaise persistait.

Lorsqu'elle relâcha ses efforts, la cause de son trouble lui éclata littéralement au visage. C'était tellement évident !

Juste devant la fenêtre, dans la neige fraîche, des empreintes de pas étaient clairement visibles. Quelqu'un était passé ici très peu de temps auparavant. En quelques secondes, Lisa rejoignit la porte d'entrée et vérifia qu'elle était bien verrouillée. Elle constata avec soulagement que c'était le cas. Mais quand elle retira sa main de la poignée, une série de frissons lui parcourut l'échine avant de se répandre jusqu'aux extrémités de ses membres. Elle se frotta les bras pour dissiper la chair de poule qui avait hérissé ses poils, et posa un regard atterré sur ses doigts : de l'eau… La poignée était humide.

Un second indice lui permit d'écarter les derniers doutes qui auraient pu subsister : juste devant la porte, une paire de bottes laissait fondre doucement la neige qui s'était collée aux semelles. On avait soigneusement brossé la surface pour la débarrasser de la poudreuse, mais la petite flaque qui s'élargissait de seconde en seconde ne pouvait signifier qu'une chose : quelqu'un, à l'intérieur de la base, était sorti pendant que les autres dormaient… Et c'était très récent ! En toute logique, Lisa avait certainement été réveillée par un bruit émis par cette personne lorsqu'elle était rentrée.

Elle scruta avec insistance ses quatre compagnons, à la recherche du moindre mouvement qui aurait pu indiquer que l'un d'entre eux ne dormait pas vraiment. *Et puis ?* se dit-elle. *Qu'est-ce que ça prouvera ? Tu es réveillée, toi aussi…*

Bien décidée à comprendre pourquoi quelqu'un était sorti, Lisa enfila son manteau, puis enfonça son bonnet sur ses longs cheveux bruns, avant de se saisir du fusil, qui attendait sagement auprès de la porte, exactement à l'endroit où Dunham l'avait laissé la veille. Elle déverrouilla la porte d'entrée, constatant que cela ne faisait quasiment pas de bruit, et plongea dans le tourbillon de flocons que le vent projetait en tous sens. La trace encore fraîche ne fut pas difficile à suivre, d'autant qu'elle longeait la base et ses rassurants projecteurs. Après une vingtaine de mètres, le sillon bifurqua vers le hangar des motoneiges. Les empreintes se confondirent en une myriade de petits cratères, qui avaient aplani la neige sur un bon mètre carré. Au robinet du grand réservoir qui se dressait devant elle, Lisa observa une goutte de liquide gonfler lentement avant d'aller s'écraser sur le sol gelé. Une odeur extrêmement désagréable et entêtante saturait les récepteurs olfactifs de ses sinus, malgré le vent et le froid.

Immédiatement, Lisa comprit : chaque goutte qui tombait à ses pieds rendait plus improbable leurs chances de quitter le camp Franklin : quelqu'un avait vidé les réserves de carburant de la base ! Les larmes aux yeux, elle éclaira de sa lampe la grande flaque huileuse qui s'était mélangée avec la neige. Elle était arrivée trop tard.

Rageusement, elle revint sur ses pas et pénétra dans la base en claquant la porte. Alertés par le vacarme, tous se réveillèrent instantanément, pour se trouver face à la jeune fille qui les menaçait avec le fusil, un rictus de colère déformant ses traits.

— Lisa ? Que se passe-t-il ? demanda Alex.

— À vous de me le dire ! aboya-t-elle. Quelqu'un a vidé le réservoir d'essence pendant notre sommeil. Il n'y en a plus une goutte. Et c'est forcément l'un d'entre vous.

— Quoi ? fit Saïd. C'est arrivé quand ? Ce n'était pas ton tour de garde ? reprocha-t-il.

Lisa ne put empêcher ses joues de s'empourprer.

— Si, mais je me suis endormie, avoua-t-elle. Quand je me suis réveillée, j'ai découvert des traces dans la neige, juste devant la fenêtre, puis j'ai vu ces bottes qui répandaient de l'eau dans l'entrée, ajouta-t-elle en les désignant. Alors j'ai décidé d'aller jeter un œil dehors… Les traces m'ont menée directement au réservoir. Montrez-moi vos mains, que je puisse vérifier si l'un d'entre vous sent l'essence.

— Mais tu rigoles ou quoi ? fit Katya, fronçant les sourcils.

— Maintenant ! cria Lisa, en armant le percuteur du fusil.

Des regards inquiets fusèrent en tous sens, puis Dunham se leva.

— Vous faites comme vous voulez, dit-il d'une voix posée, mais moi, je n'ai rien à me reprocher. Je veux bien que vous vérifiiez mes mains et mes vêtements, ajouta-t-il à l'intention de Lisa.

La jeune fille s'exécuta, sans baisser l'arme, qu'elle serrait si fort que les jointures de ses articulations avaient blanchi. Saïd, Alex et Katya acceptèrent également de se prêter à l'inspection olfactive. Lisa recula de plusieurs pas, anéantie par l'échec de sa stratégie pour démasquer le saboteur.

— Comment puis-je rester dans cette base en sachant que l'un d'entre vous ne veut pas nous laisser repartir vivants ? souffla-t-elle.

— Un d'entre nous ? demanda Saïd. Qui devait monter la garde entre 6 et 8 heures ? Qui vient d'aller dehors, justement à côté du réservoir ?

— Mais il y avait des traces... se défendit Lisa.

— Des traces ? Quelles traces ? ajouta le jeune homme en regardant par la fenêtre. Je ne vois qu'une suite d'empreintes indéfinissables. Tes empreintes ! déclara-t-il d'un ton accusateur.

— Donne-moi ce fusil, fit Alex en la dévisageant bizarrement.

Ce fut ce regard, plus que les mots de Saïd, qui lui firent le plus mal. Alex la soupçonnait ! Des larmes commencèrent à couler sur son visage, tandis que les trois hommes se rapprochaient d'elle, pas après pas.

— Hors de question que je donne ce fusil à qui que ce soit ! s'exclama-t-elle en saisissant l'arme par le canon et en la levant au-dessus de sa tête.

— Non, ne faites pas ça ! cria Dunham.

Mais Lisa fracassa le fusil de toutes ses forces contre le sol en béton. Dans un craquement sec, l'arme se brisa en deux morceaux, et le canon nettement tordu ne permettrait plus jamais le passage d'une balle.

— T'es cinglée ! aboya Saïd. On va faire comment avec les ours ?

Lisa s'écroula, secouée de sanglots, tandis que le blizzard reprenait de plus belle à l'extérieur, recouvrant les étendues de glace d'une épaisse couche de poudreuse.

Chapitre 59
Mardi 3 décembre

Le groupe de Français se retrouva comme prévu dans la salle de restauration de l'hôtel à 7 heures précises. La veille, ils avaient tenté de trouver une personne susceptible de les emmener au camp Franklin, mais l'employé de la compagnie aérienne ne leur avait pas menti. Lorsqu'ils étaient arrivés, la fête battait son plein, et les Inuits ne faisaient pas les choses à moitié. Une sorte d'alcool indéfinissable coulait à flots, et il avait été totalement impossible d'initier la moindre conversation.

On leur avait proposé à boire des dizaines de fois, mais personne n'avait envie d'écouter ces étrangers bizarres qui leur demandaient de quitter la bacchanale pour foncer dans le blizzard. Après de nombreuses tentatives infructueuses, et n'ayant pas l'intention de participer aux festivités, Legrand et les trois parents inquiets s'étaient résignés à remettre au lendemain leur recherche d'un guide.

Assis autour de la table, ils prenaient un petit déjeuner copieux, leurs cernes trahissant une nuit très courte agrémentée d'un brouhaha constant. Les chambres étaient juste au-dessus du bar, et les cloisons plutôt minces. Valérie se tourna pour observer la salle. Une douzaine d'Inuits étaient répartis dans la pièce, et leurs visages fatigués prouvaient qu'ils s'étaient couchés bien tard. Elle reconnut l'employé de la compagnie aérienne et décida d'aller le saluer.

— Bonjour, fit-elle tandis que l'homme posait sur elle des yeux rougis par les abus en tout genre de la veille.

— Bonjour. Madame… Eynac, c'est ça ?

— Oui, vous avez une bonne mémoire…

— C'est que je ne vérifie pas souvent des passeports français…

— Vous pouvez m'appeler Valérie.

— Akiak, fit-il en tendant la main.

Valérie la serra.

— Alors Iyukak n'a pas pu vous emmener ?

— Trop de vent.

— Je m'en doutais. Belle fête, hier…

— Oui, fit Valérie sans grande conviction. Est-ce que quelqu'un pourrait nous conduire là-bas, par d'autres moyens ? demanda-t-elle en allant droit au but.

Akiak jeta un coup d'œil à l'extérieur, où les rafales soulevaient la neige épaisse qui tombait en rangs serrés, sous la lumière crue des lampadaires de la petite ville. Un chasse-neige passa dans la rue principale, projetant une vague grisâtre sur les trottoirs.

— Écoutez, le blizzard s'est levé, et personne ne peut dire avec précision quand il s'arrêtera. Cela peut durer deux heures, ou deux semaines… Évidemment, les gens du coin sont habitués à ces conditions extrêmes, mais personne ne serait assez fou pour tenter la traversée de l'île par mauvais temps. Entendons-nous bien : ce n'est pas impossible, mais ce serait de l'inconscience. Ici, on respecte les forces de la nature.

— Pouvez-vous demander aux gens qui sont ici ?

— Vous n'avez pas écouté ce que je viens de vous dire ?

— S'il vous plaît.

L'homme haussa les épaules, puis s'exécuta. Valérie le regarda se lever, puis poser une question dans une langue insolite, qui ne ressemblait à rien qu'elle eût déjà entendu. Quelques regards étonnés se posèrent sur l'homme, puis sur cette étrangère, qui était forcément à l'origine de la requête farfelue qui venait d'être traduite.

— Vous voyez… fit Akiak.

— Dites-leur que je propose deux mille euros à celui qui nous conduira.

Akiak plongea son regard d'un noir de jais dans les yeux bleus de Valérie.

— Deux mille euros ?

— Oui, répondit Valérie. Ça fait presque trois mille dollars.

— Je sais combien ça fait.

— Demandez-leur !

— Non.

— Comment ça, non ?

— C'est du suicide…

À la table d'à côté, une voix s'éleva. C'était la jeune femme blonde que Valérie avait remarquée la veille, lorsqu'ils avaient débarqué.

— J'offre quinze mille euros à ceux qui nous emmèneront là-bas.

Un grand silence se fit dans la pièce, et plusieurs hommes se levèrent. Akiak fut le plus prompt à réagir :

— Bon sang ! Je ne sais pas ce qui vous prend, à tous vouloir aller vous perdre au milieu de nulle part, mais à ce tarif, je suis votre homme. J'ai grandi ici. Je chasse dans ces terres neuf mois par an. Pour quinze mille euros, je vous conduis où vous voulez… Laissez-moi juste le temps de préparer l'expédition. Ça risque d'alourdir la note, de louer tout ce qu'il faut…

— Ce n'est pas un problème, répondit la femme blonde. Tant que nous restons dans des limites raisonnables… On part quand ?

— Il me faudra deux ou trois heures pour réunir l'équipement nécessaire. Ensuite, on pourra se mettre en route dès que la tempête se sera un peu calmée. Le début du parcours ne nous causera pas trop de soucis, il y a une piste qui coupe l'île du nord au sud. Après, il restera encore une trentaine de kilomètres à travers les plaines et les lacs gelés. Ce sera dangereux. Il faut que vous soyez conscients que nous ne partons pas pour une balade à Disneyland. Lorsque le temps sera trop mauvais, nous devrons faire des pauses. Pour une durée indéterminée.

Valérie acquiesça. Elle aurait tout accepté pourvu que ce type les conduise jusqu'à leurs enfants. Elle se tourna vers leur mystérieuse bienfaitrice.

— Qui êtes-vous ?

— Je m'appelle Lou. Lou d'Esterel. Je suis journaliste.

— Sans vouloir me montrer indiscrète, peut-on savoir pourquoi vous désirer vous rendre au camp Franklin ? s'enquit Laetitia Meltier.

Lou usa de son sourire habituel :

— Je crois que je vais vous retourner la question. Et puisque c'est moi qui paye, j'aimerais que vous soyez sincères…

Legrand se lança :

— Ces trois personnes m'ont causé beaucoup de tort il y a une dizaine d'années. Je souhaitais qu'ils réparent leurs erreurs, et j'ai fait envoyer leurs enfants au camp Franklin pour les faire chanter. Seulement, j'ai perdu le contact avec le directeur depuis plusieurs jours…

Le visage de Lou s'assombrit brutalement, comme si le blizzard était parvenu à franchir les portes de l'hôtel.

— Vous avez envoyé des gosses ici ?

— Pourquoi ce ton ? intervint Gendry, inquiet.

— Je crois que vous n'avez pas idée de ce que vous avez fait... poursuivit Lou. Ce camp est une structure de la WAE.

— WAE ? C'est quoi ça ? demanda Valérie.

— World Association of Education...

Lou hésita, puis se lança. Elle était tellement soulagée de trouver ce soutien inespéré qu'elle leur raconta à son tour son histoire, sans omettre le moindre détail. Les visages des quatre Français se décomposèrent petit à petit...

Meltier finit par rompre le silence pesant qui s'était installé :

— Le Mexique ? Je n'ai pas rêvé ? Vous venez bien de me dire que le Mexique avait récemment fermé un de leurs centres pour maltraitance ?

Lou acquiesça :

— Je suis désolée de vous apprendre ces mauvaises nouvelles... Ce qui m'inquiète encore plus, c'est que vous n'arriviez plus à les contacter. Avec ces meurtres...

Gendry, qui avait jusqu'alors écouté en silence, s'invita dans la conversation :

— Vous pensez que la personne qui a tué vos grands-parents est ici, n'est-ce pas ?

Lou posa ses iris bleus droit sur lui.

— Je le crains. Rien ne le prouve, mais il y a une chose dont je ne doute pas : les meurtres qui ont été perpétrés en France trouvent forcément leur explication au camp Franklin. C'est pourquoi il faut absolument que je m'y rende...

— Il va nous falloir des armes... conclut le policier d'une voix aussi glaciale que le vent qui frappait les vitres.

Chapitre 60
Mardi 3 décembre

— T'as quelle heure ? demanda Mathieu.

— 12 h 45, répondit Sam.

— Si je me souviens bien de ce qu'a dit Saïd, le jour se lève à 13 h 05 aujourd'hui.

— Et il va durer quarante minutes…

— Quelle que soit l'option qu'on choisit, il faudra qu'on fasse une partie du trajet de nuit…

Sam passa la main sur la crosse en bois du fusil.

— Avec ça, je me sens nettement plus à l'aise pour aller crapahuter dehors.

— On y va maintenant ? J'en ai marre d'attendre dans ce trou.

Sam opina doucement.

— Je suis d'accord. Plus vite on sera rentrés, mieux je me sentirai.

— Tu crois que les autres ont trouvé de l'aide ?

— Je l'espère, mon vieux, parce que même si on a des fusils je ne me vois pas pour autant me taper cent trente bornes dans la neige.

Les deux garçons sortirent prudemment du tumulus. Sam glissa la tête hors du boyau et balaya les environs avec sa lampe. Il plissa les yeux, ne distinguant guère que les premiers mètres. Une neige épaisse s'était mise à tomber. Il s'extirpa du tunnel rocheux, puis aida Mathieu à en faire autant.

— Regarde ! fit-il en désignant la pique de métal sur laquelle avait été pendu Mac Cleer.

Mathieu focalisa son attention sur le faisceau de la lampe. Il frissonna en constatant que la sangle, qui retenait les restes du directeur lorsqu'ils étaient arrivés, se balançait doucement dans le vent. Les ours étaient venus terminer leur repas, et il ne restait plus rien de Mac Cleer. Pas même sa chaussure.

— On y va, dit-il, pressé de s'écarter de cet endroit où les ours avaient pris l'habitude de se nourrir. On va suivre le GPS, parce que, avec cette tempête, c'est pas la peine de penser à se guider de visu.

Ils se mirent en marche, les mains fermement accrochées à leurs armes. Ils traçaient dans les dix centimètres de poudreuse un petit sentier en ligne droite, qui ne s'incurvait que pour éviter les amas rocheux et les congères qui leur barraient le passage. Mathieu se demanda comment ils auraient fait sans le GPS. À la seule pensée que celui-ci puisse tomber en panne ou manquer de batterie, il fut pris de vertige. Il constata avec réconfort que l'indicateur de charge de l'appareil affichait trois barres sur les quatre possibles.

Après une heure de marche, la neige s'arrêta de tomber. Le soleil pointa enfin son nez à l'horizon, sous la forme d'un large trait luminescent qui faisait reculer de seconde en seconde le ciel obscur. On distinguait un peu mieux les gros nuages gris foncé qui défilaient à une vitesse impressionnante, poussés par un vent violent. À chaque instant, ces mastodontes de vapeur menaçaient de cracher à nouveau leur venin immaculé sur les deux minuscules êtres qui se confondaient avec l'immensité gelée, plusieurs centaines de mètres plus bas.

— Là-bas, fit Mathieu, qui avait aperçu la base au loin. Il y a de la lumière…

— Chouette. Ça veut dire qu'ils sont pas tous morts. C'est déjà ça !

Mathieu dévisagea son camarade, qui n'avait pas même esquissé un sourire. Ce type était vraiment étrange… Quelle idée de penser une chose pareille ! Mathieu reprit sa progression, gêné par la neige. Il n'avait pas envisagé que le retour puisse être si difficile. Cela n'avait plus rien à voir avec le trajet effectué la veille, où la neige glacée s'enfonçait à peine sous leur poids. Seule la perspective de retrouver plus rapidement la sécurité relative de la base lui donnait assez de courage pour ne pas s'arrêter tous les cent mètres.

Au bout d'un moment, il s'aperçut que Sam ne suivait pas. Il se retourna. Le jeune homme était agenouillé. Il scrutait un point éloigné, à l'ouest de leur position.

— Qu'est-ce que tu regardes ?

— La ferme ! fit Sam.

Mathieu revint sur ses pas, et fixa la zone indiquée par ce dernier.

— Je dirais à peu près trois cents mètres, estima Sam, imperturbable.

— Oh la vache ! balbutia Mathieu. Viens, on se casse.

Sam s'agrippa fermement à sa manche, l'empêchant de démarrer.

— Ne bouge pas, dit-il.

Un ours blanc avançait nonchalamment dans leur direction, fendant la neige de sa démarche chaloupée.

— Tu crois qu'il nous a vus ? demanda Mathieu.

— Étant donné qu'il peut flairer un phoque à plusieurs kilomètres, y'a peu de chances qu'il ne nous ait pas repérés.

Seconde après seconde, l'énorme animal se rapprochait. Lorsqu'il fut à une centaine de mètres, Sam tira deux coups de fusil en l'air, priant pour que cela suffise. L'ours sursauta vivement, et partit à toute allure. Quand les deux garçons ne parvinrent plus à distinguer sa fourrure blanche, ils se remirent en route. Il devait bien rester trois ou quatre kilomètres à parcourir. Le soleil avait à peine dépassé la ligne d'horizon qu'il entama son inexorable descente, et Mathieu dut accepter le fait que leur périple se terminerait de nouveau sous les étoiles…

Ils durent dévier légèrement de l'itinéraire indiqué par le GPS pour contourner une barre rocheuse infranchissable. Mathieu, qui n'avait pas fermé l'œil de la nuit, commençait à ressentir de plus en plus les effets de la fatigue accumulée ces derniers jours. Chaque pas lui demandait un effort croissant, et il maudissait les paquets de neige collante qui s'accrochaient à ses bottes en peau de phoque. Ils auraient dû emporter des raquettes !

Il jeta un regard inquiet vers l'horizon. Il ne subsistait qu'une clarté diffuse, baroud d'honneur du soleil avant de tirer sa révérence. Il se força à ne pas ralentir. La barre rocheuse touchait à sa fin, et il se réjouit à l'idée de retrouver en point de mire la lumière rassurante de la base. Encore quelques mètres…

Un chuintement régulier attira son attention. Il stoppa, et tendit l'oreille. Le bruissement se faisait plus proche. Lorsqu'il comprit enfin, il était déjà trop tard ! L'ours venait de surgir devant eux, à moins de vingt mètres. Un grognement sourd confirma que le prédateur n'était pas apparu par hasard. Sans réfléchir, Mathieu se mit à courir, le plus vite possible. Les mots de Mac Cleer lui revinrent à l'esprit : « Si d'aventure vous croisiez le chemin d'un de ces mastodontes, ne tentez pas de fuir. Il peut atteindre la vitesse de cinquante-cinq kilomètres-heures. »

Peu importe, se dit le jeune homme, terrorisé. Et il accéléra. Il entendit plusieurs coups de feu, mais ne se retourna pas. À la lueur de sa lampe et d'une lune blafarde, obscurcie régulièrement par les nuages qui jouaient aux ombres chinoises devant elle, il puisa jusqu'au plus profond de ses forces et courut à en perdre haleine, tombant à de nombreuses reprises, mais se relevant, encore et encore. Quelques flocons recommencèrent à s'écraser sur son visage, fondant presque immédiatement et se mêlant aux larmes de terreur qui coulaient sur ses joues.

Après plusieurs centaines de mètres, il s'écroula, épuisé. Son sang battait comme un tambour le long de ses tempes, l'air froid lui brûlait les poumons. Il se mit sur le dos, braquant son arme maladroitement vers l'endroit d'où il venait. Il éclaira la traînée blanchâtre qu'il avait creusée, s'attendant à tout moment à voir fondre sur lui le monstre blanc. Mais il ne vit rien.

Pas d'ours.

Pas de lumière, non plus.

Il aurait dû apercevoir celle de Sam… Un silence à peine brisé par les rafales de vent s'abattit sur lui telle une chape de plomb. Il avait abandonné son camarade. La neige tombait de plus en plus fort, brouillant le faible rai de lumière que projetait sa lampe.

La respiration haletante, Mathieu mit la main dans sa poche, et laissa échapper un gémissement de soulagement quand il ressortit le GPS. Il fonctionnait toujours. Le jeune homme se releva péniblement et entreprit de regagner la base.

Seul.

Tous les dix mètres, il effectuait un tour complet sur lui-même, espérant prévenir une nouvelle attaque.

Chapitre 61
Mardi 3 décembre

Prostrée dans un coin de la bibliothèque, Lisa était en proie à une panique grandissante. Après avoir assisté au dernier coucher de soleil de l'année en compagnie des autres, elle avait préféré se retirer. Elle avait besoin de faire le point, seule. Lorsque les ultimes rayons s'étaient évanouis dans le néant, son sang avait semblé fuir son corps, la laissant tremblante et livide. Un horrible pressentiment avait fait son chemin dans son esprit. C'était peut-être la dernière fois qu'elle voyait le soleil…

Si on lui avait dit un mois auparavant qu'elle finirait coincée à des milliers de kilomètres de chez elle, en plein blizzard, avec un tueur psychopathe, elle aurait éclaté de rire. Cela ressemblait trop à un mauvais scénario de séries B, celles qui passaient en boucle sur la TNT, avec des acteurs qui jouaient aussi bien que le concierge de son immeuble… Mais elle n'avait plus le cœur à rire…

Elle aurait préféré hurler, tant la frustration qui l'habitait était grande. Non seulement elle devait être sur ses gardes à tout moment, mais elle avait pleinement conscience que cela ne serait peut-être pas suffisant. Les trois hommes étaient nettement plus forts qu'elle, et elle ne se voyait pas sortir victorieuse d'un affrontement physique avec l'un d'eux. Sa seule chance aurait été de garder le fusil, mais elle l'avait brisé ! Qu'aurait-elle pu faire d'autre ? Tirer sur Alex, Saïd, et Dunham, sachant que deux des trois au moins étaient innocents ?

Non. Elle avait pris la bonne décision. Mais elle était maintenant à la merci du tueur, et cela la rendait folle. Entre deux mouvements furtifs pour vérifier que personne ne pénétrait dans son refuge, ses yeux se posèrent sur un des rares tableaux qui venaient égayer le mur triste. Il s'agissait d'une affiche encadrée, représentant le départ de l'expédition Franklin du port de Greenhithe, en Angleterre. C'était une gravure joyeuse, pleine d'optimisme, qui débordait de l'orgueil de ces explorateurs héroïques qui saluaient en souriant la foule venue leur souhaiter un bon voyage. Elle s'imagina les mêmes hommes, deux ans plus tard, amaigris, transis de froid, se demandant combien de temps il leur restait à vivre…

Elle ferma les yeux. Il n'était pas difficile de se représenter le calvaire qu'ils avaient enduré, contraints de passer l'hiver dans des conditions à peine croyables. Elle comprenait, non, elle ressentait maintenant la détresse qui avait dû les envahir, à mesure que l'espoir de revoir leurs familles s'amenuisait, de jour en jour, telle une peau de chagrin. Les mots de Mac Cleer lui revinrent à l'esprit. « Sur les restes humains découverts, on a détecté un certain nombre d'entailles bien nettes, qui laissent à penser qu'en dernier recours les survivants étaient tellement affamés qu'ils ont laissé libre cours à leurs plus vils instincts. »

Lisa frissonna, tandis que des images insoutenables prenaient forme dans son crâne. Bien sûr, elle faisait figure de privilégiée, à l'abri dans cette base moderne, comparativement à ces marins sous-équipés et mal nourris. Mais elle avait l'impression que, chaque jour, la probabilité de repartir vivant du camp Franklin diminuait. Les hommes de l'expédition avaient agonisé de longs mois… Au rythme où les cadavres s'accumulaient, elle n'aurait sûrement pas cette chance. À un moment ou un autre, le sommeil finirait par la gagner, et…

Lisa sursauta. Était-ce un tour joué par son imagination ? Elle avait cru entendre des coups. Trois coups, rapprochés. Elle se leva précipitamment pour constater que les autres étaient déjà devant la porte, aux aguets. Elle n'avait pas rêvé. De nouveau, la porte d'entrée de la base vibra à trois reprises.

Alex saisit une lance – après avoir jeté à Lisa un regard accusateur signifiant clairement qu'il eût préféré se trouver en possession d'un fusil – et fit un signe de tête à Saïd, qui déverrouilla le lourd battant métallique. Une vague d'air glacé s'insinua dans la base, accompagnée de son cortège de flocons. Une silhouette se dégagea sur le paysage obscurci par la tempête et pénétra dans le sanctuaire.

Un soulagement parcourut le petit groupe lorsque les traits de Mathieu apparurent sous l'amas de neige fraîche qui avait recouvert sa combinaison.

— Oh la vache ! fit Alex en lui tapant sur l'épaule. Tu ne peux pas savoir comme ça fait plaisir de te voir !

Lisa observa attentivement Mathieu, se focalisant d'abord sur le fusil auquel il s'accrochait comme à une béquille, puis sur son visage, marqué par l'effort et l'exposition prolongée au blizzard. La lueur de terreur qui brillait au fond de ses yeux lui donna la chair de poule. Mathieu se tourna vers Saïd :

— Tu peux refermer, signifia-t-il d'un ton ne souffrant aucune contestation, malgré les tressaillements provoqués par ses claquements de dents.

— Mais ? Et Sam ? fit le garçon.

— Il n'est pas avec moi.

— Mais…

— Ça suffit ! intervint Dunham. Votre ami a besoin de se réchauffer de toute urgence, sinon je crains qu'il ne puisse être longtemps en mesure de répondre à vos questions.

Le calme et l'assurance de Dunham, doublés de la pertinence de sa remarque, coupèrent court à toute discussion. Lisa observa le séduisant trentenaire, remerciant le ciel de leur avoir envoyé un adulte capable de les guider dans ces moments difficiles. À grand renfort de couvertures et de tasses de thé brûlantes, il fallut près de trente minutes pour que Mathieu commence à retrouver des couleurs. Dunham était penché sur ses mains, qui semblaient avoir souffert du séjour prolongé dans le froid glacial.

— Je ne sens plus les doigts de ma main gauche, déclara Mathieu au scientifique.

— C'est bien ce qui m'inquiète, fit Dunham. Ça n'a pas l'air complètement gelé, mais il va falloir surveiller l'évolution des tissus dans les heures à venir…

— Que s'est-il passé ? demanda Alex.

Mathieu soupira longuement, comme si le fait de replonger dans les souvenirs des dernières vingt-quatre heures lui était pénible.

— À l'aller, on n'a pas eu de problème. On a suivi le GPS, qui nous a menés exactement au bon endroit…

— Vous avez trouvé le trésor ? fit Katya, les yeux brillants.

Mathieu confirma.

— Mais, un vrai ? reprit Saïd.

— Un putain de trésor, comme dans les livres… Sauf que ce n'est pas ce qu'on a trouvé en premier… Mac Cleer a été assassiné. Ainsi que David.

— Merde, fit Lisa. Donc ce n'est pas l'un d'entre eux qui s'est débarrassé des autres pour s'octroyer les richesses…

— Il semblerait que non, fit Mathieu après un moment d'hésitation.

— Pourquoi cette retenue ? demanda Alex. Ils sont bien morts, non ?

— On s'est planqués des heures dans le tumulus, à attendre que le jour se lève, expliqua Mathieu. Et j'ai eu le temps de réfléchir… En ce qui concerne David, sa mort ne fait aucun doute, mais pour Mac Cleer, j'avoue que je me suis posé la question… Il ne restait plus qu'un morceau de tronc et une jambe, pendue à une pique. Il a été bouffé par les ours.

— C'est dégueulasse ! intervint Katya, horrifiée.

— La jambe restante était équipée d'une des chaussures hors de prix de Mac Cleer, ça c'est une certitude, reprit Mathieu sans tenir compte de la remarque de Katya. Pour le reste, il n'y avait rien à reconnaître…

— Et tu penses que ce pourrait être le corps de quelqu'un d'autre… déduisit Lisa.

— Je ne pense rien. Je m'interroge, c'est tout, trancha Mathieu.

— Et Sam ? Où est-il ? demanda Alex, inquiet.

— Sur le chemin du retour, on a été surpris par la nuit. La neige collait à nos bottes et on a mis un temps fou pour revenir. Au détour d'une barre rocheuse, un ours nous a pris en chasse…

— Oh non, gémit Lisa. Et il a été…

— Je n'en sais rien, fit Mathieu, dont la voix se mit à trembler. On avait chacun un fusil. Je ne sais pas ce qui m'a pris. J'ai eu peur. J'ai couru. Longtemps. Puis j'ai entendu des coups de feu… On n'y voyait rien…

— Tu veux dire que tu n'as pas fait demi-tour pour aller secourir Sam ? questionna Alex.

— J'aurais bien aimé vous y voir, avec cette bête qui nous fonçait dessus ! Je n'ai jamais tiré avec un de ces machins, moi…

— Donc tu ne sais pas s'il s'en est sorti ? enchaîna Saïd.

Mathieu se contenta de secouer la tête, doucement. Il ne chercha même pas à affronter le regard des autres adolescents.

— Sauf que Sam n'avait pas de GPS, dit Lisa, formulant à voix haute une pensée qui venait de la frapper.

— Ce qui fait que, même s'il a survécu à l'attaque de l'ours, il est perdu dans cet enfer… conclut Katya, observant par la fenêtre la neige qui continuait de tomber.

— En résumé, affirma Saïd, t'es en train de nous dire que t'as abandonné Sam, et que les membres de l'encadrement du camp sont tous morts… Il ne nous reste plus qu'un suspect : le vieil Inuit.

Lisa posa ses yeux bleus sur Saïd, lui décochant un regard aussi glacial que le vent qui venait cogner contre les énormes armatures de béton de la base. Comment pouvait-il être à ce point dénué d'émotion, débitant froidement ses petites déductions ? Les traits de l'Inuit se matérialisèrent dans l'esprit de la jeune fille, et elle ne put s'empêcher de douter des conclusions de Saïd. Ce vieil homme, capable de telles atrocités ? Il les avait sauvés. D'un autre côté, Mike avait parlé de *Tupilak*… Comme le vieux fou… La coïncidence était troublante.

Elle se frotta les tempes, replongeant immédiatement dans la réalité en apercevant l'ordinateur. Il ne fallait pas oublier non plus qu'un traître se cachait parmi eux… Et ce n'était pas l'Inuit. Elle trouva étrange que Saïd, qui avait fait preuve jusqu'alors d'une capacité d'analyse assez convaincante, ait si vite occulté cet élément d'une importance capitale.

À moins qu'il ne sache qui avait échangé ces messages avec Mac Cleer…

Chapitre 62
Mardi 3 décembre

Akiak ne s'était pas trompé. La première partie du voyage fut aisée, malgré la neige qui continuait à tomber à gros flocons. Les deux chenillettes affrétées pour l'occasion avançaient sans mal sur la large piste, faisant fi des centimètres de poudreuse qui s'accumulaient autour d'eux.

Dans les véhicules, une tension absolue régnait. Tout avait été dit. Chaque kilomètre rapprochait les Européens d'une vérité qu'ils n'étaient pas certains de vouloir regarder en face. Valérie Eynac tentait de percer le voile blanc en plissant les yeux, en vain. Et si les enfants étaient morts ? Et si le tueur, dont avait parlé cette Lou d'Esterel, se cachait lui aussi dans ce maelström de glace et de roche battu par les vents ?

Une violente secousse projeta les passagers les uns contre les autres.

— On a quitté la piste, précisa Akiak. Plus que trente kilomètres. Mais attention, ça va remuer !

Le pilote n'avait pas menti. La chenillette était ballottée en tous sens sur le sol irrégulier, rencontrant tantôt des congères qu'elle écrasait, tantôt de petits blocs de pierre qui faisaient dangereusement pencher l'habitacle.

Après une quinzaine de minutes, le vrombissement du moteur faiblit et l'engin stoppa dans le blizzard.

— Qu'est-ce que vous faites ? demanda Meltier d'une voix inquiète.

— Trop risqué, répondit Akiak. Je m'arrête. On ne voit pas à dix mètres…

— Je vous l'interdis, aboya Meltier, habituée à se faire obéir…

— Madame, fit l'Inuit, vous m'avez engagé pour vous amener à bon port, pas pour vous précipiter du haut d'une falaise dans un lac… Je vous avais prévenus…

— Cinq mille de plus, souffla Lou.

— Quoi ? demanda-t-il.

— Je vous donne cinq mille euros de plus si vous continuez…

Dans un dialecte incompréhensible, le jeune Canadien échangea quelques mots avec l'autre pilote, sorti de sa chenillette pour venir aux nouvelles.

— Pffff… Vous êtes complètement cinglés, conclut-il en relançant sa machine dans la tempête.

Le convoi progressait lentement. Plusieurs fois, ils durent faire demi-tour, bloqués par des reliefs infranchissables. Akiak transpirait à grosses gouttes, épuisé par la concentration requise par cette excursion insensée. Il commençait à regretter d'avoir accepté. À quoi bon être payé vingt mille euros s'ils ne revenaient pas ? Les yeux rivés sur son GPS, il tentait d'éviter les zones les plus dangereuses.

Au bout d'une heure, il se détendit un peu et se retourna vers ses clients :

— J'ai une bonne nouvelle : je crois que nous avons franchi la partie la plus risquée. À partir d'ici, les dénivelés sont beaucoup moins importants…

Des soupirs de soulagement lui répondirent. Même si les motivations des passagers étaient intactes, la peur de rester coincés dans le blizzard s'était ajoutée aux craintes éprouvées pour les enfants retenus au camp Franklin…

Akiak accéléra un peu, avalant les kilomètres aussi vite que le lui permettait le moteur. Soudain, un craquement énorme souleva la chenillette, qui manqua de se renverser. Valérie fut projetée contre la vitre, un filet de sang s'écoula de sa tempe.

— Merde ! fit le pilote. Ça va ?

— Oui, ce n'est rien, répondit Valérie en essuyant le liquide poisseux avec un mouchoir.

— Vous avez une trousse de secours dans le coffre en bas à droite, indiqua le jeune Inuit. Je vais voir si tout va bien dehors.

Lorsqu'il réapparut, son visage était sombre :

— Le véhicule est hors-service. On a heurté un rocher caché sous la neige. Le système de propulsion est mort. Il faut aller se réfugier dans l'autre chenillette.

En silence, tous s'exécutèrent.

— Et maintenant, on fait quoi ? demanda Lou, une fois tout le monde à l'abri.

Akiak la toisa d'un air grave.

— Si on casse la seconde chenillette, on meurt tous de froid. Je n'aurais jamais dû vous écouter. Je savais qu'on courrait à la catastrophe…

— Écoutez Akiak, nous sommes conscients du danger et des risques que vous avez pris, fit Gendry. Qu'est-ce qu'on peut faire ?

Une nouvelle discussion en Inuit s'ensuivit entre les deux pilotes. Akiak leur fit part de sa décision.

— On continue. On est beaucoup plus près du camp que de la piste… Mais je vous préviens, cette fois, je vais avancer doucement. Je n'ai pas envie de tous nous tuer !

Chapitre 63
Mardi 3 décembre

En quelques ondulations énergiques, le phoque annelé s'extirpa des eaux profondes pour faire surface une trentaine de mètres plus haut. Toutes les quinze à vingt minutes, il était contraint d'émerger dans un des trous de respiration qu'il avait repérés dans la banquise. En quelques secondes, il emmagasinait un maximum d'oxygène avant de replonger vers l'obscurité rassurante des profondeurs. Pour plus de sécurité, le phoque variait constamment les lieux où il s'exposait aux ours, de peur qu'un des mastodontes blancs ne l'ait aperçu lors d'une sortie antérieure.

L'animal hésita un instant à briser la fine pellicule de glace qui s'était reformée depuis son dernier passage. Son instinct le poussait à rester prudent, car lors de sa précédente visite, il avait découvert une chose étrange, à demi enfoncée dans l'eau. En temps normal, cette femelle n'aurait jamais refait surface ici, mais sa tanière se trouvait tout près, creusée dans la banquise. Il fallait absolument qu'elle vérifie si l'endroit était sûr, avant de mettre au monde son blanchon, ainsi nommé en raison de sa couleur, qui virerait progressivement au gris s'il parvenait à éviter les prédateurs en tout genre.

Lentement, le phoque sortit de l'eau, humant l'air avec crainte. La chose était toujours là, immobile, exactement au même endroit que la fois précédente. Rassuré, le mammifère marin s'appuya sur le bord du trou, prenant de puissantes inspirations qui résonnèrent sur la silencieuse banquise en formant des filets de vapeur. Il se tourna vers la chose.

C'était un de ces êtres à deux pattes, qui tentaient parfois de les attraper. Mais celui-ci n'avait pas l'odeur caractéristique des autres. Celui-ci sentait la charogne… Le phoque le renifla à plusieurs reprises, puis détourna le museau. Ça ne valait pas un saumon frétillant. L'animal s'allongea de tout son long et resta immobile. Un observateur mal informé aurait pu le croire endormi, mais il était toujours aux aguets, prêt à replonger dans la seconde. Il remarqua que la neige s'était arrêtée de tomber, sans y accorder une grande attention, car les couches de graisse qui couraient sous sa peau le rendaient totalement insensible à ces petites choses blanches qui s'accumulaient sur la glace.

Soudain, un vrombissement déchira le silence. Le phoque se redressa, ébloui par deux larges rais de lumière qui perçaient l'obscurité. Un engin étrange se frayait un passage dans la nuit, à une centaine de mètres, sur la piste qui longeait la côte. L'animal glissa avec une fluidité étonnante dans le trou, ne laissant derrière lui que quelques bulles, derniers indices de son plongeon.

Les remous firent onduler le cadavre, dont les traits figés par la mort dans une grimace de terreur seraient conservés jusqu'à l'été suivant par le froid de plus en plus vif. Deux yeux noirs, exorbités, surplombaient une langue étrangement ressortie et un cou bleui par les ecchymoses.

Le vieil Inuit avait été surpris. Jamais il n'aurait laissé un ours approcher si près… Il était tranquillement installé à côté de son trou de pêche lorsqu'il avait vu cette chose fondre sur lui. La peur l'avait paralysé. Le monstre des légendes que lui contait son grand-père au coin du feu s'était réveillé pour s'en prendre à lui. Un mauvais esprit envoyé pour le punir de ses péchés !

Toutes ces années…

Il avait eu une dernière pensée pour les deux jeunes qu'il avait renvoyés au camp quelques jours plus tôt. Il savait que c'était mal, qu'il se passait des choses horribles dans le vieux bunker de l'armée. Mais il n'avait rien dit.

Quand le *Tupilak* avait enserré son cou de ses mains d'outre-tombe, il ne s'était même pas défendu. Il acceptait le jugement des esprits… En quelques dizaines de secondes, la pression exercée par la bête couverte d'ossements avait suffi à bloquer l'apport d'oxygène indispensable au fonctionnement de son cerveau. Son souffle de vie s'était tari.

Le vieil Inuit ne saurait jamais que le monstre allait lui graver le chiffre 2 sur le front, avant d'abandonner son cadavre dans l'eau glacée.

Chapitre 64
Mardi 3 décembre

— Attendez, si je comprends bien, dit Mathieu, vous êtes en train de m'expliquer que, depuis le début, un traître se cache parmi nous ?

Les quatre adolescents acquiescèrent avec une cohésion parfaite, comme si le simple fait de ne pas confirmer était susceptible de les désigner.

— Il faut qu'on trouve qui c'est ! déclara Mathieu. Vous avez fouillé les chambres ?

Lisa ouvrit les yeux en grand. Comment avait-elle pu passer à côté d'une telle évidence ? Pour envoyer des messages au directeur, il avait fallu que le traître dispose du matériel adéquat, comme un téléphone portable par exemple…

— Ça me paraît être une bonne idée, dit Dunham, qui s'était jusqu'alors contenté de les écouter…

— On y va, fit Alex

En file indienne, les jeunes gens passèrent au crible les chambres les unes après les autres. Du fait du caractère spartiate des cellules, l'inspection fut aussi rapide qu'infructueuse. Il ne restait plus que celle de Lisa.

Et merde, se dit-elle, *encore une idée qui ne fonctionne pas.* Ils n'étaient pas près de découvrir l'identité du traître. Elle ouvrit sa porte pour laisser les autres investir les lieux. Elle ne prit même pas la peine de les observer, connaissant par avance le résultat de la fouille.

— J'ai quelque chose ! cria Saïd.

Le cœur de Lisa bondit dans sa poitrine. Elle se précipita dans la pièce minuscule, bousculant Katya qui se tenait dans l'embrasure de la porte.

— Je comprends mieux pourquoi tu as cassé le fusil ! fit Saïd en montrant à tous le petit téléphone qu'il venait de trouver sous le matelas de Lisa.

— Mais ce n'est pas à moi ! s'écria-t-elle. Je vous jure que je n'ai jamais vu ce machin !

— Bien sûr ! aboya Katya d'une voix rageuse. Tout comme tu nous jures que tu n'as pas vidé les réserves d'essence ?

Lisa sentait la pièce se mettre à tourner autour d'elle. Où que ses yeux se posent, elle ne voyait que colère et regards accusateurs.

— Mais pourquoi aurais-je été assez stupide pour laisser ce téléphone sous mon lit ? se défendit-elle. Réveillez-vous, bon sang ! Quelqu'un essaie de me faire porter le chapeau.

— Dans le doute, je propose qu'on l'enferme, fit Mathieu.

Lisa crut défaillir. L'image du tueur s'invitant dans sa chambre pour l'égorger durant son sommeil s'insinua dans son esprit. Elle recula d'un pas, mais Saïd s'accrocha à son bras avec une poigne étonnante.

— Tu ne bouges pas, dit-il d'une voix blanche.

— On vote ? demanda Mathieu. Qui est pour ?

Alors que les mains se levaient les unes après les autres, un grondement sourd fit vibrer les murs de la base. Au fil des secondes, le bruit s'accentuait…

— C'est un moteur ! s'exclama Alex.

— Et un gros, ajouta Dunham, perplexe.

Ils se précipitèrent vers l'entrée, oubliant pour un temps leur conflit. Lisa se dégagea de l'emprise de Saïd et suivit le mouvement. *Faites que quelqu'un soit venu pour nous sortir de cet enfer*, pria-t-elle.

Mathieu s'empara du fusil et jeta un coup d'œil par la fenêtre. Lorsqu'il se retourna vers les derniers survivants de la base, son visage était éclairé par un large sourire :

— C'est une chenillette. Une énorme chenillette. Elle est arrêtée à quelques dizaines de mètres.

Tous enfilèrent à la hâte leurs blousons et leurs bottes, et plongèrent dans le froid mordant. À peine sortie, Lisa constata que le blizzard s'était calmé. À part quelques flocons épars, le ciel ne déversait plus sur eux sa cargaison de neige. Une série de projecteurs puissants s'alluma en plus des phares de l'engin, les forçant à se protéger les yeux avec leurs mains. Quelques instants plus tard, quatre silhouettes se dégagèrent du halo lumineux, telles des ombres chinoises. Lisa se mit à respirer plus vite. Cette chevelure, cette démarche… Non, c'était impossible !

Mais à mesure que la femme progressait vers eux et que le contre-jour s'atténuait, l'impossible devint soudain probable, puis évident. Lisa se précipita dans les bras de sa mère, suivie de peu par Alex et Saïd qui retrouvèrent respectivement leur père et leur mère.

— Oh, maman ! fit Lisa. Si tu savais comme je suis contente de te voir !

— Et moi donc, ma chérie ! répondit Valérie Eynac en serrant sa fille de toutes ses forces. Tu vas bien ?

— Pourquoi ? Pourquoi tu m'as envoyée ici ? demanda Lisa, des sanglots dans la voix.

— Ce n'est pas moi. Je te le jure…

Les larmes qui coulaient sur le visage de Valérie furent suffisamment convaincantes, et Lisa se contenta de se blottir contre sa mère. Les explications pouvaient attendre.

Durant de longues secondes, Mathieu resta figé, observant sans comprendre ces retrouvailles étonnantes. *Pourquoi des parents qui ont envoyé leurs enfants dans ce camp feraient-ils tant d'efforts pour venir les récupérer ?* se demanda-t-il. Dunham, lui, se dirigea vers le pilote de la chenillette, disparaissant sous l'éclat des projecteurs.

— Où est le responsable du camp ? se renseigna une femme au visage dur, qui devait être la mère de Saïd.

— Mort, répondit Mathieu, content de pouvoir enfin participer à la conversation.

Laetitia Meltier l'observa avec surprise.

— Ils sont tous morts… souffla Lisa en s'écartant de sa mère, dont les traits se décomposèrent.

— Mais bon Dieu qu'est-ce qui se passe ici ? demanda Gendry, qui se tenait près d'Alex.

Avant que quiconque n'ait pu esquisser une réponse, une ombre surgit dans l'angle de la base et fondit à pleine vitesse sur Mathieu, le percutant violemment. L'adolescent eut à peine le temps de se retourner et reçut le choc de plein fouet. Il roula sur le sol, le souffle coupé, en laissant échapper son fusil.

— Espèce de salopard ! hurla l'agresseur au visage couvert de glace.

Gendry, en homme d'action, se précipita vers le nouvel arrivant, mais fut stoppé dans son élan par le fusil que ce dernier pointait dans sa direction. Il recula doucement. Sam fusilla alors Mathieu du regard :

— Tu m'as abandonné, sale fumier ! Tu m'as laissé tomber alors que l'ours se jetait sur moi. Tu avais un fusil, nom de Dieu !

— Sam… Sam, calme-toi, murmura Alex en s'approchant prudemment.

— Me calmer ? Me calmer alors que j'ai failli crever ? vociféra-t-il. Il s'est tiré, sans même se retourner, et m'a planté seul dans le blizzard, sans aucun moyen de me repérer, ajouta-t-il en prenant à témoin ses camarades d'infortune. J'ai touché l'ours au cou, ça l'a fait fuir… Ensuite, j'ai erré dans la tempête pendant une éternité. À force de tourner en rond, j'ai fini par me cogner contre la barre rocheuse près de laquelle l'ours nous a surpris. J'ai trouvé une petite grotte et je m'y suis abrité jusqu'à ce que le temps se calme. Et puis j'ai entendu cet engin qui fonçait vers la base…

— Ne fais pas de bêtise, Sam… conseilla Lisa.

— J'suis désolé, balbutia Mathieu en se redressant avec difficulté.

Sam pointa son fusil vers lui, sous l'éclairage puissant de la chenillette qui projetait la scène sur le mur de la base, comme une séance de cinéma de plein air. Tous retenaient leur souffle. Soudain, Legrand se jeta sur Sam, mais ce dernier le cueillit à la pointe du menton avec la crosse du fusil. L'ex-détenu s'écroula, sonné. Profitant de la diversion créée par Legrand, une quatrième ombre s'invita dans le faisceau des projecteurs, et Sam tomba à son tour, assommé par-derrière. Dunham avait contourné le petit groupe…

Lisa poussa un soupir de soulagement, qui disparut subitement quand elle reconnut l'objet dans les mains du scientifique. Ce pistolet… Dunham venait de frapper Sam avec l'arme du docteur Yema !

— Monsieur Dunham ? fit-elle, inquiète.

— Toi, ta gueule ! aboya-t-il, tout en se penchant pour attraper le fusil de Sam. Tous contre le mur ! J'ai dit tous contre le mur ! hurla-t-il en tirant un coup de feu en l'air.

Rapidement, les adolescents et leurs parents s'exécutèrent.

— Non, pas toi ! ajouta-t-il à l'intention de Lisa.

Elle posa ses grands yeux clairs sur le scientifique, tentant de comprendre.

— Surprise, hein ? fit Dunham. Pas autant que Mac Cleer et les autres quand ils m'ont vu avec mon costume de *Tupilak* ! Ils ont fait une de ces têtes… J'ai trouvé ça drôle, d'utiliser le folklore local pour accentuer le côté dramatique de mon œuvre…

— Et vous avez fait tout ça pour ce foutu trésor ? l'interrompit Saïd.

— Insulte-moi encore une fois et tu le regretteras ! cracha Dunham. Ces chiens ne méritaient pas de vivre. Vous le savez aussi bien que moi ! J'ai survécu trois ans dans ce camp. Roué de coups, gazé, humilié, affamé, violé parfois. À l'époque, Mac Cleer était l'un des gardiens. Lorsque j'ai ôté mon masque de carnaval, une fois que ce salopard était pendu par les pieds, il m'a regardé. Intensément. En quinze ans, on change… Son expression est passée de l'incompréhension à la terreur quand il a enfin réussi à mettre un nom sur le visage de l'homme qui lui faisait face. Si vous saviez quel bonheur ça a été pour moi, de l'entendre hurler de douleur pendant que je gravais le chiffre 5 sur son front avec un de ces foutus couvercles de boîte de conserve de l'expédition Franklin !

Dunham s'arrêta un instant, perdu dans ses pensées. Personne n'osa prendre la parole. Revenant à la réalité, il continua son récit :

— Ensuite, je lui ai ouvert les veines, histoire de prélever un peu de sang… Puis j'ai tracé un grand 5 sur la neige avec ma récolte. Les ours n'ont pas mis longtemps à rappliquer. Ils l'ont dévoré vivant.

— Vous êtes cinglé, souffla Alex.

— Parce qu'ils ne vous ont pas touchés, peut-être ?

Le souvenir de la nuit passée en compagnie de Mike arracha une série de frissons incontrôlables à Lisa, mais elle garda le silence.

— Tout s'est parfaitement déroulé, reprit Dunham. À un détail près : jamais je n'aurais pensé que Mike parviendrait à vous rejoindre. Je l'ai laissé presque mort, les tripes à l'air, puis je suis allé m'occuper de Mac Cleer et de David. Quand je suis revenu, le bougre avait disparu avec ma motoneige. J'ai supposé qu'il était parti crever quelques dizaines de mètres plus loin, mais je l'avais sous-estimé. Il a réussi à regagner la base, abandonnant l'engin encastré dans une congère à deux cents mètres d'ici. Heureusement qu'il ne m'avait pas vu sans mon masque de *Tupilak*...

Mathieu, qui avait discrètement récupéré son fusil, le braqua sur Dunham :

— Lâchez votre arme !

Dunham partit dans un grand rire sonore.

— Tu croyais vraiment que je te laisserais en possession d'un fusil chargé ?

Mathieu hésita, puis appuya sur la détente, mais l'arme resta muette. Dunham n'avait pas bluffé. Surprenant un regard de Gendry en direction de la chenillette, Dunham se fendit d'un sourire victorieux, avant de déclarer :

— Si vous comptez sur les pilotes de cet engin, je préfère vous prévenir qu'ils font un petit somme. Je suis allé les saluer pendant vos retrouvailles émouvantes.

— Laissez-nous partir, implora Lisa. Vous avez eu ce que vous vouliez.

Dunham se tourna vers elle. Dans ses yeux dansaient les flammes de la folie.

— Pas tout à fait, ma chère... À mon époque, les gardiens avaient placé un traître parmi nous... Un pourri qui leur transmettait des informations… Et si je suis encore ici, c'est uniquement pour démasquer cette personne et lui offrir le sort qu'elle mérite. Pour ne rien te cacher Lisa, tu es la première sur la liste, depuis que Saïd a découvert ce téléphone sous ton matelas.

Dunham leva doucement son pistolet, qu'il braqua vers le visage de la jeune fille. Il arma le percuteur et la regarda dans les yeux.

Dans un dernier élan de courage, Lisa le défia.

— Vous allez abattre une innocente, déclara-t-elle.

— Ne faites pas ça ! implora Valérie Eynac. Je n'ai pas tout compris, mais je vous assure qu'elle ne peut pas être ce traître dont vous parlez. Lisa a été enlevée de force de mon domicile il y a quelques jours. C'est l'homme que vous voyez ici qui en est responsable !

Legrand, toujours estourbi par le coup de crosse, poussa un grognement et se redressa. *Cette voix*, se dit-il… *Je la connais… Je te connais, Dunham… Mais que diable fais-tu ici ?* Subitement, il comprit. Toutes les pièces du puzzle se mettaient en place…

Dunham et Nicolas, son ex-compagnon de cellule, ne faisaient qu'un ! Le prospectus du camp Franklin tombé le jour où Nicolas avait été libéré les avait tous conduits ici, dans cette étendue désertique, où la mort rôdait… Legrand avait vu juste, Nicolas préparait un coup, mais il n'aurait jamais imaginé que le jeune homme fût capable d'une telle violence…

— Nicolas ? Nicolas, c'est moi, Legrand.

Le visage de Dunham sembla subitement se vider de ses fluides vitaux.

— Legrand ? demanda-t-il. Mais qu'est-ce que tu fous là, bordel ?

— Le prospectus… En partant, tu as oublié un dépliant dans la cellule… Nicolas, la gamine n'y est pour rien.

Cette femme dit la vérité. C'est une des responsables de mon emprisonnement. Je voulais qu'elle paye, tu comprends... J'ai envoyé sa gosse ici, pour la faire chanter...

Lisa se tourna vers sa mère, puis dévisagea l'homme au visage émacié qui venait de prendre la parole. Qui était ce type ? Et que racontait-il ?

— Impossible ! cria Dunham.

— Qu'est-ce que tu as fait, Nicolas ? C'est de la folie...

— Ferme-la ! Ça n'a rien à voir avec toi. Ne t'en mêle pas... Aucun enfant ne devrait jamais mettre les pieds dans un de ces centres ! rugit Dunham d'une voix chancelante, prouvant qu'à chaque seconde il pouvait perdre le contrôle. J'ai fait ce que je devais faire !

L'intervention conjointe des deux adultes semblait néanmoins avoir ébranlé ses convictions.

— Alors qui ? hurla-t-il en ciblant les adolescents les uns après les autres. Qui est le traître ? S'il ne se dénonce pas, je vous abats tous !

Un silence pesant suivit sa tirade insensée. Lisa eut l'impression que le temps s'était arrêté. Chaque seconde se diluait, paraissant durer des heures, et elle vit arriver le canon noir de l'arme au ralenti. Visiblement, Dunham allait mettre sa menace à exécution, et elle était la première sur la liste... Elle ferma les paupières, attendant le moment fatidique, quand une sonnerie retentit et brisa le calme irréel qui s'était installé. Dunham porta la main à sa poche et sortit un téléphone satellite. Celui de Mac Cleer... Après un regard fugace à l'écran digital, il fracassa l'appareil contre le mur.

Il pivota ensuite pour faire face à Lisa et leva à nouveau son pistolet. Elle discerna la pression de son doigt sur la détente, et chercha les yeux de sa mère. Cette fois, c'était fini.

Contre toute attente, Dunham s'effondra, puis un claquement sec se répercuta dans les plaines glacées. Tous se regardèrent, surpris. Legrand fit un pas vers Lisa. À son tour, il s'écroula, tombant dans la neige comme une masse. Sa chute fut suivie d'une seconde détonation.

— Couchez-vous ! hurla Gendry. C'est un tireur embusqué ! Et il doit être assez loin. C'est pour ça qu'on entend les coups de feu à retardement.

Les adolescents et leurs parents se jetèrent tous sur le sol glacé, osant à peine relever la tête pour tenter de voir d'où provenaient les tirs. Pendant plusieurs secondes, personne ne se risqua à rompre le silence. Puis un bruit de moteur résonna à une centaine de mètres. Deux phares percèrent la nuit. Gendry se précipita vers Dunham et récupéra son pistolet.

La motoneige stoppa devant le petit groupe. Un homme vêtu de blanc de la tête aux pieds en descendit, un fusil d'assaut en bandoulière.

— Baissez votre arme, ordonna l'homme en découvrant son visage. Ils ne sont pas morts. Juste bien anesthésiés… Je suis le capitaine Thornton, de l'armée canadienne.

Plusieurs véhicules militaires rejoignirent l'éclaireur et une dizaine de soldats investirent les lieux, récupérant toutes les armes qui gisaient au sol. Parmi ces visages inconnus, deux firent réagir Valérie Eynac et Lou d'Esterel.

— John ? demanda Valérie. John Vargas, c'est bien vous ?

— En personne… répondit l'ancien flic en souriant.

— Commandant Bolival ? fit Lou à son tour.

— J'ai quelques questions à vous poser, riposta le policier du SRPJ d'Angers. Vous ne pensiez tout de même pas qu'une virée au pôle Nord suffirait à vous débarrasser de moi ?

— Mais… comment ?

— C'est une longue histoire, fit John Vargas. Mais je crois que la vôtre promet d'être au moins aussi intéressante… Si nous allions en discuter à l'intérieur…

Chapitre 65
Mardi 3 décembre

Tous étaient attablés dans le réfectoire de la base, autour d'un thé brûlant. Chacun se réchauffait les mains sur une tasse fumante et tentait de reprendre ses esprits. John Vargas ouvrit le bal :

— Pour ceux qui ne seraient pas au courant, j'ai été engagé par Valérie Eynac pour retrouver Lisa, ici présente. Les choses ne se sont pas vraiment déroulées comme je l'entendais… Quand Valérie a compris qu'elle connaissait le ravisseur de sa fille, elle m'a renvoyé au plus vite chez moi.

— Je suis désolée… s'excusa Valérie.

Vargas leva la main, ne la laissant pas poursuivre, et se fendit d'un petit sourire.

— Je comprends votre réaction Valérie. Je comprends aussi que Gendry, déguisé en motard, soit venu m'intimider alors que je prenais tranquillement un verre dans un bar.

Le policier observa John, sans rien dire.

— Seulement voilà, il y a neuf ans, je me suis fait une promesse. Je me suis juré que plus jamais un enfant ne mourrait par ma faute. Alors je n'ai pas lâché. J'ai mené mon enquête. Ce qui m'a amené à découvrir que Lisa n'était pas la seule disparue. Quand j'ai compris que trois gosses avaient été enlevés quasiment en même temps, il est devenu évident qu'il ne s'agissait pas d'un kidnapping classique avec une demande de rançon. Cela ressemblait plutôt à une vengeance... Je n'ai pas mis longtemps à trouver le lien qui vous unissait tous les trois. Et ce lien avait un nom : Marc Legrand.

John Vargas jeta un œil en direction de l'ex-détenu, qui commençait à reprendre ses esprits. Les soldats l'avaient placé sur un des canapés du réfectoire.

— Pourquoi lui avez-vous tiré dessus ? demanda Laetitia Meltier.

John s'avança en pleine lumière.

— Nous étions loin, nous n'entendions pas ce qui se disait... Nous nous sommes donc contentés d'écarter toute menace.

— Mais ces tirs ! Vous étiez au moins à cent mètres, fit Gendry.

— Il faut croire que les snipers canadiens sont plutôt doués, déclara John Vargas, amusé. Mais revenons-en à mon histoire... Quand j'ai compris que Legrand était derrière tout ça, j'ai essayé de savoir ce qu'il avait prévu pour les gosses. C'est en prison que j'ai trouvé une piste : un de ses compagnons de cellule m'a parlé du pôle Nord...

— Et vous commandant Bolival, comment m'avez-vous retrouvée ? intervint Lou d'Esterel, qui ne voyait pas le rapport avec son histoire.

— Pour vous, ç'a été plus simple. On a capté votre connexion fugace à Internet, lorsque vous étiez dans le train. Cela ne nous a pas permis de vous localiser, mais en mettant la pression sur votre fournisseur d'accès, on a pu déterminer les pages que vous aviez visitées : HMS *Terror*, le pôle Nord, l'île du Roi-Guillaume… le camp Franklin. Je ne vous cache pas que nous avons été un peu surpris. Mais c'était notre seule piste. Alors nous avons creusé un peu. Et en consultant ce que nous avions sur cette région dans notre base de données interne, je me suis aperçu qu'un autre collègue venait d'effectuer une recherche similaire…

— C'était mon neveu, flic dans le 15e, qui se servait de son accès, précisa John. J'avais également demandé à un ami de filtrer toutes les communications en provenance de France et à destination du Nunavut. Il n'y en a pas des tonnes, comme vous pouvez vous en douter. Seul un téléphone satellite avait été appelé là-bas durant la semaine précédente. Sur l'île du Roi-Guillaume…

— Quand j'ai vu qu'un autre flic s'intéressait à cet endroit, ajouta Bolival, je l'ai immédiatement contacté. J'ai rencontré John dans les heures qui ont suivi. Les meurtres dont je m'occupais ne semblaient pas avoir de lien avec les disparitions, mais dans le métier, on apprend à se méfier des coïncidences… De mon côté, les cadavres s'accumulaient à un rythme effrayant, et de l'autre, trois adolescents français enlevés et transportés au Canada… Il n'a pas été difficile d'obtenir le soutien de mes supérieurs, puis du ministre de la Défense. En quelques heures, l'armée a affrété un avion qui nous a conduits à deux cents kilomètres d'ici. On a perdu une journée complète à cause du blizzard, puis les pilotes d'hélico ont bravé la tempête pour nous déposer sur un brise-glace de l'armée canadienne. Le bateau a accosté un peu plus au nord, à environ un kilomètre d'ici. Nous étions loin de nous douter de ce qui nous attendait…

— Je suis navrée pour tout ça, Lisa… souffla Valérie.

— Pas tant que moi, fit la jeune fille, surprise par ces révélations sur le passé trouble de sa mère.

— Si je peux me permettre, Lisa, ajouta Mathieu. Ta mère n'est peut-être pas parfaite, mais elle ne t'a pas envoyée dans cet enfer. Ce qui n'est pas le cas de tout le monde ici…

Lisa le regarda et lui posa la main sur l'épaule, consciente qu'il n'avait pas cette chance…

— Donc c'est ce Dunham qui a tué mes grands-parents… déclara Lou, oscillant entre colère et soulagement de connaître la vérité.

— Oui, j'en suis convaincu, fit Bolival. Les vengeances de Dunham et la vôtre, Legrand, se sont superposées par hasard… Regardez ce qu'on a trouvé dans la poche de Dunham, fit le policier en tendant à Lou une photo aux bords élimés.

Le cliché montrait deux jeunes enfants, le regard triste, qui se tenaient assis devant la base désaffectée. Le temps avait laissé son empreinte sur le papier jauni, mais on reconnaissait sans peine le visage de Dunham, avec vingt ans de moins. En arrière-plan, on distinguait aussi Mac Cleer, arborant fièrement un tee-shirt à l'emblème de la WAE. Il était le seul à sourire. Au dos de la photo, une écriture d'enfant, maladroite : « Pour Nico, à la vie à la mort… » Un pacte scellé par deux gamins plongés en enfer. Lou ne put s'empêcher d'éprouver de l'empathie pour cet enfant, transformé en monstre par la société que ses grands-parents avaient créée. Le souvenir de leur mort atroce lui arracha une larme.

— Vous savez, Lou, reprit Bolival, si vous ne vous étiez pas enfuie si vite, nous aurions peut-être eu le temps de vous expliquer tout ça. On a rapidement compris que vous n'aviez guère d'intérêt à tuer les dirigeants de la WAE, et que ces actes étaient dirigés contre la société elle-même… Ce qui s'est passé ici confirme nos hypothèses : un ancien pensionnaire du centre a décidé de s'occuper de tous les responsables de ses souffrances. Et il a bien failli réussir…

Des pleurs bruyants interrompirent Bolival. Tous se tournèrent vers Katya, dont les nerfs avaient lâché. Elle était secouée de tremblements, affalée contre le mur de la base.

— Dieu me pardonne, psalmodiait-elle. Dieu me pardonne…

— Tout est fini, Katya, dit doucement Mathieu. T'as pas entendu le commandant ?

— C'était moi, le traître, avoua-t-elle entre deux sanglots. Pardon… J'ai caché le téléphone sous le lit de Lisa.

Comme si un lien télépathique reliait les autres adolescents, ils se détournèrent un à un de Katya, préférant laisser la jeune femme se débattre seule avec sa conscience. Ils s'en étaient sortis sains et saufs. C'était tout ce qui importait.

— Et si on rentrait ? proposa Alex. J'en ai marre de ce trou !

— Ça marche pour moi, fit Lisa. Et je crois que durant le trajet, on aura deux ou trois trucs à se dire, ajouta-t-elle en regardant sa mère.

— Vous auriez une petite place pour moi ? demanda Sam, une poche de glace sur la tête.

— On fera un effort, répondit Saïd.

Lisa se dirigea vers Alex et l'embrassa doucement sur les lèvres, sous les yeux étonnés de leurs parents.

— Excuse-moi d'avoir douté de toi, fit-elle.

— Ah, au fait, dit Sam, j'ai rapporté un petit souvenir. On fait quoi pour le trésor ?

Tous regardèrent ébahis la poignée de pièces d'or qu'il avait prélevée dans le tumulus.

— Après tout, les Vikings n'en ont plus besoin… fit-il.

Valérie se tourna vers sa fille :

— Oui, décidément, on va avoir beaucoup de choses à se dire…

Bolival s'approcha de Lou d'Esterel.

— Désolé de ne pas vous avoir crue plus tôt, dit-il. Mais c'est mon métier de douter de tout… Si je me souviens bien, c'est aussi un peu le vôtre… Vous êtes journaliste ? Je crois que vous tenez au moins un prix Pulitzer ! Six jeunes gens échappent de peu à la mort et découvrent un trésor, sur fond d'erreur judiciaire et de vengeance…

Lou se contenta d'un sourire las.

— J'ai une meilleure idée, fit-elle. Je vais démanteler cette putain de WAE et me servir de l'argent de mon grand-père pour combattre tous les salopards qui utilisent et torturent des gosses dans l'unique but de se faire toujours plus de fric…

Bolival l'observa quitter la pièce, amusé et impressionné. Ce petit bout de blonde aux yeux bleus venait de lui montrer la femme qu'elle allait devenir… Et ce qu'il avait entrevu lui plaisait.

John Vargas vint se poster à côté du commandant. Son regard ne portait pas sur Lou d'Esterel, mais sur Lisa et sa mère, qui avançaient bras dessus bras dessous vers les véhicules de l'armée. Il ne pouvait plus rien pour la fillette qui était morte par sa faute, mais aujourd'hui, il avait allégé le poids qui écrasait son cœur depuis des années. À cinquante-cinq ans, et pour la première fois de sa vie, il se sentait prêt à s'occuper des siens… Il n'avait pas été un bon père, ni un bon mari. Mais il était maintenant certain de devenir un bon grand-père…

— Faut que je vous dise un truc, l'interpella Bolival.

Le son de la voix du commandant tira John de ses réflexions.

— Vous savez, il y a encore peu de temps, j'avais une méchante envie de raccrocher… Le stress, le boulot, tout ça… Mais quand je vois ce qu'on a réussi à faire aujourd'hui, je me dis que, pour de vieux machins, on a vraiment assuré tous les deux…

John Vargas ne lui offrit pour toute réponse qu'un sourire énigmatique, puis il se dirigea vers les militaires. Il était grand temps de quitter cet endroit…

Chapitre 66
Vendredi 6 décembre

Le plop caractéristique du décollage d'un bouchon de champagne fut suivi d'une salve d'applaudissements.

— Portons un toast à notre premier serial killer ! s'exclama le commandant Anthony Bolival.

Autour de lui, il avait réuni toute l'équipe du SRPJ, ainsi que les enquêteurs du Mans qui leur avaient prêté main-forte…

— Et à nos boulettes restées sans conséquence, ajouta Yann Kervadec, dont le soulagement était perceptible.

— L'essentiel, c'est que nous ayons arrêté ce malade ! statua le commandant. N'oubliez pas que nous avons sauvé au moins une vie…

— La presse ne parle que de ça, ce matin, fanfaronna le lieutenant Camille Servier.

— Tu m'étonnes ! Même les mecs du quai des Orfèvres doivent être verts de jalousie !

Les verres s'entrechoquèrent, laissant l'alcool voguer librement vers les lèvres des policiers. Yann Kervadec se tourna vers les bureaux de l'IJ :

— Anne ! Viens trinquer avec nous ! Ton compte-rendu peut attendre demain…

— J'attends quelques documents. Une bonne technicienne de scène de crime ne quitte jamais un dossier avant d'y avoir mis un point final, répondit la jeune femme.

— Fais pas ta rabat-joie ! Ce n'est pas tous les jours qu'on serre un tueur en série ! Et les meilleures règles ne tiennent que grâce à leurs exceptions !

— C'est un drôle de discours, dans la bouche d'un flic, mon grand. Mais je crois que, pour une fois, je vais céder à la tentation…

Anne allait quitter son poste de travail, quand le bip de sa messagerie attira son attention. Les Canadiens venaient de lui envoyer le rapport qu'elle attendait. Elle l'imprima, le glissa sous son bras, puis se dirigea vers ses collègues, comptant bien goûter le champagne avant qu'ils aient tout avalé.

— Allez lieutenant, sers-moi une petite coupe…

Kervadec lui tendit un verre plein, tandis que les conversations joyeuses fusaient de toute part. Une telle ambiance dans le commissariat n'était pas si fréquente ! D'un œil distrait, Anne lut en diagonale les feuillets qu'elle venait d'imprimer. Un détail l'empêcha de profiter complètement de la fête. Sa lecture se fit plus précise…

— Oh, Anne ! Tu le bois ton champagne, ou quoi ? Si t'en veux pas, je m'en charge, fit un des lieutenants d'Angers.

— Nom de Dieu ! jura-t-elle.

Aussitôt, l'atmosphère de la pièce changea. La bonne ambiance fit place à un silence perplexe.

— Le mec qui a été arrêté au Canada, Dunham…

— Oui, quoi ? grogna Bolival, clairement irrité de voir les réjouissances perturbées par une technicienne de scène de crime trop studieuse.

— Dans le rapport qu'on vient de recevoir, la petite Eynac certifie l'avoir croisé une première fois lors d'une randonnée en motoneige le 27 novembre, en début d'après-midi. Les témoignages des autres gosses concordent…

— Vous êtes sûre ? demanda le commandant en s'emparant des feuillets. Merde. Si on ajoute les cinq heures de décalage horaire, ça nous donne à peu près 18-19 heures en France. Camille, dis-moi que je deviens gâteux et que les meurtres des deux Américains n'ont pas eu lieu ce jour-là…

— Désolée patron. Ils ont bien été tués le 27, et exactement dans ce créneau horaire.

Bolival lâcha son verre, qui s'écrasa sur le sol en une pluie d'éclats cristallins. Tandis que les bulles du noble breuvage rendaient leur dernier souffle, le commandant aboyait ses ordres comme un militaire en campagne…

— Camille, tu téléphones immédiatement à Lou d'Esterel. Kervadec, vous vous occupez de Katya machin-chose… Et envoyez-moi des voitures de patrouille chez elles tout de suite !

— Qu'est-ce qui se passe ici ? questionna le commissaire divisionnaire, qui avait perçu les éclats de voix depuis son bureau. La petite fête est terminée ?

— On a merdé commissaire, répondit Anne, la technicienne de l'IJ. Le tueur canadien n'a rien à voir avec celui qui a frappé dans le vieux Mans. Ils sont deux…

Chapitre 67
Vendredi 6 décembre

Katya observa encore une fois le chèque envoyé par la WAE. Elle n'était pas très fière de ce qu'elle faisait dans ces camps, mais recevoir quinze mille euros pour quatre-vingt-dix jours de boulot permettait de composer sans trop de difficulté avec ses petits soucis de conscience... Il lui aurait fallu plus d'un an de dur labeur chez McDo, son job habituel, pour réunir une telle somme. Cette fois, cela avait été encore plus rapide, mais elle avait frôlé la catastrophe... La mort des autres ne lui avait pas franchement donné de cauchemars. Elle se demanda brièvement si c'était normal, puis chassa cette drôle de remise en question de son esprit : la compassion, ça n'avait jamais été son fort...

Une seule question la taraudait : allait-elle rempiler pour la prochaine session ? La WAE, malgré la décapitation de son équipe dirigeante, avait vite réagi : on lui proposait déjà un camp dans les Caraïbes... Comme dans les organisations criminelles, ce genre de société brassant des millions ne manquait jamais de candidats pour reprendre les rênes. À ses yeux, cela ne changeait rien : les années passaient, et son apparence juvénile commençait à subir les caprices du temps. Elle ne pourrait pas faire illusion encore très longtemps dans ces groupes d'ados… C'était décidé, le camp dans les Caraïbes serait le dernier.

Forte de cette résolution, la jeune femme se dirigea vers sa salle de bains. Elle se dévêtit et mit l'eau à couler. Elle frissonna de plaisir à l'idée de se glisser sous le jet brûlant, après avoir enduré trois mois de douches à peine tièdes au pôle Nord. Elle s'attarda un peu devant la glace, admirant avec un narcissisme assumé son corps harmonieux. Avec deux camps de la WAE chaque année, elle n'avait pas besoin de régime !

Elle pénétra dans la cabine, laissant s'échapper un nuage de vapeur digne d'un sauna, et plaça son pied sous l'eau. *Parfait…* songea-t-elle en avançant de quelques centimètres. À ce moment précis, la mélodie lancinante du téléphone supplanta celle de la douche. *Non… pas maintenant…*

Elle hésita. Qui pouvait l'appeler ? C'était certainement sa mère. Elle seule savait qu'elle était de retour… Katya n'avait aucune envie de mouiller son peignoir, qu'elle avait pris soin de déposer sur le radiateur pour qu'il soit chaud à sa sortie de la douche. Quant à l'éventualité de se balader nue dans son appartement, elle l'avait exclue en une fraction de seconde. Son gros voisin d'en face devait encore être posté devant sa fenêtre à satisfaire ses penchants lubriques, et les rideaux n'étaient pas tirés.

Ça attendra, se dit-elle en se plongeant totalement sous le jet d'eau. Elle ferma les yeux, savourant les effets du torrent qui ruisselait sur son dos, faisait durcir sa poitrine, et terminait sa course le long de ses jambes fuselées. Que c'était bon… Après de longues minutes, parfaitement détendue et la peau rougie, elle coupa le mitigeur.

Quelques gouttes parvinrent à se frayer un chemin dans les canalisations, puis la pomme devint muette. Katya tendit la main hors de la cabine, n'ouvrant pas complètement la porte pour profiter encore un peu de la vapeur. Sa paume navigua sur le radiateur mural, sans trouver ce qu'elle cherchait. La jeune femme fronça les sourcils. Un tel moment de détente ne supportait pas la moindre contrariété… À regret, elle ouvrit la porte en grand et sortit affronter la relative fraîcheur de la salle de bains. Le peignoir n'était pas non plus au sol… Perplexe, elle balaya la pièce du regard, en quête du précieux morceau de tissu éponge, mais ce qu'elle trouva était bien différent.

La vapeur dégagée par la douche s'était déposée sur le miroir en formant une buée opaque sur toute sa surface… Enfin presque.

Un énorme chiffre avait été grossièrement dessiné au beau milieu :

Chapitre 68
Vendredi 20 décembre

« Il y a un second tueur ! » avait hurlé le policier au téléphone…

Lou avait mis un certain temps à intégrer l'information. S'étaient ensuivies quelques minutes de pure panique… Chaque recoin de son appartement, chaque placard, chaque ombre lui avait laissé entrevoir le pire. La sensation était d'autant plus atroce que Lou était revenue du Canada l'esprit en paix, sûre de ce qu'elle devait faire, et soulagée que le fou qui avait trucidé ses grands-parents fût hors d'état de nuire.

Elle se croyait forte. Elle était restée prostrée dans un angle du salon, les deux mains serrées autour d'un couteau de cuisine, et n'avait même pas été capable d'aller ouvrir quand les policiers étaient enfin arrivés. Ils avaient dû enfoncer la porte.

Cela faisait déjà deux semaines. Deux semaines que le corps de Katya avait été retrouvé dans son appartement, horriblement mutilé.

Depuis, Lou n'avait pas quitté son petit deux-pièces. Ses seules incursions dans le monde extérieur se limitaient à quelques regards inquiets sur la rue, pour vérifier que la voiture de patrouille montait bien la garde, et à un billet glissé furtivement deux fois par jour au policier qui lui apportait les plats préparés commandés sur Internet. La veille, la haute silhouette du lieutenant Kervadec était apparue dans l'encadrement de la porte. Il tenait une pizza qui semblait minuscule, dans ses grandes mains. Elle l'avait invité à entrer. Il avait parcouru les quelques mètres qui le séparaient du canapé en deux enjambées, puis s'y était installé – quoique « enfoncé » aurait été un terme plus adéquat. Lou avait esquissé un sourire. Pas lui.

— Comment allez-vous, Lou ? avait-il demandé, sans préambule.

— J'ai connu mieux. Vous l'avez attrapé ?

— Non, désolé. Mais les Canadiens ont un peu avancé. Ils ont découvert des photos que l'homme a envoyées à Dunham. Des photos des futures victimes, où le tueur se met en scène à côté d'elles. Un peu comme des trophées. Je vous en ai fait une copie. Enfin, seulement de son visage à lui, ajouta-t-il, embarrassé.

— Merci. Au moins, je pourrai le reconnaître… Vous savez qui c'est ?

Kervadec secoua la tête négativement et sortit un cliché de sa poche.

Lou scruta le papier glacé : de longs cheveux bruns, des yeux d'un bleu triste. Un visage avenant, doux. À l'opposé de ce qu'elle s'attendait à trouver. Elle éprouva une sensation bizarre. Ces traits lui étaient familiers… Peut-être avait-elle tellement imaginé ce visage qu'il forçait les barrages érigés par son subconscient ? Elle secoua la tête. Non. Cet homme était un inconnu.

Cette nuit-là, elle s'était endormie en sachant enfin à quoi ressemblait l'homme qui viendrait peut-être un jour lui ôter la vie…

C'était une maigre consolation.

Le lendemain, le téléphone la tira de son sommeil agité. Elle décrocha.

— Bon, ce n'est pas tout ça, mais si vous ne vous remettez pas au boulot, je vais devoir donner votre job à quelqu'un d'autre… Ce n'est pas ce qui manque, les apprentis journalistes, vous savez…

La jeune femme écarta le combiné de son oreille et le plaça devant ses yeux, comme si la tête de sa rédactrice en chef allait surgir entre les touches de l'appareil… Un flot de menaces et de remontrances s'échappait de l'objet. Pas un bonjour. Pas un petit mot gentil… Les mains de Lou se crispèrent, et elle répondit :

— Bonjour, madame Blossier.

— Vous avez saisi ce que je viens de dire ?

— Oui, madame. Et je crois que je vous emmerde.

— Pardon ?

— Vous avez bien entendu. Allez vous faire voir ! Depuis deux ans, vous ne me refilez que des sujets inintéressants, et je bosse comme une dingue pour vous. Jamais vous ne m'avez récompensée pour ce travail ingrat. Alors trouvez une autre journaliste aussi diplômée que moi pour effectuer votre sale boulot.

— Mais… ne le prenez pas comme ça, Lou… Il faut que vous compreniez que…

— J'ai compris. Je démissionne, conclut-elle en raccrochant.

Pour la première fois depuis plusieurs jours, elle se sentit bien.

Et elle sut.

Elle sut ce qu'elle devait faire. Elle devait faire ce dont son grand-père avait été incapable. Dire la vérité.

Elle sortit son plus beau papier, puis laissa la plume guider sa main. Elle écrivit pendant plusieurs jours, prenant à peine le temps de manger et de dormir…

Alors qu'elle venait de terminer son récit, Lou s'attaqua à la dernière page :

À l'attention de mes enfants, si j'ai la chance d'en avoir.

Ces dernières semaines ont été les plus rudes de ma vie.

Aujourd'hui, je sais qu'une épée de Damoclès plane au-dessus de ma tête. J'ai peur. Je suis même terrorisée. Mais je refuse d'avoir peur toute ma vie. C'est pourquoi j'ai couché sur papier ce récit de ce qui m'est arrivé. Si je disparais un jour, marquée du chiffre 0 sur le front, vous saurez pourquoi. Vous saurez que je n'y suis pour rien. Que la folie et l'appât du gain ont engendré une folie bien plus grande encore…

Vous avez sans doute compris que parmi vos ancêtres figurent des gens qui ont créé la WAE… Nous ne communiquons jamais sur nos échecs, nos erreurs. Personne ne se présente en disant : « Bonjour, je fais tel métier, et par mon incompétence, j'ai causé la mort de quelqu'un… » Les échecs font partie intégrante de notre personnalité. Ils la forgent, au même titre que les succès. Avec le recul, je me demande pourquoi l'homme ne tire pas plus de leçons du passé… Il semble que, génération après génération, nous répétions les mêmes erreurs, malgré les mises en garde de nos aînés. Est-ce une force ou une faiblesse ? Les jeunes ont la fougue, les anciens une certaine sagesse. Les deux s'allieront peut-être un jour, pour faire progresser notre monde d'un seul coup, à moins que notre évolution ne doive être chaotique, semée d'embûches.

J'espère avoir tiré les leçons de cette triste aventure dans le Grand Nord. D'autres l'ont fait : Valérie Eynac et Laetitia

Meltier ont fait rouvrir l'enquête sur la mort du voisin de Marc Legrand, ce dernier sera sûrement disculpé… Quant à moi, je n'aurai jamais le prix Pulitzer. Et je ne publierai jamais rien concernant cette histoire. Je vais mettre mon temps et mon argent au service de ces pauvres gamins, victimes de l'aveuglement de notre société.

Je ne publierai rien, mais je veux qu'il subsiste une trace de cette folie…

Pour vous. Uniquement pour vous.

Pour qu'à jamais vous vous souveniez que seule la face émergée de l'iceberg est visible. Nous avons tous un passé. Nous avons tous commis des erreurs. Personne n'est parfait. Mes grands-parents n'étaient pas parfaits. La mère de Lisa n'était pas parfaite. Vos profs ne sont pas parfaits. Vos amis ne sont pas parfaits. Je ne suis pas parfaite.

Commettre des erreurs n'empêche pas de devenir quelqu'un de bien.

Ne laissez jamais certains adultes désabusés vous faire croire que vous ne valez rien, que vous n'arriverez à rien. Servez-vous de vos échecs pour faire les bons choix.

N'oubliez jamais cela, et croyez en vous.

Lou d'Esterel

Lou enferma le fruit de son écriture acharnée dans une grande enveloppe, qu'elle scella à la cire. Avec un marqueur, elle inscrivit : « À n'ouvrir qu'en cas de décès prématuré de Lou d'Esterel. »

Elle serra l'enveloppe contre son cœur et essuya une larme qui coulait sur sa joue. Elle frissonna en se remémorant les terres glacées du pôle Nord, et se blottit sous sa couette, dans son petit canapé. Ses yeux se fermèrent doucement. Elle glissa dans les brumes du sommeil, seul lieu où elle pouvait encore espérer retrouver ce grand-père qui malgré ses erreurs passées lui manquait tant.

Lorsqu'elle se réveilla, elle se sentit prête à franchir le seuil de son appartement pour la première fois depuis bien longtemps. Elle s'habilla, puis descendit les deux étages qui la séparaient de son retour dans le monde. Elle s'attarda quelques secondes devant sa boîte aux lettres, qui débordait. Un tas de publicités sans intérêt, quelques factures… et cette enveloppe en provenance de São Paulo, au Brésil.

Lou plissa les yeux, perplexe, avant de l'ouvrir. Dans sa hâte, elle fit tomber le contenu. C'était une photographie. Deux jeunes enfants au regard triste, assis côte à côte devant la base du camp Franklin. La copie conforme de celle que lui avait montrée Bolival au Canada ! Soudain, elle comprit pourquoi elle avait eu l'impression de reconnaître le tueur, sur le cliché de Kervadec. Elle le sortit de son portefeuille et le compara à celui qu'elle venait de recevoir : pas de doute. Le second tueur était ce gamin… avec vingt ans de plus.

Au dos de la photographie, quelques lignes griffonnées :

Pour Paul. À la vie à la mort…

Et juste au-dessous, inscrit avec une encre plus récente :

Ø

Longue vie…

NOTES DE L'AUTEUR

« Les jeunes d'aujourd'hui aiment le confort, l'argent et la paresse par-dessus le marché. Ils ne veulent plus se marier ou, s'ils sont mariés, élever une famille. C'est tout au plus s'ils consentent à avoir un ou deux enfants, afin de mieux savourer le moment présent. »

Polybe, vers 200-120 av. J.-C.

« La jeunesse d'aujourd'hui est pourrie jusqu'aux tréfonds, mauvaise, irréligieuse et paresseuse. Elle ne sera jamais comme la jeunesse du passé et sera incapable de préserver notre civilisation. »

Texte trouvé sur une tablette d'argile babylonienne dont l'âge est estimé à plus de 3 000 ans.

Sans démagogie, et sans nier la complexité que représente l'éducation des enfants (j'ai enseigné quatre ans en banlieue parisienne), il apparaît que les difficultés de communication entre la jeunesse et les générations précédentes ne sont pas un problème aussi récent que certains aimeraient nous le faire croire…

Les méthodes d'« éducation » décrites dans ce roman ne sont pas de la fiction. Des camps tels que le camp

Franklin existent. Les témoignages d'enfants ayant subi des humiliations, des coups, des sévices sexuels, des décharges de gaz paralysant sont multiples (voir bibliographie, *Les Enfants perdus de Tranquility Bay*). Des entreprises telles que la WAE (une invention de ma part) ont été condamnées, et plusieurs centres fermés.

Aux États-Unis, le marché des camps de redressement pour adolescents est évalué à soixante milliards de dollars par an, et progresse de vingt-cinq pour cent chaque année.

À ce jour, les États-Unis sont le seul pays avec la Somalie à ne pas avoir ratifié la Convention internationale des droits de l'enfant. L'arrivée au pouvoir de Barack Obama n'y a rien changé.

À trop vouloir faire de nos enfants des êtres parfaits, et en voyant en eux les monstres qu'ils pourraient devenir, prenons garde à ne pas les transformer en ce que nous craignons le plus…

Bibliographie

Jean-Robert Viallet, Mathieu Verboud, *Les Enfants perdus de Tranquility Bay*, reportage (France, 2005, 90 minutes).

Peter Bate, *L'Expédition disparue*, documentaire (Irlande, 2005, 1 heure 28 minutes).

Emmanuel Roblin, Thierry Ragobert, *Tara – Voyage au cœur de la machine climatique*, reportage, Arte (France, 2008, 92 minutes).

Anne Pons, *John Franklin, l'homme qui mangea ses bottes*, Fayard (2009).

Guy Hervé, *Le Vieux Mans* (2007).

Remerciements

Merci à ma femme, Virginie, et à mes enfants, qui me permettent de continuer à écrire…

Merci à tous les proches et amis qui me donnent leur avis précieux. Je pense tout particulièrement à Mireille, pour ses corrections, et à Erwan, dont les conseils pertinents m'évitent de commettre trop d'erreurs dans le domaine judiciaire. Je salue aussi François, qui m'a ouvert les portes de son commissariat et permis de me plonger dans l'ambiance de travail des enquêteurs… Merci aux journalistes sarthois pour leur soutien. (Et qu'ils se rassurent, la rédactrice en chef tyrannique est une pure invention !)

Une pensée pour Sophie H, pour son travail de qualité.

Un grand merci également au comité de lecture des Nouveaux Auteurs et à mon éditeur, qui ont suffisamment apprécié ce nouveau roman pour que l'aventure continue.

Merci enfin à tous les lecteurs qui ont découvert mes premiers romans et qui souhaitent continuer à voyager en ma compagnie : sans vous, rien ne serait possible !

Retrouvez l'actualité de l'auteur sur

www.david-moitet.fr

Nouveautés

Autres romans

Nouvelles

Intrigues

Découvrez neuf nouveaux talents à la plume noire, auteurs de best-sellers plébiscités par les lecteurs et révélés par les présidents du jury VSD

Frédéric Beigbeder, Yann Queffélec, Didier van Cauwelaert.

9 nouvelles inédites :

Un mariage en grande pompe tourne aux pompes funèbres
[La Salsa du démon/Dominique Maisons]

Une amante roulée dans la farine parvient à en faire son pain quotidien
[La Promotion/Claire Favan]

Un tueur impitoyable est confondu par la pitié
[Différente/Damien Leban]

Un détective métis enquête dans les rues de Bamako et sur les rives du fleuve Niger *[La Pluie des mangues/ Laurent Guillaume]*

Une gémellité vire au divorce à la brésilienne
[Le Pacte/Jean-Christophe Tixier]

Deux pêcheurs des Comores étendent, pour leur plus grand malheur, le champ de leur activité *[Kwassa à la dérive/Yves Corver]*

Des diverses manières d'aimer son épouse…
[Ce soir, c'est Noël/Jean Depreux]

Quand la conquête d'un soir se transforme en compte à rebours avant la mort… *[Désolé pour hier soir/David Moitet]*

Un boursicoteur impénitent remonte à la source de ses problèmes de couple. *[Dernier espoir/François-Xavier Cerniac]*

Dominique Maisons, Claire Favan, Laurent Guillaume,
François-Xavier Cerniac, Jean Depreux, David Moitet,
Damien Leban, Jean-Christophe Tixier, Yves Corver
Nouvelles
Intrigues
Policier . Thriller
Nouveaux talents plébiscités par les lecteurs et révélés par
F. BEIGBEDER, Y. QUEFFÉLEC, D. VAN CAUWELAERT
Les Nouveaux Auteurs
Prix VSD du Polar

Meurtres sur échiquier

Yann-Hervé Martin

Sur l'échiquier de la mort, tous les coups sont permis !

Fraîchement muté à Strasbourg, le jeune commissaire Pavlovsky se trouve embarqué, malgré lui, dans une affaire criminelle qui très vite le dépasse. Plusieurs individus découverts assassinés portent sur eux un bristol énigmatique.

Peu à peu, le commissaire va découvrir que les caractères du message correspondent aux coups d'une partie d'échecs joués entre l'assassin et… lui-même ! Hélène Bellegarde, maître d'échecs charismatique, lui sera d'une aide précieuse afin de déceler les véritables enjeux de cette partie forcée, dont les pièces sont des êtres de chair et de sang.

Qui le premier infligera échec et mat à son adversaire ?

Yann-Hervé Martin

45 ans, professeur de philosophie. Son premier roman, L'ange au sourire *a obtenu le Coup de Cœur du Jury, Prix Femme actuelle 2008.*

Meurtres sur échiquier
Yann-Hervé Martin
POLICIER
Les Nouveaux Auteurs
Par l'auteur de *L'ange au sourire*

ROMAN FINALISTE Plume de glace Serre Chevalier Vallée

Le châtiment des élites

Giampiero Marongiu

Dans une société corrompue où les privilèges s'héritent au lieu de se mériter, un justicier entreprend de faire régner la loi du talion.

Sous le sceau du secret d'État, la république est la proie d'un prédateur ! Les têtes des élites de la nation roulent dans des caniveaux insalubres. Les hommes les plus influents de la sphère économique et politique paient de leur vie leurs abus de pouvoir. Dans l'ombre, se dresse un justicier sans visage et sans mobile apparent rendant l'enquête plus complexe. Seules la ténacité et la fulgurance de ses intuitions permettront au commissaire Brocca de démêler les fils d'une enquête engluée dans les méandres des sociétés secrètes.

Giampiero Marongiu

50 ans, chef d'entreprise et Français du monde. Expatrié perpétuel, Giampiero mêle aux cultures d'ailleurs les accents de sa France natale.

Le châtiment des élites
Giampiero Marongiu
Les Nouveaux Auteurs

Photo couverture : © Anyka - © Homo Ignavus - © fotolia.com

Ligne graphique : Chrystèle Ferté

Cet ouvrage a été mis en pages par
Studio Ben
à Argenteuil
et composé en ITC Berkeley Old Style

Studio de fabrication : Flora Bellanger

Impression réalisée sur CAMERON par

CPI
BRODARD & TAUPIN

La Flèche

pour le compte des Éditions

Les Nouveaux Auteurs

Dépôt légal : Janvier 2012 – N° d'impression : 66873